평화로운 마음이 미소를 부른다

평화로운 마음이 미소를 부른다

초판 인쇄 _ 2005년 5월 25일
초판 발행 _ 2005년 5월 30일

지은이 _ 툽텐 초드론
옮긴이 _ 김성
펴낸이 _ 김제구
펴낸곳 _ 리즈앤북

등록 _ 2002년 11월 15일
주소 _ 121-842 서울시 마포구 서교동 482-38
전화 _ 02)332-4037(代)
팩스 _ 02)332-4031

ISBN 89-90522-33-1 03840

TAMING THE MIND
by Thubten Chodron
Copyright ⓒ 2004 Thubten Chodron
First published in English by Snow Lion Publications, USA
Korean translation Copyright ⓒ 20_ REIS & BOOK
This Korean edition was published by arrangement with SNOW LION PUBLICATIONS, USA
through Best Literary & Rights Agency, Korea.
All rights reserved.

평화로운 마음이

미소를 부른다

툽텐 초드론 지음 ─ 김성 옮김

리즈앤북
ries & book

툽텐 초드론 스님이 〈평화로운 마음이 미소를 부른다(TAMING the MIND)〉라는 제목으로 책을 또 준비했다는 걸 알고 나는 매우 기뻤습니다. 스님은 서양과 아시아 두 곳에서 생활하면서 불교를 공부하고 가르쳤는데, 그 과정에서 다양한 불교 전통뿐만 아니라, 불교에 대해 종종 일어나고 있는 오해에 대해서도 명확히 파악하게 되었습니다.

이 책을 보면 그런 잘못된 생각들을 극복할 수 있습니다. 자비로운 부처님의 가르침을 실제로 적용하면서, 그것을 통해 평화와 만족을 얻는 방법을 보여주기 때문입니다.

툽텐 초느론 스님은 우리가 일상생활을 할 때 일어나는 다양한 상황들을 예로 들면서, 불교도의 관점에서 이해하기 쉬운 말로 해결 방법을 설명하고 있습니다. 그녀는 수행에 접근하는 다양한 방법들을 이해할 기회를 제공할 뿐만 아니라, 생활 속의 수행에서 얻게 되는 유익함에 접근할 기회를 독자들에게 제공하여, 평화와 인간 이해에 귀중한 이바지를 하고 있습니다.

2004년 3월 3일
달라이 라마

싱가포르 국립대학에서 강연이 끝난 뒤 한 학생이 나에게 다가 왔다.

"내 친구는 불교도가 아닌데 좀 배우고 싶어해요. 이해하기 쉬운 간단한 영어로 된 책, 부처님 가르침의 핵심을 설명해 주는 소개 책 자가 있을까요?"

나는 그 질문이 무슨 뜻인지 잘 알고 있었다. 사실 나도 그런 책을 찾고 있었지만 구할 수 없었다. 불교에 대해서는 뛰어난 자료가 많 이 있다. 하지만 그 학생이 얘기하는 그런 책은 없다.

그 질문 때문에 나는 생각하기 시작했다. 몇 주 뒤, 공과대학에서 한 학생이 물었다.

"우정, 사랑, 결혼 같은 걸 불교의 시각으로 본 책이 있나요? 우리 21세기 젊은이들과 관련이 있는, 그런 것들에 대한 책이요."

또 빈칸으로 남겨놓아야 했다. 〈평화로운 마음이 미소를 부른다 (TAMING the MIND)〉를 쓰려는 생각은 바로 그 뒤에 하게 됐다.

내용
〈평화로운 마음이 미소를 부른다(TAMING the MIND)〉는 부처의 가르침에 관심 있는 모든 사람을 위한 책이다. 〈제1부 세계와 삶의 방식에 대한 견해〉에는 일상생활에 그대로 적용할 수 있는 실행 방법과 함께 불교의 철학과 심리학의 핵심이 담겨 있다. 〈제2부 다른 사람과의 관계〉에서는 다른 사람과 좋은 관계를 유지하는 방법을 말하고 있다. 〈제3부 나쁜 버릇 길들이기, 좋은 버릇 기르기〉는 서로 기대어 살아가는 일상생활 속에서 불교의 진리를 실천하는 방법을 조언해 준다. 〈제4부 부처의 가르침 전파〉는 불교의 역사와 발전에 대한 이야기이며, 불교 사찰, 선과 명상 센터, 의식, 축제의 의미를 설명한다. 〈제5부 오늘날의 불교〉는 두 가지 잠재적 해로움을 치료해 준다. 미신과 불교에 대한 오해, 그리고 우리 세계의 종교적 편협성이다.

이 책의 각 부분은 따로 읽어도 된다. 그러니까 '다른 사람과의 관계'에 관심이 있다면 그 부분부터 읽으면 된다. 그런 다음 맨 처음을 읽는다. 책 뒤에는 독자들을 위해 용어 풀이가 있다.

마음 다스리기를 통해서, 우리는 마음의 아름다움과 부처가 될 수 있는 인간의 잠재력(불성)을 만날 수 있다. 그것이 어떻게 가능한지 이 책은 암시해 주고 있다.

말

나는 가능하면 복잡한 전문 용어를 피해, 간단하고 명확한 언어로 부처의 가르침을 표현하려고 노력했다. 그럼에도 불구하고 전문 용어를 약간은 사용할 수밖에 없었다. 이런 용어들을 쉬운 말로 옮기는 것은 늘 쉽지 않다. 그리고 그 결과는 때때로 귀에 낯선 것이 되고 만다. 그러나 시간이 지나면 이런 단어들이 조금 덜 어색하게 들릴 것이다. 그 용어들의 뜻은 본문 안에 풀이되어 있고, 책의 뒤에 용어 풀이가 실려 있다. 특정인을 가리키지 않는 3인칭 대명사를 표현하기 위해 그/그녀 또는 그/녀라는 표기를 사용하는 것은 적절치 않다. 그래서 '그'와 '그녀'를 번갈아가며 썼다. 그러나 그렇게 썼다고 해서 특정한 성만을 가리키는 것은 아니다.

감사의 인사

감사와 존경의 인사를 먼저 나의 스승들, 주로 달라이 라마*, 쩐잡 세르콩 린포체*, 조파 린포체께 드린다. 언급하기에는 너무 많은 사람들의 친절과 지지—물질적인 것과 정신적인 것 모두—가 없었다면 이 책을 쓸 수 없었을 것이다. 몇 사람 더 얘기할 수밖에 없다. 싱가포르의 제3대학 다섯 군데의 불교 학생회 학생들은 이 책의 집필을 격려해 주었다. 시애틀에 있는 다르마 우정 재단의 회원들은 글을 쓸 환경을 제공해 주었고, 용기를 주었다. 원고를 편집한 스티브 윌럼, 신디 로스에게도 진심으로 감사드린다. 레슬리 록우드, 푸아 여우 쿤, 로 홍 링, 여 수 화, 쉬라 리에게도 귀중한 착상을 제공해 준 데에 대해 감사드린다. 테라바다, 마하야나, 티벳 불교에 대한 부분을 각각 감수해 준 담미카 스님, 젠디 스님, 상게 카드로 스님께도 감사드린다. 잘못된 점이 있다면 모두 나의 실수이다.

부처가 깨달음을 얻은 날
2004년 6월 3일
툽텐 초드론

*편집자 주 라마lama, 린포체rinpoche 는 티벳 불교에서 특별히 자격 있는 스승을 부르는 호칭.

차례

5 머리글

6 들어가는 말

9 감사의 인사

세계와 삶의 방식에 대한 견해

15 마음은 체험의 창조자이다

30 네 가지 숭고한 진리들__ 문제를 창조적으로 다루는 방법

55 혼란에서 깨달음으로__ 마음을 변화시키는 단계별 방법

　　　첫번째 단계 : 미래 준비하기

　　　두번째 단계 : 자유에 대한 소망

　　　세번째 단계 : 모든 사람의 이로움을 위한 깨달음

107 참된 삶을 위한 실행 지침

123 계율__ 에너지를 긍정적으로 활용하는 방법

다른 사람과의 관계

139 영혼의 스승__ 영적 지도자와 실제적인 관계 맺기

151 부모와 아이__ 가도록 놔두고 곁에서 지켜보기

165 우정__ 나눔과 돌봄

178 동료와 고객__ 함께 일하기 & 차별 해소하기

185 결혼__ 서로 성장하도록 돕는 일

나쁜 버릇 다스리기, 좋은 버릇 키우기

195 불평 __ 즐기는 소일거리

204 사람 결점 들추기 __ 서로를 비참하게 만드는 법

215 되새김 __ 과거와 미래에서 살기

224 자기 인생 책임지기 __ 재소자로부터 얻은 교훈

229 유익한 버릇 키우기 __ 일상생활에서 진리 실천하기

부처의 가르침의 전파

247 부처의 생애 __ 우리 모두를 위한 감화력

258 불교의 종파 __ 우리에게 맞는 것 찾기

261 테라바다 __ 스리랑카와 동남아시아의 불교

267 마하야나, 정토종, 선종 __ 동북아시아의 불교

282 수트라와 탄트라의 통합 __ 티벳 불교

293 불교 사원과 다르마 센터 __ 그곳에서는 무슨 일을 하는가?

300 불교 축제와 의식 __ 축제, 탄생, 결혼, 죽음

오늘날의 불교

309 불교는 무엇이고 미신은 무엇인가? __ 유령, 점, 초능력에 대한 언급

320 종교적 조화 __ 다양성은 유익하다

331 용어해설

세계와 삶의 방식에 대한 견해

나는 어떻게 여기에 온 거야? 난 왜 태어났지? 난 누구지? 나에게 일어나는 어떤 일이 왜 다른 사람에게는 일어나지 않는 거지? 내 마음은 내 행동에 어떤 영향을 주지? 우리는 의문을 가질 수 있다.

그 해답을 찾기 위해 우리는 현재의 삶을 넘어서서 일반적인 상황에 눈을 돌리기 시작한다. 만족스럽지 못한 상황들에 대한 해결책을 더 넓은 규모에서 찾는다. 인간으로서 우리가 갖고 있는 잠재적 가능성은 뭔가? 그것을 실현하도록 우리를 이끌 수 있는 자는 누구인가? 그렇게 하기 위해 우리는 어느 방향을 택해야 하는가? 우리의 시야가 넓고 깊어질수록 우리의 능력도 넓고 깊어진다. 자비심과 지혜를 길러 우리 삶을 의미 있게 만들 우리의 능력이 넓고 깊어진다.

마음은 체험의 창조자이다

마음은 모든 행동들의 앞잡이이다.

모든 행위는 마음이 이끌어오고, 마음이 만들어내므로.

타락한 마음으로 말하고 행하면 고통이 따른다,

바퀴가 앞에서 이끄는 황소의 발굽을 따르듯.

마음은 모든 행동 들의 앞잡이이다,

모든 행위는 마음이 이끌어오고, 마음이 만들어내므로.

평온한 마음으로 말하고 행하면 행복이 따른다,

그림자처럼 분명하게.

─『법구경』

불교에 의하면, 마음은 우리가 경험하는 것의 창조자 또는 원천이다. 이것은 깊은 의미가 있다. 우리 각각은 어느 정도까지 제어할 수 있는 마음을 가지고 있기 때문에, 결국 우리가 경험하는 것에 책임이 있는 것은 우리 자신이다. 우리의 에너지가 이런 문제들의 원천이라면, 우리의 문제에 대해 다른 사람 탓을 하는 것은 현실적이지 못하다. 마찬가지로, 행복을 경험하기 위해서 자기 외부의 존재를 회유할 필요가 없다. 긍정적인 마음 상태를 개발해서 우리 자신 안에 있는 행복의 원인을 만들어야 한다.

마음이라는 말의 불교적 의미는 우리가 가지고 있는 지각, 감정, 인식 작용이라는 영역 모두를 의미한다. 우리가 가슴 즉 마음씨라고 하는 것도 여기에 포함된다("그는 맘이 착해"라고 말할 때의 마음). 마음은 지능이 아니다. 육체 기관인 뇌도 아니다. 형태가 없어서 원자로 만들어지지도 않는다. 그래서 볼 수도 없고, 과학적인 도구로 측정해 볼 수도 없다.

마음은 기쁨과 고통을 경험한다. 마음은 생각하고, 보고, 듣고, 냄새 맡고, 맛보고, 만진다. 그 마음은 맑음이며 앎이다. 생각의 대상들이 투영되고 생각의 대상들에게 열중하기 때문이다. '우리 마음'이라는 말을 쓸 수도 있지만, 그것은 보통 다들 가지고 있는 보편적인 마음을 뜻하는 건 아니다. 우리 각 개인의 마음을 뜻하는 것이다. '마음의 흐름'은 순간적으로 연속해서 변화하는 '움직이는 마음'을 뜻한다.

우리 마음이 우리 경험을 만들어내는 데는 두 가지 주요 방법이 있다. 먼저 마음이 행동 또는 업(카르마)의 동기가 된다. 우리 행동의 흔적은 우리 마음의 흐름 위에 저장된다. 이것이 업인데, 이런 업의 흔적이 성숙하면 그것은 우리가 마주치는 상황에 영향을 준다. 두 번째로, 우리 마음은 우리가 접하는 것은 무엇이든지 해석을 하고 판단을 한다. 그래서 우리가 인식한 것들을 걸러낸다. 이렇게 함으로써 우리 마음은, 생활 속에서 사건들이 일어날 때 우리가 그것을 경험하는 방식을 결정한다. 이 두 가지 점에 대해서 좀더 깊이 살펴보자.

마음, 업의 창조자

한 경전에서 석가모니 부처가 설명하기를, 순환하는 윤회의 삶에 속해 있는 혼란스러운 우리 인생은 우리 행동이 만들어낸 결과이며, 그런 행동들은 우리 마음에서 비롯된 것이라고 했다. 어떻게 이런 일이 일어날까? 무지는 현실의 본질을 잘못 인식하는 것인데, 이것은 화, 집착, 질투, 오만, 혼란 같은 여러 고통들—혼란스러운 태도들과 부정적인 감정들—을 만들어낸다. 감정이 동기를 유발하면 우리는 행동한다. 이 행동들 또는 업은 계속해서 일어나는 우리 마음(변화를 계속하는 마음, 또는 마음의 흐름) 위에 흔적을 남긴다. 업의 흔적들, 잠재되어 있는 것들은 우리가 행동을 멈춘 다음에도 남아 있는 찌꺼기 에너지와 같다. 실체가 없는 그것들은 우리 마음의 흐름에 실려 따라가게 된다. 환경이 갖춰지면, 잠재되어 있는 업의 흔적들은 성숙해서 우리가 경험한 것들에게 영향을 준다.

이 과정은 복잡하다. 그리고 완전히 이해하는 데는 시간이 걸린다.

다음에 나오는 것은 보편적인 생각들을 제공해 주는 간단한 설명이다.

불교의 시각으로 보자면, 우리 마음은 무지 때문에 지금 어두워져 있다. 우리는 우리가 누구인지, 가장 깊은 의미에서 혹은 사람과 현상이 존재하는 방식의 차원에서는 모른다. 궁극적인 본질을 모르기 때문에, 우리는 우리 자신이 순수하고 진실하며, 독립된 자아라고 잘못 생각하고 있다. 자아에 대한 이 잘못된 생각은 우리가 강한 감정을 경험할 때 확실해진다. 예를 들어, 화가 날 때 우리는 정당하게 화가 날 진짜 나가 존재한다고 느낀다. 하지만 자신에게 "누가 화가 난 거지?"라고 물어보면, 이 독립된 자아처럼 보이는 것이 누구인지 또는 무엇인지 정확히 지적하기가 어렵다. 물론 우리 자신 또는 나는 존재한다. 그러나 우리가 생각하고 있는 식으로는 존재하지 않는다.

우리는 이 독립적인 자아를 보호하고 만족시키려고 한다. 그것은 우리의 잘못된 생각의 산물이다. 그래서 우리는 우리에게 기쁨을 주는 것은 뭐든지 집착하게 된다. 우리의 행복을 방해하는 사람이나 물건에는 반대하게 된다. 우리 자신에 대한 이런 무지한 시각 때문에 질투, 오만, 혼란, 원망, 게으름, 그리고 갖가지 바람직하지 않은 성격의 특성들이 나온다. 이런 고통들이 우리의 좋은 성질을 어둡게 한다. 우리가 되고 싶어하는 사람이 되려는 것을 막으면서.

이런 고통이 동기가 되어서 우리는 행동한다. 업 또는 카르마라는 말은, 우리의 몸 · 말 · 마음의 의도적인 행동을 말한다. 우리는 우리가 생각하는 것을 말하고 행동한다. 우리의 행동은 마음에서 나온다. 먼저 우리 마음에서 동기가 일어난다. 그런 다음 우리는 행동한다. 때때로 우리는 우리 행동의 동기를 모른다. 그러면서 우리가 하는 것과 말하는 것을 보고 놀란다. 하지만 주의를 기울인다면, 우리는 우리의 모든 행동 이전에 동기가 있다는 걸 알 수 있다.

예를 들어, 누구를 비판하기 전에는 그 생각이 먼저 일어난다. '이 사람이 나를 기분 나쁘게 만들고 있네, 못하게 할 거야.' 그런 다음 우리는 화가 나서 말한다. 그의 다른 결점들까지 들추면서……. 석가모니 부처는 이런 행동이 우리 마음의 흐름에 흔적을 남기고, 나중에 외부의 상황이 알맞게 갖춰지면, 이 업의 가능성은 성숙해져서 우리 체험을 결정한다고 말했다.

작은 씨앗이 많은 열매가 달린 나무로 자랄 수 있는 것처럼, 이런 비판 행동 하나가 여러 가지 결과를 낳을 수 있다. 다른 사람들이 우리를 비난할 것이다. 우리 환경이 비우호적이 될 것이다. 우리는 습관적으로 다른 사람을 비난하게 될 것이다, 우리는 불행한 환경에서 환생할 것이다 등등.

마찬가지로, 우리가 이기적이지 않고, 다른 사람의 이익을 생각하는 좋은 동기를 가졌을 때는 긴설적으로 행동한다. 그런 행동들은 우리 의식에 긍정적인 흔적을 남긴다. 이런 긍정적인 흔적들은 마찬가지로 긍정적인 결과들을 가져온다. 다른 사람들이 우리를 좋아할 것이다, 우리 환경이 즐거워질 것이다, 우리는 좋은 성품을 갖게 될 것이다, 우리가 좋은 환경에서 환생을 할 것이다 등등.

그래서 다양한 경우에 따라 우리는 화·집착·혼란 같은 고통을 일으키기도 하고 사랑·자존·지혜·다른 사람에 대한 배려 같은 긍정적인 감정과 태도를 일으키기도 한다. 불교의 길은 고통을 제거해서 긍정적인 정신 상태를 증가시키는 것이다. 우리 자신과 우리 주위에 있는 사람들에게 평화와 행복을 가져다주기 위해.

환생

사물이 존재하는 방식에 대한 깊은 통찰을 통해 석가모니 부처는 고통과 업 때문에 우리 마음이 환생을 계속하게 된다고 보았다. 죽음의 순간에 우리 평범한 존재들은 우리의 몸과 삶에 정신적으로 매달린다. 우리는 몸에서 분리되어 주변의 모든 것을 남겨두고 떠나는 걸 두려워한다. 이 몸과 삶으로부터 떠나고 있다는 것이 명확해지면 우리는 또 다른 몸을 움켜쥔다.

이 두 개—간절하게 바라는 것과 움켜쥐는 것—는 업의 흔적이 죽음의 순간에 무르익기 위한 협력적 상황으로 작용한다. 이런 업의 흔적이 무르익기 시작하면 우리 마음은 몸에 이끌리게 되고, 우리는 그 안에서 환생을 찾는다. 인간으로 태어나는 경우에는, 한 생과 다음 생 사이의 중간 상태나 우리의 의식이 그때 수정된 알 속으로 들어간다. 우리는 인간이라는 존재—인간의 몸과 마음—의 집합체를 키워나간다.

이렇게 새로 태어나면서 우리는 감각을 통하여 사람과 사물을 지각하게 된다. 이런 감각적 지각 때문에 유쾌하고 불쾌한 기분들을 경험하면서 집착, 적개심, 무관심이 일어난다. 이 감정들이 우리를 행동하게 한다. 우리의 행동은 마음의 흐름에 더 많은 흔적들을 남긴다. 그러면 죽음의 순간에 우리는 밀려나 다른 몸 속으로 다시 환생을 하게 된다.

이 환생의 사이클은 어딘가에 있는 장소가 아니다. 이것은 바로 우리가 살고 있는 세계이다. 이 윤회하는 삶은, 고통과 업의 행동에 지배되어 한 환생에서 다음 환생을 취하는 우리의 존재 상황이다.

그리하여 우리의 에너지는, 현재 상황의, 지금의 존재로 우리를 다시 태어나게 만드는 것이다. 그러나 업이 구체적인 틀은 아니다. 우리의 삶은 그 틀에 맞춰 미리 정해진 것이 아니다. 업의 흔적이 무르익는다는 것은 우리의 환경과 우리의 마음 상태에 달려 있다. 또한 우리는 우리의 행동을 제어할 능력이 있다. 그래서 우리의 미래를 만들어갈 능력이 있다.

업의 법칙은 우리 마음의 흐름에 있는 원인과 결과의 기능이다. 우리가 아픔을 경험하느냐, 기쁨을 경험하느냐는 우리가 과거에 무엇을 했느냐에 달려 있다. 우리의 이전의 행동 혹은 업은 우리 마음이 동기가 되어 일어난 것이다.

최초의 시작이 있었는가?

어떤 사람들은 의아하게 생각한다. 이 과정은 어떻게 시작된 거예요? 우리의 우주와 우주 안의 존재들에게 맨 처음이 있었나요?

우리 우주의 물리적인 진화는 과학이 연구해야 할 문제이다. 과학은 우리 우주의 물리적인 물질의 연속 상태—원인과 결과가 우리 우주에서 다양한 사물들을 만들어내기 위하여 물리적으로 어떻게 작동하는가―를 조사한다.

우리 우주에 있는 물질은 원인을 가지고 있다. 물질이 물질이 되기 이전 순간, 혹은 에너지(아인슈타인의 방정식 $E=mc$ 에서 볼 수 있는 것처럼) 말이다. 물질도 에너지도 존재하지 않았던 때가 있었다는 걸 증명하기는 어려울 것이다. 만약 아무것도 없었다면 물질은 무엇으로부터 발생했을까? 어떤 사물이 원인 없이 생겨날 수 있었을까? 현재의 우주는 이전에 존재했던 물리적 에너지의 변형이다.

마음은 물리적인 물질로 만들어지지 않았다. 그러므로 그 원인은 물질이 아니다. 마음은 그 연속 상태에 있는 마음 이전 순간으로부터 생겨난다. 우리는 어린 시절까지 순간에서 순간으로 우리 의식을 거슬러 추적할 수 있다. 우리 마음은 그때 이래로 바뀌어왔다. 그러나 우리의 현재 마음은 우리가 더 어렸을 때의 마음에 연관되어 있고, 그 마음이 원인이 되었다.

이런 식으로 우리 마음의 흐름의 존재는 의식의 시간까지 거슬러 추적할 수 있다. 어머니 자궁 안의 수정된 난자 속으로 들어갔던 의식 역시 원인을 가지고 있는 게 분명하다. 불교의 시각으로는, 이것은 마음 이전 순간이다. 즉, 이전 삶의 의식이다. 이 마음의 연속성은 무한하게 거슬러 올라간다. 거기에는 시작이 없다. 수학적인 숫자의 행렬이 시작이 없는 것처럼―늘 하나 더 추가될 수 있다― 우리 의식의 연속성도 없다.

우리의 고통에는 무지가 포함되어 있는데, 역시 원인으로부터 나온다. 즉 고통 이전 순간이 있다. 그것들의 연속성도 끝없이 거슬러 올라간다. 고통의 첫번째 순간이 있다면, 우리는 고통의 원인이 된 것이 무엇인지 집어낼 수 있을 것이다. 우리가 처음에는 순수했다가 나중에 무지로 어두워졌다면, 그 무지는 어디서 나온 것일까? 현실을 지각한 순수한 존재가 나중에 무지해졌다는 건 불가능한 일이다. 어떤 사람이 무지해졌다면, 그 또는 그녀는 그 전에는 완전하게 순수하지 않았다는 뜻이 된다.

어떤 다른 존재가 우리를 무지하게 만들 수는 없다. 아무도 컵에 물을 붓는 식으로 우리 마음의 흐름 속에 무지를 집어넣을 수 없다.

그래서 불교의 관점에서는, 우리 존재의 시작, 고통의 출발점을 찾는 것은 어리석은 짓이다. 부처는 지극히 현실적이어서 우리가 현재 상황을 잘 다루어 치료하려고 노력할 것을 강조한다. 쓸데없는 추측에 빠져 길을 잃는 것은, 우리가 현재에 초점을 맞춰 그것을 고쳐나가려는 것을 방해한다.

예를 들면, 어떤 사람이 차에 치여서 피를 흘리며 거리에 누워 있다. 그는 의학적 처치를 받기 전에, 누가 그 차를 운전했으며, 누가 그 차를 만들었으며, 언제 만들어졌는지 알아야겠다고 고집을 부린다. 이 정보들을 찾는 동안에 그는 죽는다. 우리는 그런 사람을 어리석다고 할 것이다. 차의 기원을 아는 것은 그의 상처를 변화시키지 못하며, 그의 생명을 구하지도 못한다. 그는 그의 현재 상황을 처리해서 의학적인 처치를 받고, 회복하는 것이 더 현명할 것이다.

마찬가지로, 존재하지도 않는 시작에 대해 공론에 빠져 길을 잃고 헤매는 것보다는, 현재의 어려움과 그 원인─고통─을 살펴보고 그것을 치유하는 것이 더 낫다. 석가모니 부처는 우주의 기원에 대해 토론하지 않았다. 우리 문제를 푸는 데, 우리 삶의 질을 개선하는 데 도움이 되지 않는다는 걸 알았기 때문이다. 대신 그는 우리에게 행동에 대한 동기 부여를 통해 마음이 경험의 원인이 되는 방식을 설명한다. 이런 행동들은 우리 마음의 흐름에 업의 흔적을 남기고, 그것은 우리 미래의 경험에 영향을 준다. 이것을 이해하면, 우리는 이 과정을 제어하고 정화할 수 있게 된다.

마음, 환경의 해석자

우리 마음이 우리 경험을 만들어내는 두 번째 방법은, 지각하는 대상물을 해석하는 방법이다. 사물을 해석하는 방법은 사물을 경험하는 방법을 결정한다. 존재하는 것을 정확하게 지각한다는 게 보통은 당연하게 들리겠지만, 사실 경험은 해석과 투영에 의해 채색된다.

예를 들어, 두 사람이 조를 만났다고 하자. 한 사람은 그를 좋아하고, 또 한 사람은 그를 싫어한다. 한 사람은 조를 인정 많고, 지적이고, 유머 감각이 풍부한 사람으로 보았다. 다른 한 사람은 조를 사람을 조롱하고, 경쟁심이 지나치고, 남의 감정에 무신경한 사람으로 보았다. 당연히 두 사람 모두 조가 어떤 사람인지 지각했다고 생각했다. 그게 사실이라면 그들은 조를 똑같은 식으로 지각했어야 했다. 그런데 그들은 분명히 그렇지 않았다.

두 사람 모주 조가 말할 때 같은 단어와 같은 목소리를 들었다. 하지만 그들은 조의 말을 다르게 해석했다. 그들의 마음은 지각—두 사람이 감각을 통해 인식한 소리와 모습—으로부터 결론—감각의 자료에 기초한 의미―으로 매우 빠르게 이동했다.

그래서 한 사람은 조를 유머러스하고 마음씨 착한 것으로 경험했다. '조는 멋있는 사람이야. 그 사람하고 있으면 즐거워' 라고 생각한다. 그후부터 그는 조를 만날 때마다 친구로 생각하고 즐거운 시간을 보낼 기대를 한다. 다른 사람은 조의 말을 비꼬는 걸로 해석했다. '조는 이기적이야, 난 그가 싫어' 라고 생각한다. 나중에 조를 만나면 기분 나쁜 사람을 보게 되었다며 거부감을 느끼게 된다.

두 사람은 모두 조에 대한 자신들의 지각이 당연히 옳다고 생각한다. 그러나 사실은 둘 다 자신들의 〈지각〉이라는 베일을 통해서 조를 말하고 있다. 다정하다거나 밉살스럽다는 조의 특성은, 그를 지각한 사람의 투영에 의해 만들어졌다. 그것은 본래의 조가 아니며, 저절로 조가 되는 것도 아니다.

우리가 상황을 어떻게 보느냐에 따라 그것에 대한 우리의 경험이 결정된다. 우리는 어머니를 보고 이렇게 생각할 수 있다. '맨날 이거 해라 저거 해라 시키기만 해. 요구 사항이 너무 많아.' 그러면 어머니를 볼 때마다 우리는 불편해진다.

반대로, 이렇게 생각할 수도 있다. '엄마는 이 몸을 낳아주셨어. 아무것도 못하고, 제 손으로 먹을 줄도 모르는 아기 때부터 돌봐주셨어. 어떻게 말하고 행동해야 하는지 가르쳐주셨지.' 그러면 엄마는 우리에게 매우 친절해 보인다. 엄마를 볼 때면 사랑스럽게 보이고, 우리는 그녀에게 애정을 갖게 된다.

다른 사람의 어떤 행동을 해로운 것으로 보게 되면, 우리는 그들에게 〈적〉이라는 딱지를 붙인다. 그 다음부터는 적으로 보인다. 마찬가지로, 우리가 어떤 사람의 행동을 친절한 것으로 분류하면, 우리는 그를 〈친구〉라고 부르고, 그것은 우리가 그를 보는 방식이 된다. 친구와 적은 사실 우리 자신의 마음에서 나온 것이다. 우리가 그들을 만든 것이다. 친구와 적을 마음의 힘으로 만들어서, 우리는 친구에게는 애착을 갖게 되고 적에게는 해를 주려고 한다. 사실 우리는 마음이 만들어낸 것에 집착을 하거나 반감을 갖는 것이다.

환경과 그 안에 있는 사람들을 어떻게 해석하느냐 하는 것은 마음의 순수함에 달려 있다. 더러운 거울에 비친 이미지가 아름답지 못한 것처럼, 고통과 부정적 업의 흔적으로 더럽혀진 마음에 비친 대상의 모습 역시 그러하다. 아무것도 묻어 있지 않은 거울에 비친 대상물은 같은 것이더라도 맑고 아름답다. 마찬가지로, 순수한 마음이 지각한 것은 무엇이든지 아름답다.

정신적으로 병든 사람은 자기 주위에 있는 사람들이 자신에게 해를 끼치려고 음모를 꾸미고 있다고 믿는다. 두려움에 눌려서 그들은 있지도 않은 유령을 보게 될지도 모른다. 자신의 지각이 옳다고 확신한다 해도, 우리는 완전히 다른 방식으로 똑같은 상황을 경험하게 된다. 이것은 과거에 우리가 했던 여러 행동들 탓일 뿐 아니라, 고통이 현재에 미치고 있는 작용 때문이기도 하다.

깨달음의 길을 앞서간 사람들에게는 이 지구가 순수한 땅이다. 마음이 화로 가득 찬 사람들에게는 지구가 무섭고 지옥 같은 영역이다. 환경은 본래, 그리고 저절로, 즐겁게 존재하지도 않고 고통스럽게 존재하지도 않는다. 환경에 대한 우리의 경험은 우리의 이전 행동과 현재의 해석에 달려 있다. 지옥 같은 영토와 순수한 땅, 둘 모두 우리 마음이 만들어낸 것이다. 우리 마음은 우리 경험의 원천, 경험의 창조자이다.

　이것을 알면, 궁극적이고 완전한 행복의 상태에 도달하는 유일한 길은, 마음을 어지럽히는 생각과 업의 흔적과 오점들을 우리 마음에서 깨끗이 제거하는 것이라는 사실을 알게 된다. 우리는 책임이 있다. 우리가 그걸 할 수 있기 때문이다. 『법구경』에 있는 시를 기초로 만든 현대 불교의 찬가는 이렇게 노래하고 있다.

> 우리는 혼자 악행을 저지르고,
> 우리는 혼자 고통을 견디네.
> 우리는 혼자 잘못을 멈추고,
> 우리는 혼자 잘못을 정화하네.
> 아무도 우리를 구하지 못하네,
> 우리 자신 말고는.
> 아무도 할 수 없고
> 아무도 하지 않을 것이네.
> 자신이 그 길을 걸어가야 하네.
> 부처님은 그저 길을 보여줄 뿐.

　부처들은 따라갈 길을 우리에게 보여준다. 그들은 그걸 알고 있다. 경험을 해봤기 때문이다. 지금 부처인 존재들은 지금 우리가 그렇듯 한때 혼란과 어려움에 둘러싸여 있었다. 하지만 그 길을 걸어갔기 때문에 그들의 마음이 정화되었고, 자신들의 좋은 자질을 최상의 수

준까지 발전시켜 완전하게 깨달은 부처가 되었다. 우리는 똑같이 할 수 있는 잠재력이 있다.

　부처들은 우리를 이끌어준다. 그러나 우리는 우리가 할 일을 해야 한다. 선생님들이 우리에게 문법을 가르쳐주지만 그것을 활용해야 하는 것은 우리들이다. 『백련성법경』에는 이런 말이 있다.

　　　부처는 존재들의 부정을 물로 씻어낼 수 없고,
　　　부처는 존재들의 고통을 손으로 떼어낼 수 없고,
　　　부처는 자신들의 깨달음 역시 심어줄 수 없다.
　　　부처는 만물이 비어 있다는 진리를 가르침으로써
　　　존재를 해방시키는 것이다.

　불교가 개인의 책임을 강조하지만, 그렇다고 우리가 길 위에 홀로 있다는 뜻은 아니다. 우리는 지도, 축복, 부처, 그리고 세 가지 보물 (불법승 삼보)의 모범에 의지할 수 있다.

　세 가지 보물 중 〈불〉은 부처를 가리킨다. 마음에서 모든 화, 집착, 무지, 이기심을 깨끗이 닦아낸 존재들이다. 게다가 그들은 치우침 없는 사랑, 자비, 지혜와 같은 모든 좋은 자질들을 발전시켰다.

　세 가지 보물 중 〈법〉은 부처의 가르침 또는 진리이다. 깨달은 상태를 말한다. 모든 문제, 무지 때문에 생기는 모든 고통이 중지된 상태를 말한다. 부처의 가르침은 우리가 깨달음을 얻게 이끌어준다.

　세 가지 보물 중 〈승〉은 진실을 깨달은 사람, 혹은 독립적으로 존재하는 사욕의 부재 상태인 무욕을 깨달은 사람을 가리킨다. 이 사람들은 자유와 깨달음으로 가는 길을 잘 걷고 있는데, 임명이 될 수도 있고(지켜야 될 계율을 받아 비구 혹은 비구니가 된다) 일반 신도일 수도 있다. 더 일반적인 상식으로는, 〈승〉은 한평생을 자신을 닦아나가며 남에게 이로움을 주는 데 바친 비구와 비구니들의 집단이다.

앞으로 펼쳐질 장에서 우리는 마음이 어떻게 경험을 만들어내는지 더 깊게 살펴볼 것이다. 또 우리의 원숭이 마음—다루기 힘든 우리의 일부분—을 어떻게 다스릴지 알아볼 것이다. 그래서 행복의 원인을 만들 수 있고, 우리 삶을 의미 있게 만들 수 있고, 다른 사람들과 조화로운 관계를 가질 수 있게 할 것이다.

네 가지 숭고한 진리들

문제를 창조적으로 다루는 방법

석가모니 부처의 가르침의 핵심은 네 가지 진리(사성제)로 표현되어 있다. 처음 두 개의 진리는 우리의 현재 상태를 정확하게 묘사하고 있다. 뒤의 두 개는 그것을 개선하는 실질적인 방법을 보여주고 있다. 우리는 자신의 경험을 통해서 이 네 가지 진리를 확인할 수 있다. 그것을 받아들이는 데에는 믿음의 불가사의한 도약이 꼭 필요하지는 않다.

이 네 가지 요소들을 숭고하다고 부르는 것은, 숭고한 존재들이 가르쳤기 때문이다. 그들은 진리에 대한 직관을 가지고 있는 존재들이다. 이 네 가지를 이해하면 우리 역시 숭고해질 것이다. 고통과 고통의 원인을 없애버릴 수 있다는 것은 사실이다. 그리고 고통의 멈춤, 고통의 원인의 멈춤, 숭고한 상태에 이르는 길을 우리가 선택할 수 있다는 것은 사실이다. 이것들은 옳다. 그래서 진리이다.

이런 사실들은 우리를 속이거나 우리를 행복해지지 않게 이끌지 않는다. 이런 것들을 이해하면 우리는 자유와 깨달음의 길로 들어서게 될 것이다.

네 가지 숭고한 진리는 다음과 같다.

- 진정한 고통
- 고통의 진정한 원인
- 진정한 고통과 그 원인의 멈춤
- 그 멈춤에 이르는 진정한 길

고통은 그 정체를 알아낼 수 있다. 그러면 그 원인을 버릴 수 있다. 그러면 고통과 그 원인의 멈춤에 이를 것이다. 그러면 숭고함에 이르는 길을 갈 수 있게 될 것이다.

첫번째 진리_고통이 존재한다

팔리어와 산스크리트어의 〈두카dukkha〉라는 말은 종종 〈고통〉으로 번역된다. 그러나 이 번역들은 오해의 소지가 있다. 그것은 극단적인 고통이라는 뜻이 담겨 있기 때문이다. 그래서 어떤 사람들은 이렇게 잘못 말하기도 한다.

"내 인생은 만사형통야. 큰 문제가 없으니까. 정말로 기분 좋은 경우가 많은데, 왜 불교에서는 인생을 고통이라고 할까? 불교는 비관적인 것 같아!"

석가모니 부처가 우리 삶을 〈두카〉라고 표현했을 때에는, 만족스럽지 않은 모든 상황을 이르는 것이었다. 그것은 작은 실망, 작은 문제, 작은 어려움에서부터 강열한 고통, 비참한 상황에 이르기까지 모든 고통들이 포함된 것이다. 그러므로 이 책에서 이런 단어들은 모두 두카를 가리키는 말로 쓰고 있다. 즉, 우리 삶에서는 모든 것이 완전히 올바르게 되어 있지는 않으며, 더 좋아질 수 있다는 사실을 가리키는 말로 쓰고 있다.

처음부터 삶의 만족스럽지 못한 상황에 대해 생각하고 싶지 않을진 모르지만, 그것을 치유하기 위해서는 그렇게 할 필요가 있다. 누군가 병이 들었는데 그 병을 인정하지 않는다면, 그녀는 약을 찾지 않을 것이고, 회복되지 않을 것이다. 마찬가지로 우리 삶의 모든 것이 잘되고 있다며 문제없는 척하면, 우리는 우리 안에 있는 불편과 두려움의 원천을 찾아내기 위해 깊이 들여다보지 못할 것이다. 우리 자신의 감정이나 마음가짐을 들여다보지 못하고서는, 우리를 방해하는 것들을 제압하고 긍정적인 것들을 키워나갈 수 없을 것이다. 이런 식으로 우리 마음을 바꿔나가지 않으면, 고통의 원인을 제거하고, 행복의 원인을 만들어내고, 궁극적인 행복의 상태에 이를 수 없을 것이다. 그러나 우리가 우리 상황을 명확히 살펴 그 상태를 인정하면, 그것을 개선할 수 있을 것이다. 게다가 자신에 대해 정직하다는 것은 안도와 희망을 느끼게 해준다. 우리는 우리 문제가 극복할 수 없는 것이 아니라는 것을 알고 있기 때문이다.

석가모니 부처는 우리가 직면한 두카, 즉 만족스럽지 않은 상황을 세 가지 형태로 표현했다.

- 고통의 두카
- 변화의 두카
- 스며들어 합성되는 두카

고통의 두카는 정신적, 육체적으로 괴로울 때 언제든 일어난다. 육체적인 아픔에는 암과 심장 발작의 고통뿐 아니라 두통과 긁힌 무릎의 상처까지 포함된다. 정신적인 아픔은 원하는 것을 얻는 데 실패했을 때, 아끼는 것을 잃었을 때, 불행이 닥쳤을 때 일어난다. 직장에서 목표가 이뤄지지 않았을 때 우리는 슬프다. 사랑하는 사람과 헤어졌을 때 우리는 위축된다. 증권시장이 곤두박질칠 때 우리는 걱정된다.

정신적, 육체적 어려움들은 모든 살아 있는 존재들에게 온다. 세상 어느 곳이나 가리지 않고 온다. 기술적인 과성이 우리 육체적 문제들을 상당 부분 제거해 줄 수 있지만, 새로운 것 ─ 오염과 핵전쟁의 위험 ─ 들이 역시 생겨나고 있다. 이전 어느 때보다도 우리는 높은 생활 수준을 누리고 있다. 그러나 더 많은 범죄, 증가하는 약물 남용, 자살과 이혼의 증가 역시 누리고 있다. 기술은 그것만으로는 우리의 문제를 다 풀어주지 못한다.

변화의 두카는 우리가 일반적으로 즐겁다고 생각하는 행동들이 변해서 반드시 고통이 된다는 것이다. 음식을 예로 들어보자. 맛있는 음식을 먹는 것이 즐거움의 원천이라고 우리는 생각한다. 이것이 사실이라면, 더 많이 먹을수록 더 행복해질 것이다. 그러나 분명히 그렇지 않다. 먹는 행위는 처음에는 배고픔을 없애주지만, 계속 먹으면 소화 불량이 온다.

마찬가지로, 우리는 친구를 기쁨의 원천으로 여긴다. 그러나 친구와 함께 있는 상태가 본래부터 기쁨이 존재하고 있는 상태라면, 우리는 친구들과 같이 오래 있으면 있을수록 더 행복해질 것이다. 처음 친구를 보면 반갑고, 외로움의 고통이 사라진다. 그러나 너무 오래 머물게 되면 피곤해지고, 그들이 떠나주기를 바라게 된다.

주위에 있는 사람과 사물이 우리에게 약간의 즐거움을 줄지 모르지만, 너무 많으면 불편하게 된다. 처음에 그들로부터 얻어낸 행복감이 불행으로 바뀐다. 이것은 행복이라는 것이 그런 행동·사물·사람에게 있지 않고, 우리들과 그들 사이의 상호 작용의 산물이라는 걸 가리킨다.

스며들어 합성되는 두카는 고통 당하기 쉬운 몸과 마음의 상태를 말한다. 우리는 외부 상황이 달라지기만 해도 불행해질 수 있다. 날씨가 바뀌면 우리 몸은 추위로 고통 당한다. 친구들이 우리를 대하는 게 달라지면 우리는 의기소침해진다.

현재의 몸과 마음이 고통을 겪게 될 가능성에 젖어들기 때문에 이것을 스며드는 두카라고 부른다. 우리는 그것으로부터 자신을 보호할 확실하고 간단한 방법이 없다. 이 만족스럽지 못한 상황은, 사람과 현상들이 어떻게 존재하는지, 그 진실을 알지 못하는 모든 존재들에게 고통을 주기 때문에 이것도 역시 젖어드는 고통이라고 부른다. 인생이 제공할 수 있는 모든 즐거움을 누리는 것처럼 보이는 사람들도 여전히 늙고 죽게 된다.

지금의 우리 몸과 마음이 우리 불행을 만들어낸다. 지금의 우리 몸과 마음이 지금의 우리 문제들을 만들어낸다. 몸은 나쁜 건강을 경험할 수 있는 기반이 된다. 우리가 고통을 받아들이는 몸을 갖고 있지 않으면, 우리 몸이 얼마나 많은 바이러스와 세균에 노출되어 있든 상관없이 병들지 않을 것이다. 마찬가지로, 우리 마음은 상처의 고통을 경험하는 기반들이다. 화로 오염되지 않을 마음을 가졌다면, 다른 사람들과 〈갈등〉이라는 정신적 번민으로 고통 받지 않을 것이다.

현재의 몸과 마음에 집착하게 되면, 미래에 더 많은 고통과 혼란을 가져올 방식으로 행동하게 될 것이다. 예를 들어, 몸을 만족시키기 위해 다른 사람의 소유물을 빼앗을 수도 있고, 원하는 걸 얻기 위해 거짓말을 할 수도 있다. 이것은 다른 사람에게 해가 될 뿐 아니라, 우리 마음의 흐름에 흔적을 남겨서 장래에 우리가 자신의 소유물을 빼앗기게 되는 원인이 된다.

이 세 가시 유형의 두가를 곰곰 생각해 보고 나서 쓸쓸함을 느끼는 사람이 있을지 모르겠다. 우리가 무서운 상황에 처해 있는 것 같기 때문이다. 그들은 불교가 고통에 대해 이렇게 많이 얘기하기 때문에 몹시 비관주의적이라고 생각할 수도 있다. 그러나 부처의 가르침을 이해하면 그런 오해는 일어나지 않는다. 오히려 고무되는 느낌을 받는다.

우리가 처해 있는 만족스럽지 않은 상태에 대해 생각해 보는 이유는, 그것에서 해방되어 지속적인 행복을 누리겠다는 결심을 하기 위한 것이다. 삶을 개선하려는 이런 진지한 의도로, 우리는 우리 문제의 원인을 살펴 그것을 제거할 방법을 강구할 것이다. 이것은 우리 삶에 깊은 의미를 주고, 명확한 방향을 제시해 줄 것이다.

두 번째 진리_고통에는 원인이 있다

앞에서 설명했듯이, 마음은 행복과 고통의 원천이다. 우리가 지혜와 자비심을 갖고 있으면 행복은 저절로 따라온다. 고통으로 혼란스러워지면 어려움이 찾아온다. 그러므로 마음의 건설적 상태와 파괴적 상태를 구별하여, 건설적인 것은 키우고 파괴적인 것은 줄이는 게 중요하다.

우리 문제의 주된 원인은 무지이다. 무지는 정신적인 요소, 혹은 마음가짐이다. 무지는 우리가 누구인지 이해하지 못하게 하고, 모든 현상이 어떻게 존재하는지 깨닫지 못하게 가로막는다. 사물이 존재하는 방식을 파악하지 못하게 할 뿐만 아니라, 존재하지 않는 방식으로 존재하는 것처럼 파악하게 만든다.

예를 들어, 기능하는 사물—산, 펜, 우리의 몸처럼 원인과 상황에 의해 만들어진 사물—은 끊임없이 순간순간 변한다. 그러나 무지의 영향 아래에 있으면, 우리는 그것들이 변하지 않고 정지되어 있는 것처럼 대한다. 그래서 오랫동안 만나지 못했던 친구들을 만나면, 우리는 그녀를 보고 어떻게 그렇게 나이가 들었는지 놀라게 된다. 마찬가지로, 우리는 물건이 부서졌을 때 놀란다. 머리로는 그것이 변한다는 것을 알고 있을지 몰라도, 마음으로는 그것들이 정지되어 있다고 믿는 것이다. 과학자들이 원자 수준 이하의 물질들은 끊임없이 움직이고 있다는 걸 우리에게 말해 주고 있지만, 테이블을 바라보고 있으면, 우리는 그것이 딱딱하고 움직이지 않는 것처럼 생각한다. 무지는 우리의 지각을 실체와 일치하지 않게 만든다.

좀더 깊은 수준의 무지는, 불교에서 〈타고난 존재에 대한 오해〉라고 부르는 것이다. 이것을 자신의 무지로 인식하고, 그것이 어떻게 작동하는지 인식하는 데에는 시간이 걸린다. 타고난 존재에 대한 오해는, 우리의 모든 고통과 문제에 대한 뿌리이다. 그래서 그것을 치유할 수 있는 지혜는, 만물이 모두 비어 있음을 깨닫는 지혜(空 또는 진실을 깨닫는 지혜)는 불교 가르침의 핵심이다.

타고난 존재가 의미하는 것은, 사람이나 현상들이 그들을 현재 상태대로 존재하게 만들어주는 중요한 성질을 지니고, 본래 그리고 스스로 존재하고 있었던 것처럼 우리에게 나타난다는 것이다. 예를 들어, 꽃은 여러 부분—줄기, 꽃잎, 수술, 암술—으로 구성되어 있다. 그러니 그 꽃은 본래부터 꽃을 꽃으로 만드는 요소를 꽃 안에 지니고 있는 단일 현상으로 우리에게 나타난다.

마찬가지로, 각 사람은 몸과 마음으로 이뤄져 있다. 그리고 그 기초 위에 그 또는 그녀의 이름이 주어져 있다. 그러나 우리가 누군가를 바라보면, 그곳에 진짜 사람, 그 또는 그녀의 몸과 마음과 독립적으로 존재하는 누군가인 것처럼 보인다. 그 또는 그녀의 이름과 독립적으로 존재하는 누군가인 것처럼 보인다. 이것이 〈타고난 존재〉라는 말이 의미하는 것이다. 사물들은 태생적으로 존재하는 것처럼 보인다. 우리는 무지하게 이 겉모습을 인정한다. 그리고 사물들이 독립적으로 존재한다고 파악하거나 이해한다. 모든 것은 의존적으로 존재하고 있는데, 우리는 모든 것이 독립적이고 태생적으로 존재한다고 이해한다.

궁극적인 자연—모든 것이 독립적이지 않거나 타고난 존재인—에 대한 무지는, 우리의 다른 고통이 자라나는 뿌리이다. 즐거운 것처럼 보이는 것은 뭐든지 우리를 집착하게 만들고, 불쾌한 것은 무엇이든지 싫어하게 만든다. 그것이 우리 일상생활에 강한 영향을 준다. 집착과 혐오에서 벗어나지 못하고, 우리의 기분은 날마다 높은 데서 낮은 데까지 롤러코스터를 탄다.

집착은 어떤 사람이나 물건의 좋은 성질을 과대평가한다. 그래서 그 사람, 물건, 장소, 아이디어에 매달리게 된다. 화는 어떤 사람이나 물건의 부정적 성질을 과장한다. 그래서 우리가 그것에 해를 끼치게 만든다. 또는 그것으로부터 도망가게 만든다. 집착이나 화에 방해를 받아서 대부분의 사람들—그리고 동물들도 역시—은 친구들을 돕고 적들에게 해를 입히는 데 그들의 삶을 허비한다. 이런 세 가지 주된 독—무지, 집착, 화— 외에도 여러 불안한 정신 상태 역시 우리에게 영향을 준다. 질투, 오만, 게으름, 원한 등등이다.

일상생활에서 이런 고통들은 우리 행동에 영향을 준다. 예를 들어, 성공에 대한 집착은 직장에서 동료와 협력하기보다는 경쟁하게 만들 수 있다. 화는 침착함을 잃고 다른 사람을 모욕하도록 몰아댄다. 우리는 우리 행동에 대해 단순하고 깊게 생각할 필요가 있다. 신문을 읽고 텔레비전을 켤 필요가 있다. 그곳에서 집착과 화가 사람들에게 무엇을 만들어주는지 보기 위해…….

이런 행동들, 또는 업은 우리 마음의 흐름에 흔적을 남긴다. 앞에서 설명한 것처럼, 그 흔적들은 우리를 다시 태어나게 만들고, 우리가 어디에 태어나든지 만족스럽지 못한 상황을 경험하게 만든다.

사랑으로 돕는 긍정적인 행동마저도 우리가 무지에 영향을 받는한, 미래에 짧은 행복만을 가져다줄 뿐이다. 지속적인 행복은 모든무지가 제거될 때에만 온다. 그래서 이 두 요소—고통과 업—는 계속해서 우리의 문제를 일으키는 원인이다.

세 번째 진리_고통은 제거될 수 있다

고통과 업은 제거될 수 있다. 그런 것들은 우리 마음의 본질이 아니다. 고통은 무지에서 생긴 오해에서 나왔기 때문에, 일단 만물의비어 있음 또는 있는 그대로의 사물의 본질을 알게 되면, 무지는 더이상 우리에게 영향을 주지 못한다. 그것은 어두운 방에 불을 켜는것과 같다. 불을 켜면 어둠은 사라진다.

지혜를 통해 우리는 무지와 다른 고통들을 우리 마음의 흐름에서영원히 씻어낼 수 있다. 그러면 다음 생애에 다시 태어나게 만드는원인이 되는 행동을 하지 않게 될 것이다. 또한 지혜는 우리 마음의흐름에서 업의 흔적을 깨끗이 제거한다. 그래서 업의 결과를 낳지않는다.

멈춤은 고통이 없다거나 멈춰선 것이다. 멈춤은 부정의 현상, 다시말하면, 고통의 부재이다. 우리가 수행의 길을 따라가면서 고통을 점진적으로 제거하면, 화·집착·무지는 엄청난 수준에서, 그런 다음 미세한 수준에서 멈출 것이다. 우리가 모든 고통을 뿌리까지 제거했을 때, 열반 또는 해탈, 모든 고통의 멈춤, 모든 고통의 원인의 멈춤에 이르게 될 것이다. 『법구경』에서 부처는 말했다.

> 배에 고인 물을 모두 퍼내면 배가 가벼워지는 것처럼
> 미움과 탐욕을 포기할 때 열반의 경지 또한 얻게 된다

열반은 더없이 행복한, 기쁨에 가득 찬 상태이다. 그 안에서 우리는 고통과 업의 영향으로 더 이상은 다시 태어나는 일이 없을 것이다. 자유에 이르러 해탈한 사람들은, 진리—타고난 존재의 비어 있음—에 대해 집중하여 명상을 한 결과, 죽은 다음에 평화 속에서 끊임없이 계속되는 행복으로 가득 차게 된다.

윤회의 삶으로부터 벗어나는 해방을 추구하는 사람들을 〈들은 자(성문승)〉와 〈홀로 깨달은 자(독각승)〉라고 부른다. 〈들은 자〉라고 부르는 것은, 그들이 부처의 교리를 들은 다음에 깨달아서 다른 사람에게 그것을 가르쳤기 때문이다. 〈홀로 깨달은 자〉들은, 부처가 되기 전 그들의 마지막 생애에, 부처라는 존재가 없던 그때에, 한꺼번에 홀로 열반의 경지를 얻었다. 열반의 경지에 든 〈들은 자〉와 〈홀로 깨달은 자〉는 〈아라한〉 또는 〈적을 쳐부순 사람〉이라고 불렀다. 그들이 〈고통〉이라는 적을 쳐부수었기 때문이다.

어떤 사람들은 보리살타(보살)의 길을 선택하기도 했다. 보살의 길은 다른 사람을 이롭게 돕기 위해 부처가 되는 것이 목적이었다. 모

든 고통과 업을 멈춘 다음, 보살은 결국 다른 사람을 인도하고 가르치는 윤회의 존재로 다시 태어난다. 그들이 다시 태어난 것은 자비심이 동기가 된 것이지, 무지 때문이 아니었다. 그들은 다른 사람을 위해 일하려고 세상에 남았다.

다른 사람을 이롭게 하기 위해 행동하는 한편, 보살은 자신의 마음의 흐름에서 미세한 오점들을 제거하는 일을 했다. 그래서 그들은 완전히 깨달은 부처가 될 수 있었다. 다른 사람에 대한 사랑과 자비가 매우 강해서 모든 존재들이 깨닫도록 인도할 때까지 깨달음에 이르지 않기로 맹세하기는 했지만, 실제로는 이 보살들이 자신들의 깨달음을 버린 것은 아니다. 그 맹세의 의미가 큰 것은, 다른 사람들에게 이롭다면 그들 자신의 자유를 기쁜 마음으로 포기하겠다고 한 사실이다. 그러나 그들이 부처가 되어 다른 사람을 도우면 좀더 효과적일 거라는 것을 알기 때문에, 그들은 적극적으로 깨달음을 구한다. 일단 부처가 되어도 그들은 여전히 다른 사람들을 지도하기 위해 세상에 모습을 드러낼 것이다.

대승 불교의 경전을 보면, 부처가 되는 것 또는 완전한 깨달음은 〈아라한〉이라는 높은 경지를 넘어선 단계이다. 두 가지를 구별하는 방법은, 그들의 마음에서 제거된 어둠의 정도에 달려 있다. 첫번째는 고통의 어둠, 즉 고통과 업을 말한다. 두 번째 단계는 인식의 모호함이다. 그것은 태생적으로 존재하는 고통의 흔적과 현상의 겉모습들이다. 이 어둠 때문에 모든 것을 알 수 있는 우리의 지혜는 방해 받는다. 또 그것은 우리가 모든 현상을 동시에 직접 자각하는 걸 방해한다.

어둠의 이 두 번째 단계는, 솥 안에 들어 있는 양파와 일단 양파가 제거되어도 남는 냄새와 비슷하다. 고통을 주는 어둠이 제거되면, 그 사람은 고통으로부터의 해탈 혹은 아라한의 경지에 이른다. 사람이 자신 마음을 계속 정화해 나가고, 인식의 어둠을 계속 제거해 나가면, 그는 부처의 완전한 깨달음에 이르게 된다.

보살은 가장 효과적이고 다방면에 걸친 방법으로 다른 사람을 도우려고 열망하기 때문에, 그 혹은 그녀는 두 가지 어둠을 정화하기 위해 집중한다. 낮은 단계의 보살은 고통이 주는 어둠을 여전히 가지고 있는 반면, 높은 수준의 보살은 그 어둠들을 제거하고 인식의 어둠을 제거하는 과정에 있다. 보살이 부처가 되면 그 혹은 그녀는 다른 사람을 깨달음으로 인도하기 위해 필요한 방법이면 어떤 것이든 상관하지 않고 세상에 모습을 드러낼 수 있다.

어떤 사람은 부처가 되기 전에 먼저 아라한이 된다. 반면에 다른 사람은 곧장 보살의 길로 들어선다. 앞쪽 사람은 윤회의 고리로부터 해방되겠다는 확고한 결심을 하고, 그로부터 〈들은 자〉 혹은 〈홀로 깨달은 자〉들이 걸었던 수행의 길로 들어선다. 열반에 이른 다음에는 그들은 기쁨과 환희가 가득한 상태에 살게 된다. 나중에 그들은 다른 사람들에게 이로움을 주기 위해 깨달음을 얻으려는 이타적인 목적을 갖게 된다. 이때에 그들은 보살의 길로 들어서게 되고, 그 뒤에 부처의 경지에 이른다.

다른 사람들은 해탈하려는 결심과 이타적인 목적을 처음부터 다 갖게 된다. 그 두 가지가 확고하면 그들은 먼저 아라한이 되지 않고 곧장 보살의 길로 들어선다. 보살의 길을 완전히 마치면 그들 역시 부처가 되는 것이다.

네 번째 진리_멈춤으로 가는 길

완전한 멈춤은 모든 고통과 모든 고통의 원인들이 없어지거나 작동을 멈춘 것이다. 이 자유의 상태에 도달하기 위해 우리는 올바른 길을 따라가야 한다. 『열반경』 등 불교의 여러 경전에, 석가모니 부처는 열반에 이르는 길을 세 가지 고귀한 수행─윤리적 계율, 집중, 지혜(계정혜 삼학)─으로 설명하고 있다. 그는 세 가지 수행에 맞는 올바른 여덟 가지 방법─정견, 정사유, 정어, 정업, 정명, 정정진, 정념, 정정(팔정도)─을 일일이 제시했다. 그것들은 세 가지 수행 안에 포함될 수 있는 개념들이다.

윤리적 계율의 실천

윤리적 계율의 실천은 수행의 기초이다. 이 수행을 하면 실제로 고통의 원인이 되는 부정적인 행동을 멈추게 된다.

윤리적 계율을 적용하게 되면, 일상생활의 질이 개선되기 때문에 매우 실용적이다. 부정적 행동으로 다른 사람에게 해를 끼치지 않게 되면, 우리의 후회와 죄의식은 진정될 것이다. 게다가 다른 사람들이 우리를 신뢰하게 되고 좋아하게 될 것이다. 우리는 나쁜 상황 속에 다시 태어나게 된다는 윤회의 두려움에서 벗어나 평화롭게 죽을 수 있다. 파괴적인 행동을 멈추고 긍정적인 행동을 하게 되면, 그것으로 인해 긍정적인 잠재력(가치 또는 선한 업)이 생기게 되고, 그것은 깨달음을 위한 굳건한 토대가 될 것이다.

올바른 여덟 가지 수행법 중 세 가지는 〈윤리적 계율의 수행〉 범주에 든다. 간단하게 설명하겠지만, 생활 속에 있는 실례들을 떠올리며 생각해 보면, 그 뜻을 명확하게 알 수 있을 것이다.

1. 바른 행동 적절하게 행동하면 우리는 몸을 파괴하는 세 가지 행동—살생, 도둑질, 어리석은 성적 행위—들을 피할 수 있다.

살생은, 동물을 포함해서, 어떤 살아 있는 존재의 생명을 의도적으로 빼앗는 것이다. 살생을 피하라는 조언은, 폭력 외에 갈등을 풀 대체 수단에 대해 새롭게 생각해 보게 한다.

도둑질은 우리에게 주어지지 않은 것을 갖는 것이다. 세금을 내지 않거나 내야 할 공공요금을 내지 않는 것, 물건을 빌렸다가 돌려주지 않는 것, 회사 물건을 개인적인 용도로 쓰는 것이 다 이런 것이다.

어리석은 성적 행위는 주로 간음을 말하지만, 보통은 육체적·정신적·정서적으로 우리 자신이나 남에게 해로운 성적 행위를 모두 포함한다.

바른 행동은 그 효과를 알 수 있다. 즐겁게 해주는 것이라면 그 순간마다 뭐든지 하던 우리는, 자신을 생각하는 대신 남을 깊이 생각하게 될 것이다. 자연히 우리의 관계는 개선되고 다른 사람들은 우리와 함께 있으면 더 행복해질 것이다.

남에게 도움을 주는 육체적인 행동도 바른 행동에 포함된다. 노인들이 힘들게 집안 청소 하는 것을 도와주는 것, 위험에 처한 사람들을 구해 생명을 지켜주는 것들도 바른 행동이 된다.

2. 바른 말 바른 말은 파괴적인 말을 피하는 것으로 시작된다. 거짓말, 분열을 일으키는 단어들, 거친 표현, 어리석은 대화 등이다.

거짓말은 진실이 아니라는 것을 알고 있으면서도 그것을 말로 하거나, 고개를 끄덕이거나, 어깨를 으쓱하여 암시하는 것이다. 그러나 진실을 말하는 것만이 절대적인 기준은 아니다. 자비심이 들어 있어야 한다. 예를 들어 살인자에게 죽게 될지도 모를 희생자의 위치를 정확히 말하는 것은, 만약 그것이 희생자의 죽음의 원인이 된다면 현명하지 않다.

분열을 일으키는 단어들은, 다른 사람을 싸우게 만들거나 불화가 있은 다음에 화해를 하지 못하게 방해하는 말들이다.

거친 단어들은 남에게 상처를 주는 말들이다. 모욕, 학대, 조롱, 비난…… 때때로 거친 말들을 웃으면서 할 수도 있다. 우리가 말한 것이 남을 해치지 않는다고 순진하게 주장이라도 하는 것처럼.

어리석은 대화는, 그저 재미를 위해 중요하지 않은 주제들을 이야기하면서 자신의 시간과 다른 사람의 시간을 허비하는 것이다.

바른 말을 하는 수행을 통해서, 우리는 남을 기쁘게 하는 의사소통을 하게 될 것이다. 다른 사람과의 관계는, 우리가 그들에게 말하는 것, 말하는 방식을 주의한다면 더욱 만족스러워질 것이다. 다른 사람에 대한 화나 좌절을 그 사람에게 발산하기보다는, 그들에 대한 우리의 요구나 느낌을 전달하는 효과적인 방법에 대해 생각할 것이다. 다른 사람의 좋은 자질과 성취를 눈여겨보고 말하도록 노력 할 것이다. 남들을 도덕적으로 지지해 주고, 슬픈 일이 있을 때 위로하고, 부처의 가르침을 그들에게 전하게 될 것이다. 말은 사람에게 영향을 미치는 강력한 도구이다. 이것을 현명하게 사용한다면 많은 사람들에게 이로울 것이다.

석가모니 부처는 우리에게 열 가지 파괴적 행동(십악)을 하지 말라고 충고했다. 즉, 세 가지 육체적 행동, 네 가지 언어적 행동, 세 가지 정신적 행동들이다. 세 가지 육체적 행동은 바른 행동에서 이미 설명했다. 네 가지 언어적 행동은 바른 말에서 이미 설명했다. 정신적인 파괴적 행동 세 가지—탐욕, 악의, 편견—는 〈윤리적 계율 수행〉에서 특별하게 설명하지 않았다. 그러나 그것들을 피하는 것이 윤리적으로 사는 데에 도움이 되기 때문에 여기서 설명하겠다.

남의 소유물을 탐내는 마음은, 다른 사람에게 속해 있는 것을 손에 넣으려고 할 때 생긴다. 탐욕은 아무도 볼 수 없는 정신적인 행위이지만, 그것은 우리가 원하는 것을 얻기 위해 다른 사람에게 아부하고, 뇌물 주고, 속이고, 훔치도록 우리를 이끌 수 있다.

악의는 남에게 해를 주기 위해 계획된다. 우리에게 잘못을 저지른 사람에게 어떻게 복수할까, 그들의 감정에 어떻게 상처를 줄까, 그들을 어떻게 당황하게 만들까 생각하는 것도 악의에 포함된다.

편견을 갖는다는 것은, 과거와 미래의 삶의 존재, 열반에 이를 가능성, 세 가지 보물(불법승 삼보)의 존재 등을 강력하고 격렬하게 거부하는 것도 포함된다. 이런 주제들에 대해 의심하는 것은 편견이 아니다. 그러나 이런 문제에 대해 질문하고 연구해서 의심을 풀려는 노력을 게을리하면, 우리는 현혹하는 교리를 믿게 되어 결국 편견을 만들어낼 수 있다.

이 열 가지 파괴적 행동을 신중하게 삼가는 것은 열 가지 건설적 행동 혹은 긍정적 행동과 관계가 있다. 예를 들어, 어떤 프로젝트를 만드는 데 보낸 시간에 대해 고용주에게 거짓말을 하지 않기로 결심하는 것은, 그 자체만으로도 긍정적인 행동이다. 그것은 많은 이익이 되기 때문이다. 고용주는 앞으로 우리를 믿어줄 것이고, 우리는 자신의 윤리적 기준에 맞게 살게 될 것이고, 일시적인 행복과 장래의 영적인 깨달음에 이르는 원인을 만들 것이다.

3. 바른 살림 물질적인 소유물들은 우리 생활을 유지하는 데 필요하다. 그러나 적절한 방법으로 그것들을 손에 넣는 것이 중요하다. 먹고 살기 위해 육체나 언어로 부정적인 행동에 관계하는 것은 해롭다. 이런 이유 때문에, 부처는 우리에게 도살자·사냥꾼·군인이 되는 것을 피하라고 권한다. 술·무기·독이 되는 물질을 만들어 파는 일에 관계된 직업을 피하라고 권한다. 마찬가지로, 사기나 속임수에 얽히지 않을 직업을 찾아야 한다.

어떤 사람들은 의아해 할지 모른다. 예를 들어, 도살자가 없으면, 곡식에 사용할 농약이 없으면, 어떻게 먹고 살 것인가. 우리 자신이 나라의 정책을 혼자서 결정할 수는 없다. 선택할 수 있을 때, 우리는 남에게 해를 끼치지 않는 직업을 선택하라는 것이다. 선택할 수 없다면, 그때는 주어진 상황에서 우리가 할 수 있는 최선을 다해야 한다. 가장 중요한 요소는 남에게 해를 주고 싶은 마음을 버리는 것이다.

수행자에게 〈바른 살림〉이란 가르침을 지키는 것을 의미한다. 그것으로 그들에게 가치 있는 선물이 만들어지는 걸 의미한다. 남에게 아부하고, 마음을 떠보고, 깨끗한 척하고, 선물을 받기 위해 작은 선물을 주고 하는 것은 생활에 필수적인 것—음식, 옷, 거처, 그리고 약—을 받기 위해 수행자가 취할 바른 행동이 아니다.

마찬가지로, 돈을 벌기 위해 남을 속이고, 점을 치고, 마술을 하는 것은 잘못된 삶이다. 모든 사람—승려이거나 일반 신도이거나—은 사회에 유익한 역할을 해야 한다. 남에게 해를 끼치지 말아야 한다.

석가모니 부처에 의해 자세하게 설명된 이런 다양한 교훈들은 윤리적 계율의 수행에 포함되어 있다. 그것들은 〈계율—에너지를 긍정적으로 활용하는 방법〉의 장에 설명되어 있다.

집중의 수행

집중은 수행의 핵심 부분이다. 이것이 없으면 우리 마음은 도덕적인 대상물에 확실하게 머물 수 없기 때문이다. 예를 들어 사랑에 대해 명상을 하려면, 먼저 자세를 갖춘 뒤에 그 마음을 계속 유지해야 한다. 그렇게 하면, 사랑은 우리 마음에 완전하게 집중될 것이다. 만물의 비어 있음에 대해 명상을 하게 되면, 그 의미를 꿰뚫고 나서 그것이 이해된 마음의 상태를 계속 유지해야 하다. 명상을 통해 우리 마음을 변화시키는 것은, 제어되지 않은 산란한 생각들을 멈출 수 있을 때에만 가능하다.

집중에 대한 강도 높은 수행은 명상적 고요함, 원하는 만큼 오랫동안 명상의 대상에 집중하는 능력을 갖게 해준다. 명상적 고요함에 잠기는 과정에서 수행자는 명상의 대상, 예를 들어, 호흡 또는 부처의 이미지 같은 대상을 선택해야 한다. 일단 명상적 고요 상태에 들게 되면, 집중은 어떤 대상을 향해서든 할 수 있게 된다. 만물의 비어있음, 사랑 등등. 명상적 고요 상태에 들면 몸과 마음은 극도로 유연해져서 명상을 매우 쉽고 즐겁게 만든다.

여덟 가지 수행 방법 중 다음에 설명하는 세 가지는 〈집중의 수행〉에 포함된다.

4. 바른 노력 우리는 수행의 길을 가면서, 부처의 가르침을 실행하는 데에 에너지를 쏟을 필요가 있다. 그렇게 하려면 이미 행해진 부정적인 행동들을 정화하고, 장래에 하게 될지 모르는 새로운 부정적 행동을 막으려는 노력이 반드시 필요하다. 우리가 이미 만들어놓은 도덕적인 상태를 유지하면서, 장래에 새로운 도덕적 상태를 만들어내는 노력이 필요하다. 이렇게 하면 우리 삶의 질이 확실히 개선된다.

5. 바른 분별 분별은 깨어 있는 마음이나. 이로운 것에 관심을 두고 기억하려는 정신적 요소이다. 예를 들어, 아침에 일어났을 때 "나는 오늘 가능한 한 다른 사람에게 해를 끼치지 않고, 도움을 주려고 노력하겠다"라고 결심할 수 있다. 분별은 종일 우리 마음에 이 생각을 유지하게 해주는 〈깨어 있는 마음〉이다. 이 마음 때문에 일상 행동이 이 동기에 상응하는지 안 하는지 알 수 있다. 열 가지 건설적 행동 중에서 이 〈깨어 있는 마음〉은, 우리가 파괴적인 행동을 하려는 유혹을 느낄 때, 거짓말·도둑질 같은 행동을 하지 않게 막아준다.

〈깨어 있는 마음〉은 명상에도 중요하다. 명상은 유익한 물건이나 유익한 태도와 익숙해진다는 것을 의미한다. 예를 들어, 숨을 들이쉬고 내쉬면서 호흡에 주의를 집중할 수 있는데, 이것에 점점 익숙해지면 마음에서 생각의 동요가 가라앉는다. 호흡을 겨냥하여 집중할 수도 있지만, 명상의 대상은 다양하다. 어떤 명상에서는 호흡에 초점을 맞출 수도 있고, 다른 명상에서는 부처의 이미지, 또는 모든 존재에 대한 사랑하는 마음가짐에 초점을 맞출 수도 있다.

한 점만을 겨누어 집중할 수 있는 마음 상태를 만들기 위해서는, 게으름 · 느슨함 · 흥분과 같은 집중에 방해되는 마음을 모두 제거해야 한다.

게으름은 명상의 대상—호흡, 부처의 이미지, 다른 존재에 대한 사랑 등등—을 유지하지 못하게 한다. 게으르면 우리는 명상의 대상을 잃어버린다. 마음에 일어나는 생각의 동요 때문에 흐트러지는 것이다.

느슨함은 마음이 흐릿해져서 그 명징함이나 분별력이 줄어들 때 일어난다. 느슨함을 떨쳐버리지 않으면, 명상하던 방석 위에서 잠들어버릴 수도 있다. 조그만 느슨함까지도 제거하지 않으면, 집중의 높은 단계를 얻지 못하고서도 얻었다고 잘못 믿을 수 있다.

흥분은 안정된 집중을 방해한다. 집착하는 것에 주의가 끌려 명상의 대상으로부터 빗나가는 것이다. 예를 들어, 우리는 우리의 주의가 음식에 빠져들어간다는 것을 느끼면서 명상을 시작하는 경우가 있다. 갑자기 명상 시간이 끝났음을 알리는 벨이 울린다. 그때 우리는 전혀 명상하지 못했다는 걸 깨닫는다!!

〈깨어 있는 마음〉은 이런 방해들을 중화시킨다. 그것은 반복적으로 우리 관심을 익숙한 대상에게 돌려주는 정신적 요소이다. 앞의 경우에서는 명상의 대상—호흡 등등—에 우리의 관심을 돌려주는 것이다. 명상 방법을 배우는 것은 중요하다. 그것을 배우면 우리의 깨어 있는 마음은 강해질 것이다. 그리고 쉽게 명상의 대상을 잊어버리지 않을 것이다. 쉽게 잊어버렸을 경우, 우리의 자기 반성적인 경계심이 우리가 흐트러졌다는 것을 경고해 줄 것이다. 깨어 있는 마음을 새롭게 하면 다시 명상의 대상에게 주의를 돌릴 수 있을 것이다.

〈깨어 있는 마음〉은 집중을 안정시켜 준다. 그래서 흥분을 가라앉힌다. 그러면 마음이 맑아져 깨어 있게 만들 수 있다. 그래서 느슨해지지 않게 된다. 경험을 통해서 우리는 너무 긴장되어 있지도 않고 너무 느슨하지도 않은, 집중의 정확한 균형점을 찾아야 한다. 너무 긴장된 마음으로 집중해 있으면 마음이 흥분될 수 있다. 이것은 집중의 안정성을 방해한다. 약하게 집중해 있으면 마음이 느슨해져서 맑게 깨어 있는 상태를 유지할 수 없다. 우리의 주의를 당길 것인가, 늦출 것인가를 결정하는 균형은 바이올린을 잘 조율하는 것과 같다. 인도의 명상가이자 현인인 찬드라고민이 말했다.

> 주의를 집중하려는 노력이 강하지 않으면, 마음은 가라앉아 버린다. 그래서는 투명한 마음 상태에 결코 도달할 수 없을 것이다. 반면에 주의 집중을 강하게 유지하려고 너무 신경 쓰게 되면, 대상으로부터 마음이 벗어나 방황하게 된다. 그러면 안정을 결코 이룰 수 없을 것이다. 그러므로 마음을 한 점에 집중하려고할 때 중간의 길을 유지하기란 쉬운 일이 아니다.

집중력을 개발하는 데 반드시 도움되는 〈깨어 있는 마음〉이라는 정신적 요소를 갖추는 것 외에, 부처는 또 다른 네 가지 대상에 대해 〈깨어 있는 마음〉을 유지하라고 이야기했다. 몸, 느낌, 마음, 현상이 그 네 가지이다. 이 실천을 통해, 우리는 세 가지 특성을 깨닫게 될 것이다. 그것은 모든 사물은 끊임없이 변하고 있으며, 어지러운 생각과 업의 영향 아래 있는 모든 사물은 불행하며, 모든 현상은 사심이 없다는 것이다.

6. 바른 집중 명상적 고요함에 이를 때까지는 〈깨어 있는 마음〉을 통해 집중하는 능력은 천천히 개선된다. 또 집중의 깊은 상태에까지 나아가, 유형의 영역과 무형의 영역을 실제로 명상을 통해 안정시킬 것이다.

이 명상적 안정의 단계는 불교도가 아닌 사람도 이룰 수 있다. 그러나 불교도가 그걸 이루었을 때는, 그 또는 그녀가 이룬 안정은 세 가지 보물에 의지하는 마음에 의해 계속 유지된다. 그리고 윤회하는 존재의 고통에서 자유로워지려는 결심에 의해 계속 유지된다. 불교도가 아닌 사람은 명상적 안정이 주는 희열에 만족하는 경향이 있는 반면, 불교도들은 그 명상적 안정 상태를 통해 만물이 원래 비어 있음을 깨닫는다. 그래서 자유를 얻는다.

부처는 〈깨어 있는 마음〉과 〈집중〉에 대해 수많은 가르침을 주었다. 더 배우고 싶다면 정신적 스승에게 지도를 청하라. 그 주제에 대한 책을 참고하라.

지혜의 수행

윤리적으로 살게 되면, 우리는 육체적·언어적으로 부정적인 행동을 제거하게 된다. 집중력을 개발하게 되면 명백한 고통이 일시적으로 잦아들 것이다. 그러나 지혜가 없으면, 윤회의 사이클에서 자신을 해방시켜 지속적인 행복을 유지할 방법이 없다. 모든 문제의 원인—무지—을 우리 마음의 흐름에서 뿌리째 뽑아내기 위해 만물의 비어 있음(空, 일반적으로 무욕 또는 타고난 자아의 부재와 같은 뜻)을 깨닫는 지혜가 필요하다.

사람과 현상이 존재하는 방식에 대한 깊은 본질을 깨닫는 이 지혜를 얻기 위해 우리는 〈특별한 통찰력〉을 훈련해야 한다. 〈특별한 통찰력〉은 식별할 수 있는 지혜로, 〈명상적 고요함〉의 유연성과 연결되어 분석력에 의해 유발된 것이다.

〈특별한 통찰력〉을 갖추기 전에 분석적인 명상이 이뤄지면 언제나 집중이 방해 받는다. 그리고 마음의 집중이 한 점에 모아지면 언제나 분석하려는 정신 작용은 동시에 불가능해진다. 그러나 〈특별한 통찰력〉이 얻어지면 집중과 분석은 서로 방해하지 않는다. 그래서 마음은 매우 강력해진다. 〈특별한 통찰력〉이 무욕 상태를 얻기 위해 작용할 때는, 그것이 무지·고통·업, 그리고 다른 흔적들을 우리 마음의 흐름에서 깨끗이 청소하여 다시는 떠오르지 않게 한다.

〈명상적 고요함〉과 〈특별한 통찰력〉을 개발하기 위해 우리는 오랜 시간 훈련해야 한다. 읽기를 배우는 것처럼, 집중과 지혜를 개발하는 것은 시간과 계속적인 실천이 필요하다. 단추 하나로 해결되는 편의 기구와 패스트푸드의 현대에서는, 참을성이 없어서 많은 노력

없이 높은 깨달음을 얻으려고 한다. 그러나 그것은 불가능하다. 이전의 삶에서 광범위하게 수행의 길을 닦은 소수의 사람들이 이번 삶에서도 빠른 진보를 할 수 있다. 그러나 대부분의 우리들은 그 경우가 아니다. 그러므로 멀리에 있는 목표, 인내, 열망, 선한 것을 바라는 행복한 마음을 갖는다면 도움이 될 것이다.

여덟 가지 수행의 방법 중 마지막 두 가지는 지혜의 수행에 포함되어 있다.

7. 바른 시각 또는 이해력 이것은 네 가지 숭고한 진리를 이해하는 마음이다. 고통의 진리, 그리고 그 고통의 원인이 윤회의 삶을 계속 존재하게 한다는 것을 이해하는 것이다. 멈춤의 진리, 그리고 수행의 길이 해방으로 가는 길이라는 것을 이해하는 것이다. 특히, 바른 시각은 미혹하는 시각—우리 몸·마음 복합체를 전생의 자아로 파악하는 개념 같은 것—에 반대되는 지혜이다. 그것은 우리를 윤회의 존재로 묶어둔다. 이것은 〈지혜〉에 대한 장에서 더 깊이 논의하겠다.

8. 바른 생각 집착하지 않는 것, 자비심, 해 끼치지 않는 것이 올바른 생각의 특징이다. 더 깊은 수준에서는, 올바른 생각은 만물의 비어 있음(空)을 솜씨 있게 분석해서, 우리가 그것을 직접 지각하도록 이끄는 마음을 가리킨다.

혼란에서 깨달음으로

마음을 변화시키는 단계별 방법

네 가지 숭고한 진리(사성제)와 여덟 가지 바른 길(팔정도)은 수행의 길을 설명하는 한 방법이다. 깨달음으로 가는 점진적인 길은 이것과는 다른 방법이다. 그러나 이 두 가지 방법은 모순되지 않는다. 우리가 그 두 가지를 다 아는 것은 도움이 된다. 다른 시각으로 같은 것을 보면 이해가 더 깊어지기 때문이다.

석가모니 부처는 아주 다양한 종류의 청중에게 맞춰 다양한 수준의 가르침을 주었기 때문에, 초보자는 때때로 어디서 시작하고 어떻게 나아가야 할지 혼란스럽다. 그래서 11세기초 인도의 고승 아티샤는 경전에서 핵심 부분들을 뽑아 점진적인 방향으로 순서를 정했다. 이것들은 그의 경전 『길의 등불』에 담겨 있다. 티벳의 고승 라마 쏭카파(1357~1419)는 아티샤의 텍스트에 있는 핵심을 확대해서 나중에 『깨달음에 이르는 점진적인 방법에 대한 해설』을 썼다.

점진적인 방법은 혼란에서 시작해 깨달음에 이르는 움직임의 전 과정을 간단하게 제시하고 있다. 그것은 깨달음의 단계들을 명확하게 설정하고 있다. 우리가 그 단계들에 익숙해지면, 부처의 가르침(다르마)을 듣기만 해도 그것이 적용되는 수행의 레벨을 알게 될 것이다. 수행을 여러 단계에서 이해하게 되면, 우리는 부처의 가르침에 모순이 없다는 것을 이해하게 된다. 그것들은 깨달음에 도달하는 한 사람의 수행 속에 다 포함될 수 있다. 이것을 알면, 불교의 어떤 종파나 가르침을 비난하는 큰 실수를 피하게 될 것이다.

다음에 나오는 것은 깨달음에 이르는 점진적인 수행의 길을 요약한 것이다. 더 많은 설명들은 그 주제에 대한 토론회에 참석하거나 훌륭한 책들을 읽으면 얻을 수 있다.

귀중한 인간의 삶

수행의 첫번째 단계는, 부처의 가르침을 실천하고 실천이 열매를 맺을 수 있는 기회를 알아보는 것이다. 호주머니 안에 보석이 있다는 걸 모르면, 거지는 그것을 활용하지 못하고 가난한 상태로 있어야 할 것이다. 마찬가지로 우리가 그 대단한 기회를 이해하지 못하면, 우리 시간을 지혜롭게 사용하지 못할 것이다.

지금 우리는 모든 생물들이 가지고 있지 않은, 아주 유리한 많은 특성들을 지닌 채 귀중한 인간의 삶을 누리고 있다. 우리는 우리 삶을 아주 의미 있게 만들 수 있다. 우리는 종종 우리 삶을 당연하게 여기면서, 우리가 바라는 식으로 일들이 진행되지 않으면 그것에 매여 살게 된다. 이런 식으로 생각하는 것은 현실적이지 않으며, 우리를 더욱 위축되게 만든다. 그러나 우리가 가지고 있는 자유와 자질, 그리고 잘되고 있는 일들을 생각하면, 우리는 인생에 대해 다른 시각, 더 즐거운 시각을 갖게 될 것이다.

우리의 가장 큰 자산 중 하나는 지성이다. 이 귀중한 자질은 인생의 의미를 밝혀내서 깨달음의 길을 갈 수 있게 해준다. 우리의 모든 감각―눈·귀·정신―들이 완전하다면 부처의 가르침을 들을 수 있고, 그에 대한 책을 읽을 수 있고, 그 의미에 대해 생각할 수 있다. 우리는 석가모니 부처가 나타나서 진리를 가르쳤던 역사 시대에 태어났다. 이 가르침들은 부처로부터 이어지는 계통을 따라 스승에게서 제자에게로, 순수한 형태로 전달되어 왔다. 우리는 우리를 가르쳐줄 수 있는 자질을 가진 영적 스승들을 만날 기회가 있다. 그리고 우리의 관심을 함께 나누고, 수행의 길을 가도록 우리를 격려해 줄 승가의 수행자들과 진리의 친구들로 구성된 사회가 있다.

종교적 자유를 소중히 여기는 나라들에 살게 된 행운을 얻은 우리 같은 사람들은, 수행의 길에 대해 배우고 실천하는 걸 금지 당하지 않는다. 게다가 우리 대부분은 절망적인 가난 속에서 살지 않는다. 충분한 음식, 옷, 거처가 있는 것이다. 기본적인 육체적 욕구를 걱정하지 않고 영적인 수행에 관계해 볼 수 있다. 우리 마음은 뒤틀린 시각으로 심하게 흐려져 있지 않고, 우리는 자기 개발에 관심을 가지고 있다.

우리는 현재의 기회에 위대한 일을 할 수 있는 잠재력을 가지고 있다. 하지만 그 가치를 알아볼 수 있는 긴 안목을 개발해야 한다. 현재의 삶은 짧은 시간 동안 지속될 뿐이다. 마음의 흐름은, 우리 몸이 죽어도 멈추지 않는 형체가 없는 존재이다. 죽음의 시간이 되어 마음이 몸에서 떠나게 되면, 그것은 다른 몸에서 다시 태어날 것이다. 우리가 어떤 환생을 갖게 되느냐는 현재의 행동에 달려 있다. 그러므로 우리 인생의 목적 중 하나는 죽음과 미래의 삶을 준비하는 것이 될 수 있다. 이런 식으로, 우리는 마음이 좋은 환경에서 태어나는 쪽으로 가게 될 것이라는 걸 알면 평화롭게 죽을 수 있다.

우리 삶을 활용할 수 있는 두 번째 방법은, 자유 또는 깨달음을 얻는 것이다. 우리는 윤회의 삶에서 해방된 존재인 〈아라한〉이 될 수 있다. 또는 다른 사람에게 가장 효과적으로 이로움을 줄 수 있는, 완전히 깨달은 존재인 〈부처〉가 되기 위해 계속 나아갈 수 있다. 해탈의 자유를 얻으면 우리 마음은 모든 고통에서 완전히 깨끗해질 것이다. 그러면 우리는 결코 두 번 다시 화를 내거나, 질투를 하거나, 오만하게 굴지 않게 될 것이다. 우리는 다시 죄책감을 느끼고, 걱정하고, 위축되지 않을 것이다. 우리의 모든 나쁜 버릇들은 사라질 것이다. 게다가 모든 사람들의 이로움을 위해 깨달음을 얻으려고 열망하면, 우리는 모든 존재들에 대해 저절로 우러나오는 애정을 갖게 될 것이고, 그들을 도울 가장 적절한 방법을 알게 될 것이다.

귀중한 인간의 삶을 이용할 세 번째 방법은, 순간순간에 최선을 다해 사는 것이다. 이렇게 하기 위한 몇 가지 방법이 있다. 하나는, 하나하나의 행동을 하고 있는 지금, 그리고 여기에 있는 각각의 순간에 마음을 집중하는 것이다. 먹을 때는 먹는 데에 집중한다. 맛이 어떤지 맛을 살피고, 씹는 맛이 어떤지 촉감을 살핀다. 걸을 때는 마음이 흐트러져 방황하게 하지 말고, 걷는 동작에 관련되어 있는 움직임들 하나하나에 집중한다.

각각의 순간을 최상의 상태로 사는 다른 방법은, 생각의 변화를 시도하는 것이다. 예를 들어, 위층으로 올라갈 때에는 '제가 모든 존재들을 행복한 환생, 해방, 깨달음으로 인도할 수 있기를 바랍니다' 하고 생각해도 좋다. 설거지나 빨래를 하는 동안에는 '제가 모든 존재들에게서 고통과 어둠의 마음을 깨끗이 씻어줄 수 있기를 바랍니다' 하고 생각한다. 남에게 물건을 건네줄 때에는 '모든 존재들의 필요를 제가 만족시켜 줄 수 있기를 바랍니다' 하고 생각한다. 우리는 남에게 행복을 가져다주려는 이 소원을 키워나가 각각의 행동에 창조적 변화를 줄 수 있다. 일상생활을 의미 있게 만드는 다른 기술은 〈좋은 삶을 위한 실제적인 지침〉의 장에 설명되어 있다.

동기 유발의 세 단계

우리 삶을 의미 있게 만들기로 결정했다면, 우리는 세 단계의 수행의 길을 따라 나아갈 수 있다. 이것들은 영적인 수행의 세 단계와 같다.『길의 등불』에서 위대한 인도 고승 아티샤는 말했다.

단지 윤회의 삶 속에서만 누릴 행복을 얻기 위해, 어떤 수단들을 가지고 열렬하게 일하는 사람들은 영적 동기를 거의 가지고 있지 않다고 알려져 있다. 윤회의 삶이 주는 즐거움에 등을 돌린 채 부정적인 것에서 돌아선 본성을 지니고, 자신들의 고요함(해방)을 위해 열렬히 노력하는 사람들은 중간 정도의 동기를 가진 사람들로 알려져 있다. 자신들의 마음의 흐름에 고통을 주는 문제들을 제거하려는 것과 똑같이, 다른 사람의 모든 문제들을 완전히 제거하기를 간절히 원하는 사람들은 최고의 영적 동기를 가진 사람들이다.

이 세 가지 동기와 그에 상응하는 수행은 점진적인 단계가 있다. 첫번째 단계는 두 번째 단계를 위한 기초가 되고, 그것은 세 번째를 위한 기초가 된다. 그 길을 따라가기 위해 우리는 끊임없이 수행한다. 시종일관 완전한 깨달음을 갈망하지만, 단계별 수행은 계속되는 것이다. 이 세 가지 동기들과 수행들을 간단히 말하면 다음과 같다.

1. 시작하는 단계 이 단계에서는, 죽음을 준비하여 평화롭게 죽은 다음에 좋은 환경에서 다시 태어나고 싶어한다. 이 단계를 마치면, 우리는 덧없음과 죽음에 대해, 불행한 환생이 주는 불리함에 대해 깊이 생각할 것이다. 이 지점에서 중요한 수행은, 세 가지 보물에 의지하여(삼보 귀의) 원인과 결과(업)를 관찰하는 것이 될 것이다. 세 가지 보물에 의지하는 〈삼보 귀의〉는 불(부처), 법(부처의 가르침), 승(부처의 가르침을 실행하는 수행자)의 영적인 지도에 우리 자신을 맡기는 것이다. 원인과 결과의 관찰에는, 열 가지 파괴적 행동의 금지와 그 반대인 긍정적 행동이 반드시 따라야 한다. 〈윤리적 계율〉에서 더 높

은 수준의 수행을 위한 많은 실천 덕목들이 수행 과정의 이 지점에서 시작된다. 그것은 바른 행동, 바른 말, 바른 살림을 하는 것이다.

2. 중간 단계 이 단계에서 우리는 윤회의 사이클로부터 완전하게 자유로워지는 상태를 추구한다. 이 단계를 마치면, 우리는 일반적으로 윤회의 삶이 주는 고통과 특별하게 각각의 환생이 지니고 있는 유형의 문제를 깊이 생각할 것이다. 또 윤회의 삶에 우리를 묶어두고 있는 고통과 업의 역할을 생각할 것이다. 이런 식으로, 우리는 윤회의 삶이 주는 모든 어려움으로부터 풀려나고, 자유를 얻겠다는 굳은 결심을 할 것이다. 우리의 주된 수행은 세 가지 높은 수행, 특히 집중과 지혜가 될 것이다. 숭고한 여덟 가지 수행의 길의 모든 항목들도 역시 실천될 것이다.

3. 더 높은 단계 이 단계에서 우리는 우리 자신뿐 아니라 모든 존재들을 위해 해방을 구하게 된다. 그렇게 하기 위해서 우리는 보리심, 즉 모든 존재들을 이롭게 하기 위해 깨달음을 얻으려는 이타적인 의지를 일으켜야 한다. 그래서 우리는 위대한 사랑, 위대한 자비, 그리고 이타주의에 대해 깊이 생각할 것이다. 다른 사람을 돕기 위한 최선의 방법으로, 부처의 완전한 깨달음을 이해하고, 깨달음의 경지에 다다르는 여섯 가지 마음가짐(완전함, 또는 바라밀다)인 보리심의 실천에 열중하게 될 것이다. 여섯 가지 마음가짐은 베풂, 윤리적 계율, 인내, 즐겁게 하는 노력, 명상의 안정 상태, 지혜들이다. 이 수행에서는 부처의 몸과 마음의 상태에 다다를 수 있게 해준다.

이제 우리 마음을 점진적으로 변화시키는 방법을 알기 위해 시작 단계로부터 출발을 해보자.

첫번째 단계_미래 준비하기

죽음에 대한 기억

귀중한 인간의 삶이 우리에게 주어질 기회는 영원히 계속되지 않는다. 죽음은 누구에게나 온다. 대부분의 사람들은 죽음에 대해 생각하면 불편해진다. 죽음에 대해 말하면 죽음이 더 가깝게 다가올 것 같은 두려움 때문이다. 그러나 지극히 본질적으로, 우리의 삶은 일시적인 것이고, 죽음은 피할 수 없는 것이다. 죽음이 변경할 수 없는 삶의 결과라면, 인생을 더욱 의미 있게 만들기 위해 죽음에 대해 생각해 보는 것은 좋은 일이다.

적절한 시각으로 죽음을 바라보는 것은, 우리에게 인생을 완전하게 살 수 있는 방향과 에너지를 제공해 줄 수 있다. 이것은 또 고통을 잠재우고, 우리 마음을 평화롭게 만들 수 있는 강력한 도구이다. 우리가 반드시 죽을 거라는 것을 알게 되면, 우리를 걱정하게 만드는 모든 작은 근심들은 삶이 끝나기 전에 우리 마음을 닦는 수행에 비하면 그리 중요한 것이 아니기 때문이다. 부처는 이렇게 말했다.

우리 삶이 영원하지 않다는 걸 아는 것보다 더 큰 깨달음은 없다. 모든 동물들의 발자국 중에서 코끼리의 발자국이 가장 큰 것처럼, 덧없음에 대한 명상은 가장 강력한 명상이다.

죽는 순간에 우리 마음의 흐름과 우리가 만들어낸 행동의 흔적은 미래의 삶으로 옮겨간다. 나쁜 동기를 가지고 해로운 행동을 하면서 귀중한 인간의 삶을 보냈다면, 그 해로운 행동의 흔적들이 우리와 함께 미래의 삶으로 옮겨갈 것이다. 더구나 화, 질투, 또는 다른 여러 부정적인 감정들을 키워왔다면, 그것들은 미래의 삶에서 더욱 강력하게 나타날 것이다.

반면에 마음을 긍정적인 상태—베풂, 인내, 사랑, 자비, 집중, 지혜—로 가꾸기 위해 현명하게 시간을 사용했다면, 그런 행동의 흔적들이 우리와 함께 미래의 삶으로 옮겨갈 것이다. 그런 이로운 마음가짐들 역시 더 강해져서, 미래의 삶에서도 더 쉽게 나타날 수 있다. 그래서 지금 우리의 생각과 말과 행동을 걱정하는 것은 중요한 일이다.

죽음은 결국 누구에게나 온다. 가난하건 부유하건, 유명하건 별 볼일 없건 우리는 죽는다. 영원히 사는 사람은 없다. 몸은 자연히 쇠약해져서 죽기 때문이다. 죽음을 피해갈 수 있는 곳은 없다. 우리의 삶의 길이는 연장될 수 없다. 순간이 지나갈 때마다 그것은 점점 짧아진다. 우리가 마음의 수행을 할 시간을 가지든, 가지지 않든 죽음은 온다. 삶의 길이가 닳아가는 동안, 마음을 변화시키기 위해 시간이 더 필요하다고, 더 달라고 흥정할 수는 없다. 죽음이 확실하다는 사실을 진정으로 깨닫게 되면, 우리는 부처의 가르침을 실천할 굳은 결심을 하게 될 것이다.

죽음의 시간이 언제인지는 확실치 않다. 삶의 길이는 확정되어 있지 않다. 우리가 얼마나 살지 알려주는 일반적인 통계 지표가 있지만, 그것이 우리 삶의 길이를 보장하지는 않는다. 임무를 마쳤을 때 죽을 거라고 생각하는 것은 옳지 않다. 사람들은 죽을 때에도 뭔가를 하고 있기 때문이다. 어떤 사람은 휴가를 가서 돌아오지 않는다. 어떤 사람은 식사를 시작했다가 끝마치지 못한다.

삶을 지탱하는 데에는 대단한 노력이 필요하다. 우리가 그저 아무것도 하지 않는다면 자연히 죽을 것이다. 살아 있기 위해서는 음식, 거처, 옷, 약, 기타 여러 가지 필요한 것들을 마련해야 한다. 생명을 유지해 주는 것처럼 보이는 것들이 생명을 끝장내기도 한다. 예를 들어, 지진이 일어나면 집은 그 안에 있는 사람을 죽인다. 나쁜 음식은 치명적인 질병을 일으킨다. 인간의 몸은 매우 부서지기 쉽다. 피부는 쉽게 뚫리고 뼈는 쉽게 부러진다. 아주 작은 바이러스도 커다란 인간을 소멸시킬 수 있다. 죽음의 시간이 불확실하다는 것을 깊이 이해하면, 지체하지 않고 지금 부처의 가르침을 실천하겠다고 결심하게 될 것이다.

죽음의 순간에는 모든 소유물들을 뒤에 남겨야 한다. 그 물건들을 모으느라 평생을 소비했을지라도, 그중 어느 것 하나 죽을 때 우리와 함께 갈 수 없다. 마찬가지로, 우리 친구나 친척들도 우리와 함께 갈 수 없다. 우리가 그들을 심히 걱정하더라도 죽을 때는 헤어지는 수밖에 다른 도리가 없다. 우리 몸은 이생의 시작부터 우리가 지녀온 유일한 물건인데, 죽을 때는 남겨놓아야 한다. 단지 업의 흔적들만이 다음 생을 향해 우리 마음의 흐름과 함께 간다. 단지 부처의 가르침을 실천한 것만 죽음의 순간에 우리에게 이롭게 작용할 수 있다. 이것을 진실로 이해하면, 우리는 순수한 마음으로 부처의 가르침을 실천하겠다고 결심할 것이다. 부나 명성을 추구하는 세속적인 동기가 전혀 없는 깨끗한 마음으로.

이것이 불교도가 인생을 즐기면 안 되고 엄격하게 살아야 한다는 의미인가? 아니다. 스스로에게 물어보자. 인생에서 진정으로 이로운 것은 뭘까? 우리는 우리 행동 뒤에 숨어 있는 동기와, 그것이 미래의 삶에 가져오게 될 결과를 살펴야 한다. 이렇게 해서, 우리가 해야 할 이로운 일이 뭔지 결정할 수 있다.

예를 들어, 우리가 이익을 늘이기 위해, 그래서 가족이 호화롭게 살 수 있도록 하기 위해 비즈니스에서 속임수를 썼다면, 그 동기는 이기적인 것이다. 우리는 가족들이 행복해지기를 원하지만, 우리 가족의 행복을 우리가 속인 사람들의 행복 위에 놓은 것이다. 사실 양쪽 다 행복을 원하고 있으며, 좋은 생활을 할 자격이 똑같이 있다. 우리가 부정적으로 행동하고, 가족을 위해 불공정하게 행동하면, 우리는 다른 사람에게 해를 입히게 된다. 우리 가족늘은 몇 가지 여분의 소유물들을 가지겠지만, 죽음의 순간에 그것들은 뒤에 남는다. 그리고 우리가 남을 속였기 때문에 생긴 부정적인 흔적들이 미래의 삶을 향해 우리와 함께 가게 된다.

이것을 이해하면, 우리는 거짓말의 불리함이 그 이익을 뛰어넘는다는 것을 알게 될 것이다. 그래서 우리는 속이는 짓을 피하게 될 것이다. 우리 가족들은 약간 적은 소유물들을 가지게 될지도 모른다. 그러나 우리는 맑은 양심으로 잠들 수 있을 것이다. 속이는 짓을 피하려고 노력하는 긍정적인 행동은, 미래의 우리에게 좋은 결과를 가져다줄 것이다.

다른 예를 들어보자. 쓸모없는 잡담은 언제 어디서나 파괴적인 행동으로 작용한다. 시간을 허비하기 때문이다. 그러나 친구가 풀이 죽어 있거나, 좋은 충고를 들으려 하지 않는다면, 우리는 농담을 하고 바보 같은 이야기를 하며 사소한 이야기를 해서 그의 기분을 밝게 해줘야 한다. 동기가 친절하기 때문에 우리 농담과 잡담은 긍정적이다.

웃고 떠들며 즐거운 시간을 보내는 것이 부처의 가르침에 어긋나지 않는다. 집착 · 화 · 질투 · 오만을 더 많이 버릴수록, 우리는 뭘 하든지 더욱 즐거울 것이다. 우리 마음이 열려 편하게 웃고 미소 지을 수 있다. 내가 얼굴을 마주할 행운을 가졌던 성스러운 분들은 유머 감각이 뛰어났다. 그리고 매우 친절했다.

불교도들의 그룹에서도 사람들끼리 서로 알고 친교를 갖는 것이 중요하다. 우리는 진리의 친구들과 함께 경험을 공유할 수 있고, 수행 과정에서 서로를 격려할 수 있다. 불교는 고립되어 수행하는 길이 아니다. 불교도들이 그룹이나 동료 의식을 키워가는 것은 중요한 일이다.

'내가 누구에게 말을 거는 건 그때마다 집착하기 때문에 그러는 거야, 그러니까 명상에 집중하고 다른 사람과 사귀지 않겠어'라고 생각하고 자신의 내부로 물러서는 것은 이롭지 않다. 불교의 기본적인 원칙 중 하나는 다른 사람을 보살피고 자비를 베푸는 것이다. 자신의 마음을 안정시키기 위해 때때로 다른 사람과 거리를 유지하는 것이 필요하지만, 가능하면 언제나 다른 사람에 대한 진정한 사랑을 적극적으로 행해야 한다. 그렇게 하기 위해서 우리는 다른 사람의 삶에 무슨 일이 일어나고 있는지 알아야 하고, 자기 자신에게 하듯이 그들을 돌봐야 하고, 가능하면 언제나 도움을 주어야 한다. 사랑으로 행동하는 우리의 능력은 시간이 지날수록, 실천을 해나갈수록 발전한다. 그 능력이 커갈수록 개인적인 명상의 요구도 커져 균형을 이뤄야 한다.

불교는 물질을 소유하고, 몸을 건강하고 아름답게 가꾸고, 친구나 친척을 돌보는 것을 반대하지 않는다. 우리의 소유, 몸, 사랑하는 사람들은 우리를 노예로 만들지 않는다. 진짜 문제는 이런 것들과 얽혀 일어나는 집착, 화, 그리고 다른 여러 가지 고통에 있는 것이다. 우리가 물질의 소유에 집착하게 되면 그것들을 얻기 위해 거짓말하기 쉽고, 속이기 쉽고, 훔치기 쉽다. 또 우리는 소유물에 인색하게 매달릴 수도 있고, 명성을 얻기 위해 이기적으로 그것들을 이용할 수도 있고, 다른 사람에게 힘을 행사할 수도 있다. 이 집착이 우리를 묶어버린다. 그리고 이생에서의 다른 사람과 우리 사이의 관계뿐만 아니라 내생來生에서의 탄생에까지 영향을 미친다.

그와 반대로, '내 생활과 가족을 유지하기 위해 꼭 가져야 할 것들이 있으니 나는 정직하게 일해서 그것들을 얻겠다. 그리고 다른 사람들과 그것을 나누겠다. 그리고 부처의 가르침의 전파를 위해서 쓰겠다'라고 생각할 수도 있다. 이런 동기를 가지게 되면 윤리적으로 살게 되고, 긍정적 잠재력―우리 마음 위에 새겨진 긍정적 행동의 흔적―을 만들게 된다. 베풀면서 살기 때문이다. 더욱 편안하게 살게 된다. 탐욕에서 벗어나기 때문이다.

불행한 환경에서 다시 태어나게 될 위험

죽은 뒤에 우리는 어디에서 다시 태어나게 될까? 불교의 시각으로는, 이것은 살아 있는 동안의 우리 행동에 달려 있다. 그 행동의 흔적은 죽는 순간에 완결된다. 죽을 때에 화가 나 있다든지, 소유물이나 사랑하는 사람에게 강하게 집착을 한다든지 하게 되면, 부정적인 흔적을 여물게 만들 것이다. 그것은 문제가 가득 찬 환경에서 다시 태어나는 쪽으로 우리를 데려갈 것이다. 우리가 세 가지 보물(불·법·승)을 생각하며 죽거나, 다른 사람의 이로움을 위해 생명을 바치면서 죽으면, 긍정적인 흔적이 여물어 행운의 환경에서 다시 태어나는 쪽으로 우리를 데려갈 것이다.

윤회의 삶 속에는 여섯 영역이 있다. 행운의 삶이 태어나는 영역은 신, 반신반인, 인간들의 영역이다. 불행한 삶이 태어나는 영역은 지옥, 굶주린 유령, 짐승들의 영역이다. 우리가 그런 삶의 형태로 태어날 수 있다는 것이 이상하게 들릴지 모르겠다. 그러나 우리 마음을 살펴보면, 그것이 가능하다는 걸 알게 될 것이다.

예를 들면, 때때로 우리 인간은 짐승 또는 그보다도 더 못한 존재처럼 행동하고 생각한다. 우리는 동물들처럼 탐욕스럽고, 자기 영역을 고집하고, 잔인하고, 머리가 둔하다. 동물들이 먹기 위해서 죽이고 자신을 방어하기 위해서 죽이는 반면, 사람들은 변덕·심술·욕망 때문에 죽인다. 사람이 그런 식으로 행동하면, 죽는 순간에 그들의 정신 상태와 어울리는 몸뚱아리로 그들의 마음이 끌려들어갈 것은 당연한 일처럼 보인다.

불행한 환경에서 다시 태어나는 것은 나쁘게 행동한 것에 대한 벌이 아니다. 자비로운 부처는 이런 영역은 만들지 않았다. 우리를 심판해서 그곳으로 보내는 것이 아니다. 이 영역들은 우리 마음의 영역이다. 그리고 우리 행동의 흔적이 우리를 그쪽으로 향하게 한다. 인도의 현자 샨티데바가 말했다.

> 거대한 불길과 달궈진 쇠의 땅으로 만들어진
> 지옥 세계는 어느 누가 만들어낸 것이 아니다.
> 우리 마음 안에 있는 파괴적인 생각에서 일어난다.
>
> 세상에 존재하는 모든 공포는
> 존재들의 악마적 마음에서 일어난다.
> 그리하여 우리가 마음의 광기를 정복하면
> 우리는 모든 윤회의 삶을 정복할 것이다.

이생과 전생에서 우리는 많은 행동—약간은 해롭고 약간은 이로운—을 했다. 그리고 그 흔적은 우리 마음에 남아 있다. 그 흔적들이 가져올 수 있는 불운의 환생을 두려워해서 우리는 그것을 막으려고 도움을 구할 것이다. 세 가지 보물이 우리를 행복으로 이끌 수 있다는 믿음을 가지면, 그 믿음이 세 가지 보물 안에 있는 의지처를 우리가 찾을 수 있게 인도한다.

세 가지 보물에 의지하기

의지 또는 귀의는 우리 자신을 세 가지 보물—부처, 부처의 가르침, 그 가르침의 수행자—에 맡긴 다음, 그 인도를 믿고 따르는 것이다. 세 가지 보물의 특성을 알게 되고, 불운의 환생을 할 위험에서 우리를 이끌어낼 능력을 알게 되고, 우리에게 행복에 이르는 길을 보여줄 능력을 알게 되면, 우리는 그들의 가르침을 믿게 될 것이다.

부처들은 마음의 흐름에서 나온 모든 고통, 업, 모호함을 완전하게 제거한 존재이다. 그들은 자신들의 좋은 자질을 완성시켰다. 그래서 부처들은 자비, 지혜, 그리고 자신들이 따라갔던 행복에 이르는 길을 우리에게 가르쳐줄 능숙한 기술들을 가지고 있다.

지금 부처가 되어 있는 존재들이 늘 깨달은 상태였던 것은 아니다. 그들은 한때 윤회의 삶에 묶이고, 집착·화·무지에 괴로움을 당했다. 바로 우리들처럼……. 그러나 수행의 과정을 실천하여, 그들은 마음을 정화하고 자질을 개발하여, 깨달음, 완전한 상태를 얻게 된 것이다. 경험에서 나온 그들의 가르침을 우리가 따르면 우리도 똑같이 될 수 있을 것이다.

석가모니 부처는 종종 대표적인 부처로 일컬어진다. 그는 2,500년 전에 살았던 역사 시대의 부처인 것이다. 그러나 부처는 그 말고도 수없이 많다. 그리고 우리는 그들 모두를 의지로 삼을 수 있다. 어떤 부처는 청정한 땅(정토)에 사는데, 그곳은 그들의 긍정적 잠재력—긍정적 업의 흔적—의 힘과 깨달음의 영향으로 만들어진 곳이다. 부처는 우리를 인도하기에 적절한 형태라면 어떤 것이든 가리지 않고 그 형태로 이 세상에 나타나 존재할 수 있다. 그들은 자신들이 누구인지 밝히지 않고 그저 평범한 존재로 나타난다. 행동이나 가르침을 통해 그들은 우리를 수행의 길 위에서 인도해 준다.

부처들은 완벽한 자격을 갖춘 길잡이들이다. 그들은 윤회의 삶을 완전히 넘어섰기 때문이다. 그러므로 다른 사람들을 돕는 그들의 지혜, 자비, 기술은 무한하다. 신의 영역에서 태어난 사람들과 같은 수준의 세속적인 신들은, 여전히 업의 영향 아래서 죽음과 고통을 당한다. 그래서 우리를 해방으로 이끌어갈 수 없다.

게다가 부처들은 우리를 이끌 노련한 수단을 가지고 있다. 부처가 해방으로 이끌 수 있었던 사람들…… 극단적으로 무지하고, 화를 내고, 집착하는 사람들의 이야기가 불교의 경전에는 무수히 많다.

부처는 엄청난 자비심을 갖고 있다. 그래서 결국 우리를 돕게 될 것이다. 게다가 부처들은 공정하기 때문에 우리가 그들을 어떻게 대하든 상관없이 우리를 이끌어준다. 부처는 보통의 존재들처럼 특별히 좋아하는 것을 즐기지 않는다. 다른 사람들의 비난에 상처 받지도 않고, 칭찬에 즐거워하지도 않는다.

부처의 도움은 모든 존재에게 똑같이 펼쳐진다. 태양빛이 모든 방향으로 퍼져나가듯이. 그러나 태양빛은 뚜껑이 닫힌 그릇 안으로는 들어갈 수 없다. 마찬가지로, 부처들의 깨달음의 영향은 어둠이 너무 많고 긍정적 잠재력이 거의 없는 존재의 마음에는 다다를 수 없다. 그릇의 뚜껑이 벗겨지면 태양의 광선이 쉽게 들어간다. 그러므로 우리는 무지의 어둠을 제거해서 가능한 한 많이 부처의 영향을 받아들일 수 있게 마음을 준비하는 게 중요하다.

부처의 가르침에 의지하는 것은 네 가지 진리(사성제)의 마지막 두 가지에 해당한다. 진정한 멈춤과 진정한 수행이다. 정확히 말하자면, 부처의 가르침은 수행의 길에 대한 〈깨달음〉이자, 고통과 그 고통의 원인의 〈멈춤〉인 것이다. 이것은 만물의 비어 있음을 직접 깨달은 사람의 마음의 흐름에 존재한다.

부처의 가르침은 진정한 의지처라고 한다. 이것은 우리가 얻은 〈깨달음(명확한 이해)〉 그리고 〈멈춤(고통과 그 원인의 멈춤)〉이 우리의 진정한 보호 수단이 된다는 걸 의미한다. 부처들은 가르침을 주고 그것에 이르는 길을 보여주고 있다. 그 가르침을 행하는 제자들인 승가는 그 모범을 제시하고 우리가 실천할 수 있게 도와준다. 그러나 우리 자신의 깨달음만이 직접 그 고통과 혼란을 멈추게 할 것이다.

승가에 의지하는 것은, 만물의 비어 있음을 직접 지각한 사람들—승려이거나 일반 신도이거나 상관없이—을 가리킨다. 이는 아라한뿐 아니라 들은 자(성문승), 홀로 깨달은 자(독각승), 직접 만물의 비어 있음(空)을 깨달은 보살들이 모두 포함된다. 그들은 있는 그대로 진실을 지각했고, 우리도 똑같이 하도록 도울 수 있다.

더 일반적인 의미로는, 승가는 비구와 비구니 집단을 가리킨다. 그들은 자신들의 삶을 진리의 실천에 바친 사람들이다. 비록 그들 각 개인들이 그런 의식을 가질 수도 있고 아닐 수도 있지만, 개별적인 수도자들은 수행의 길을 따르는 일에 몸을 바친다. 그러나 우리가 그들에게 완전한 존재이기를 바라는 것은 아직은 옳지 않다.

관음보살, 문수보살 등의 불교의 신들은 부처 또는 보리살타 승가로 여겨도 된다. 우리는 그들을 다양한 방식으로 볼 수 있다. 그중 하나가 그들을 역사적 존재로 보는 방식이다. 우리는 경전에서 그들의 전기를 읽어볼 수 있다. 그들을 이런 식으로 보면, 우리는 그들의 삶의 실상에 의해 마음이 고무된다. 그리고 그들이 했던 것처럼 실행해 볼 용기를 갖는다.

이런 신성한 존재들을 보는 다른 방법은, 장엄한 특성들의 현신을 보는 것이다. 관음보살은 자비의 특성이 모습으로 나타난 것이며, 문수보살은 모든 부처들의 지혜가 빛처럼 퍼져나가는 특성이 모습으로 나타난 것이라고 말한다. 관음보살이나 문수보살은 실체가 같은 존재인 것이다. 모든 부처들의 전지전능한 마음은 같은 특성을 지니고 있으며, 같은 것들을 알고 있기 때문이다. 그러나 이런 경우, 관음보살과 문수보살은 특별한 성질의 상징으로 여겨진다.

모든 존재들에게 향하는 부처의 위대한 자비를 우리가 자각하기란 쉽지 않은 일이다. 그러나 이런 성질이 상징적으로 그리고 예술적으로 나타나게 되면, 우리는 더 잘 이해할 수 있다. 사람들을 돕기 위해 뻗친 1천 개의 팔과, 사람들에게 필요한 것들을 보기 위한 1천 개의 눈을 가진 관음보살의 육체적인 모습은, 우리에게 지비심의 크기를 잘 보여주고 있다. 그래서 우리는 모든 깨달은 부처들의 현신, 특히 자비의 현신으로 발전해 가기 위해 관음보살에 대해 명상한다.

일단 어떤 사람이 부처가 되면, 그 또는 그녀(실제로는 부처에게 성별이 없다)는 어떤 신성한 존재의 모습으로도 나타날 수 있다. 그래서 부처의 전지전능한 마음은, 어떤 사람을 돕기 위해 관음보살의 형식을 갖출 수도 있고, 동시에 다른 사람을 돕기 위해 문수보살의 형식을 갖출 수도 있는데, 그 겉모습은 가르침의 스승으로, 동물로, 또는 다리와 같은 생명이 없는 물체로, 어떤 것으로도 나타날 수 있다. 일단 어떤 사람의 마음의 흐름이 완전하게 정화되고 발전하게 되면, 그것은 다른 사람에게 이로운 다양한 형태로 나타날 능력을 갖는다. 그리고 깨달음으로 인도할 능력을 갖는다.

아직 우리는 제3의 방법으로만 신성한 존재들을 볼 수 있다. 미래에 우리 자신이 부처가 될 수 있는 잠재력, 완전히 발전된 형태인 잠재력을 그런 신성한 존재로 볼 수 있다. 이런 식으로 우리를 이끌어 달라고 부처에게 돌아설 때, 우리가 되려고 하는 그 부처가 고통으로부터 우리를 궁극적으로 보호해 줄 그 존재라는 것을 스스로 떠올리게 된다. 이것은 우리에게, 지금 바로 우리 안에 존재하는 부처가 될 가능성을 떠올려 발전시키게 용기를 준다.

세 가지 보물과 관계된 방법도 비슷하게 설명된다. 우리는 고통과 그 원인 때문에 괴로워하는 병든 사람과 같다. 부처는 진단하고 약을 처방하는 의사이다. 부처의 가르침은 약이며, 승가는 약을 먹게 도와주는 간호사이다. 이런 식으로 우리는 치료될 것이고, 건강이 좋아져 행복해질 것이다.

업 (원인과 결과의 법칙)

부처가 우리에게 처방한 첫번째 약은 업을 관찰하는 것이다. 즉, 파괴적 행동을 포기하고 긍정적인 행동을 하라는 것이다. 그래서 그는 열 가지 파괴적 행동을 설명했다. 그것은 앞에서 설명한 것이다. 업 역시 앞에서 설명했다.

업의 주된 성질에는 네 가지가 있다.

1. 업은 한정적이다 우리가 사과 씨를 심으면 사과가 자란다. 오렌지가 자라지 않는다. 마찬가지로, 긍정적으로 행동하면 행복이 따라온다. 고통이 따라오지 않는다. 우리가 파괴적으로 행동하면 불행이 온다. 행복이 오지 않는다.

2. 업은 확장될 수 있다 작은 씨앗이 열매가 달린 커다란 나무로 자라는 것처럼, 작은 행동이 커다란 결과를 가져올 수 있다. 그러므로 부정적 행동은 작은 것이라도 피하려고 노력하고, 긍정적 행동은 작은 것이라도 하려고 노력하라.

3. 원인이 없다면 결과도 없다 씨를 심지 않으면 아무것도 자라지 않는다. 죽임을 당할 원인을 만들지 않은 사람은 박살 난 차 안에서도 죽지 않는다. 이와 같이, 원인을 만들지 않으면 우리는 진리를 깨달을 수가 없다. 부처에 대한 단순한 기도로 우리가 원하는 결과는 오지 않는다. 주요 원인을 만들어낼 일을 아무것도 하지 않았다면 말이다. 부자가 되기를 기원하면서 아직도 베푸는 데 인색한 사람들은, 시험에 합격하기를 기원하면서 공부는 하지 않는 사람들과 같다. 어떤 일이 일어나게 하기 위해서는 적절한 원인을 만들어야 한다. 기도하라. 그런 다음에 원인이 여물도록 자극하라.

4. 업은 없어지지 않는다 우리가 긍정적인 행동을 하면 행복한 결과가 실제로 올 것이다. 우리가 부정적인 행동을 하면, 그 흔적이 곧바로 그 결과를 가져오지는 않더라도 결코 사라지지는 않는다.

연구와 사색을 통해 우리는 업의 작용에 대해 확실한 이해를 얻을 수 있다. 우리가 원인과 결과의 영역 너머까지 개입할 수는 없지만, 그 안에는 유연성이 있다. 업은 딱딱한 상태로 던져진 것이 아니다. 변할 수 있다. 예를 들어 화가 나서 시각이 뒤틀려버렸다면, 우리는 긍정적인 업이 여물어가는 것을 방해한 것이다. 우리 마음에서 부정적인 흔적을 정화해 나간다면, 우리는 부정적인 업이 여무는 것을 늦추거나 완전히 막을 수 있다.

이런 부정적인 업을 정화하려면 네 개의 반대되는 힘에 관계하는 게 현명하다.

1. 파괴적 행동을 참회하라 지혜가 있기 때문에 우리는 우리의 실수를 알아차리고 인정한다. 참회는 죄책감과는 다르다. 죄책감은 우리를 정서적으로 움직이지 못하게 얽맨 다음 고통을 과장한다. 반면 참회는 우리 행동에 대한 정직한 평가에서 나온다. 그리고 실수에서 배울 수 있게 만든다.

2. 〈세 가지 보물〉에 의지하여 이타적인 의지를 일으켜라 우리는 성스러운 존재, 혹은 평범한 존재들과의 관계에서 파괴적으로 행동한다. 세 가지 보물에 의지하면 우리는 성스러운 존재들과의 관계를 회복할 수 있다. 그리고 사랑, 자비, 이타주의를 일으키면 평범한 존재들과의 관계를 회복할 수 있다.

3. 앞으로는 부정적인 행동을 하지 않겠다고 결심하라 우리 결심이

강하면 강할수록 습관적인 파괴적 행동을 피하는 게 더 쉬워질 것이다.

4. 치료를 위한 수행에 참여하라 보통 어떤 것이든 덕행이면 가능하다. 도움이 필요한 사람을 돕는 것, 사회에 봉사활동을 하는 것, 부처의 가르침을 듣고 깊이 생각하고 명상하는 것, 세 가지 보물에 대해 공양을 약속하고 실행하는 것, 부처의 가르침을 책으로 만들어내는 것 등등이다.

이것으로 시작의 단계가 끝난다. 이것은 미래에 좋은 환경에서 태어나기를 원하는 사람의 수행을 설명한 것이다. 파괴적 행동을 피하고 건설적 행동을 함으로써 세 가지 보물(三寶)에 의지하여 원인과 결과의 법칙을 관찰하고 이해하는 것이다.

두 번째 단계_자유에 대한 소망

시작 단계의 수행자는 평화롭게 죽을 준비가 되었다. 그리고 행복한 환생을 할 준비가 되었다. 이것은 미래 지향적이긴 하지만 이생의 행복을 무시하는 것처럼 보일지도 모른다. 사실은 그 반대다. 미래의 삶에 관심을 두었기 때문에 현재 일어나고 있는 일들을 더 잘 알게 된다. 현재의 행동이 미래의 경험들을 만들기 때문이다.

해로운 행동을 피하기 위해, 우리는 그것의 원인이 되는 집착·화·혼란을 제압하려는 노력을 해야 한다. 그렇게 하면 우리 마음은 걱정 · 근심 · 고통 때문에 생기는 정신의 흐트러짐 없이 현재를 사는 데 더 자유로워질 것이다. 역설적으로, 미래의 삶에 대한 걱정이 우리에게 현재의 삶을 더 충실히 살도록 이끌어준다.

잠시 뒤에 우리는 이렇게 생각할지 모른다.

'내생來生에서 행운의 환생을 한다 해도 나는 여전히 윤회의 고리에 얽매여 있어. 이게 만족스러운 상황인가?'

좋은 환생은 나쁜 환생의 고통을 방지하는 일시적인 수단이다. 우리는 여전히 태어나고, 병들고, 늙고, 죽어야 한다. 선택이 있을 수 없다. 어떤 환생도 영속적인 안전은 보장하지 못한다. 아무리 좋은 환생이라도 끝이 있게 마련이다. 고통에 조종 당하며 우리는 올라갔다 내려갔다를 반복한다. 문제 있는 환생에서 다시 새로운 문제 있는 환생으로……

이것을 이해하면, 우리 안에 있는 모든 환생에서 자유로워지려는 결심이 커질 것이다. 윤회의 삶을 떨쳐버리는 해방을 열망할 것이다. 지혜 위에 세워진 영속적인 평화 상태를 열망할 것이다. 이 상태에 도달하기 위해, 우리는 무지의 뿌리를 잘라버릴 수 있는 집중된 지혜를 개발하려고 노력할 것이다.

네 가지 숭고한 진리(사성제)와 여덟 가지 바른 수행의 길(팔정도)은 일반적으로 중간 단계에서 논의된다. 그러나 네 가지 숭고한 진리와 여덟 가지 바른 수행의 방법은 중간 단계의 영역에만 한정된 것이 아니다. 예를 들어 바른 행동, 바른 말, 바른 살림은 시작 단계에 있는 사람의 기본적 실천 사항들이다.

네 가지 숭고한 진리를 깊이 생각하면 윤회의 삶에서 벗어나야겠다는 결심을 하게 된다. 세 가지 높은 수행(삼학)은 해방으로 인도하는 필수적인 수행 방법이다. 세 가지 높은 수행에 담겨 있는 지혜의 여러 가지 측면은 이 장에서 설명될 것이다.

세 번째 단계_모든 사람의 이로움을 위한 깨달음

영적 수련의 시작 단계에서, 사람들은 죽음과 내생來生을 준비한다. 그들에게는 이치에 맞는 이야기이다. 그리고 그들은 이것을 할 수 있다. 잠시 뒤에 그들의 이해가 점점 깊어지게 되면 그들은 좋은 환생만으로도 영속적인 행복을 가져오지 못한다는 것을 깨닫는다. 그들의 목표는 더 커진다. 그리고 그들은 통제할 수 없는 환생의 사이클에서 완전하게 해방되기를 원한다. 그들은 이제 중급 단계의 수행자가 되어 해방을 구한다.

나중에 그들은 그들의 목표를 다시 평가한다. 그리고 묻는다. 나 자신만의 자유를 획득하는 것이 만족스러운 것이 될까? 다른 모든 사람들은 어떻게 되는 거야? 그들은 이제 다른 사람들의 행복에 대해 보편적인 책임감을 강하게 느끼기 시작한다. 그래서 그들은 남을 이롭게 하려는 마음을 지닌 존재인 〈보살〉로 발전해 간다. 그것은 모든 존재를 이롭게 하기 위해 깨달음을 얻으려는 이타적인 의지를 담고 있는 마음이다.

이타적 의지

부처는 이타적 의지를 키우는 두 가지 방법을 가르쳤다. 하나는 원인과 결과의 일곱 가지 항목(칠인칠과)이다. 이것은 현자 마이트레야와 아산가가 강조한 것이다. 또 하나는 자신과 남을 바꿔보는 것이다. 이것은 인도의 큰스승 샨티데바가 발전시킨 것이다. 간략하게 설명하기 위해, 원인과 결과의 일곱 가지 항목만 여기서 설명하겠다.

원인과 결과의 일곱 가지 항목을 갈고 닦기 전에, 평정심을 개발할 필요가 있다. 그것은 모든 존재에 대해 같은 느낌을 유지하는 것이다. 친구에 대한 집착, 적에 대한 미움, 낯선 사람에 대한 무관심에서 벗어나는 것이다(여기서 적이라는 것은 우리와 사이가 좋지 않거나 우리를 편하지 않게 만드는 사람을 이른다).

우리가 사람들을 친구·적·낯선 사람으로 융통성 없이 차별하는 한, 그들 각각에 대한 차별 없는 사랑의 마음을 일으키는 것은 불가능하다. 그러므로 평정심은 다른 사람에 대한 혼란스러운 감정을 평온하게 하는 것뿐만 아니라, 그들에 대한 순수한 사랑과 자비를 기르기 위한 기초가 되는 것이다.

다른 사람에 대한 집착·적의·차별은, 우리가 그들의 즉각적이고 피상적인 성질만을 볼 때 일어난다. 예를 들어, 오늘 수가 우리에게 선물을 주었다. 조는 우리에 대해 험담을 하고 다녔다. 그래서 우리는 수를 친구로, 조를 적으로 여긴다. 내일 조가 우리에게 선물을 준다. 수가 우리 등뒤에서 흉을 본다. 갑자기 우리 감정이 뒤바뀐다. 조가 친구가 되고, 수가 적이 된 것이다.

사실 수와 조, 둘 다 비슷하게 행동했다. 그런데 우리는 어떻게 한 사람은 진정한 친구이고, 다른 한 사람은 진정한 적이라고 말할 수 있을까? 그들의 피상적 행동 너머를 보지 않으면, 우리는 둘 다 좋은 성질을 가지고 있으면서, 둘 다 나쁜 성질을 가지고 있다고 보게 될 것이다. 그러면 그 또는 그녀가 "좋다, 그러니까 그에게 집착하는 마음을 갖는다" 또는 "나쁘다, 그래서 그녀에 대해 미워하는 마음을 갖는다"는 것은 비현실적인 반응이다. 더구나 우리가 그들과 친구·적·낯선 사람으로서 맺는 관계는 일시적인 것이다. 우리가 태어났을 때, 수와 조는 낯선 사람이었다. 그들에게 우리도 마찬가지였다. 수는 그런 다음 우리의 친구가 되었다가, 나중에는 적이 되었다. 반면에 조는 그 반대였다. 이런 관계는 다시 바뀌게 될 것 같다. 수가 친구 또는 낯선 사람이 되고, 조가 다시 적 또는 낯선 사람이 될 것 같다.

우리는 여러 번 거듭한 전생의 삶을 통해, 모든 사람들과 언젠가는 친구, 적, 또는 낯선 사람의 관계를 맺어왔을 것이다. 다른 사람과 우리의 관계는 넘임없이 흐르면서 변한다. 그러므로 그들에 대한 집착, 적의, 무관심은 적절하지 않다. 부처가 말했다.

> 지금 우리에게 적대적인 태도를 갖고 있는 사람들은, 우리의 사랑하는 어머니·아버지·친구·형제·자매였다. 셀 수 없을 만큼 여러 번……. 지금 우리에게 이로운 사람들은 또 우리의 모진 원수였다. 셀 수 없을 만큼 여러 번……. 그러므로 우리는 우리에게 해를 주는 사람들에 대한 분노는 어떤 것이든 던져버려야 한다. 우리가 좋아하는 사람들에 대한 집착을 던져버려야 한

다. 그래서 모든 존재에 대해 똑같이 사랑하는 마음을 넓혀가야
한다.

어떤 사람도 날 때부터 영원히 친구 · 적 · 낯선 사람인 경우는 없
다는 걸 깨달으면, 우리는 집착 · 적의 · 무관심이라는 혼란스러운
감정에서 풀려나게 된다. 이것은 반대로 사람들에 대한 열린 마음과
걱정하는 마음이라는 평등한 감정을 일으킬 것이다. 우리는 더 이상
어떤 사람에게서 소원함을 느끼거나, 다른 사람이 우리를 저버릴 것
이라는 두려움을 느끼지 않게 될 것이다.

평정심의 기초에서부터 원인과 결과의 일곱 가지 항목을 통해 이
타적인 의지를 일으키는 과정을 우리는 실행할 수 있을 것이다.

여섯 원인에 대한 결과로, 모든 사람을 이롭게 하려는 보살의 〈이
타적인 의지〉가 발생한다.

1. 모든 존재들이 우리의 어머니였다는 사실 깨닫기 첫 단계는 모든
존재가 우리 어머니였다는 것을 깨닫는 것이다. 이 명상에서는 자신
의 어머니가 선택된다. 보통 사람들은 자신의 어머니에게 가장 가까
운 감정을 느끼기 때문이다. 어머니와 어려운 관계에 있다면 아버지
를 선택할 수도 있다. 또는 어렸을 때 우리에게 매우 친절했던 사람
이면 누구라도 좋다.

의식이 있는 셀 수 없이 많은 존재들이 우리 어머니였다고 생각하
는 것은, 현재의 사고방식의 한계를 넘어설 것을 요구하는 개념이
다. 먼저, 우리는 환생이 존재한다는 생각을 가져야 한다. 그것은 지

금의 우리 자신이 시작도 없는 삶의 연속된 흐름 속의 하나라는 것이다.

지금의 우리였던 존재가 늘 우리가 아니었다는 걸 인식하는 것은 어렵게 보일지도 모른다. 한 생애 동안에 일어나는 변화를 생각해 보면 도움이 될 것이다. 어렸을 때는 모든 것을 지금과 얼마나 다르게 느끼면서 살았는지 생각해 보라. 우리 몸도 달랐다. 세상에 대한 우리의 생각도 달랐다. 그때의 아이는 전혀 다른 사람인 것처럼 생각되는 것이다. 지금의 우리 모습을 한 어른과 연결이 되지 않는다.

아흔 살이 된 우리 모습을 상상해 보면, 모든 걸 잊어버리고 허리가 굽은 노인이 지금의 우리와 연결되지 않을 것처럼 보인다. 그러나 아이, 현재의 자신, 주름지고 노망난 늙은이는 하나의 연속성 안에 존재한다. 우리는 그들 모두가 될 수 있다.

마찬가지로, 우리 마음은 다양한 다른 몸 안에 존재할 수 있다. 우리는 많은 전생의 삶을 살아왔다. 그래서 우리를 낳아 그 생애 동안 우리를 키워준 많은 어머니를 갖고 있다. 현생의 어머니는 늘 우리의 어머니가 아니었다. 이전의 삶에서 우리는 여기서 태어났고, 그녀는 저기서 태어났을 수 있다. 그래서 많은 존재들이 이전의 삶들에서 우리 어머니가 되었다.

우리는 전생의 삶을 무수히 많이 가졌기 때문에, 모든 존재들이 한두 번은 우리의 어머니가 되었다. 우리 마음이 무지로 어두워졌기 때문에 우리는 그들이 어머니였었던 것을 기억할 수 없다. 새로운 몸을 받았기 때문에 우리는 이생에서는 그들을 알아보지 못한다. 그러나 모든 존재가 어머니였다는 사실을 스스로 떠올려보면, 누군가를 볼 때마다 친밀한 느낌이 저절로 들 것이다.

예를 들어, 어렸을 때 우연히 사랑하는 부모와 헤어졌다고 하자. 30년이 지난 뒤 길을 걸어가다가 두 명의 거지를 보게 된다. 처음에는 그들을 모른 체하거나 그들을 싫어한다. 그런데 다시 보자 갑자기 그들이 부모라는 걸 깨닫는다. 그들은 그때의 모습이 아니다. 자신이 그렇듯이……. 그래서 처음에는 알아보지 못했다. 하지만 알아본 다음에는, 우리는 갑자기 그 거지들에 대한 특별한 걱정과 사랑을 느낀다. 그들을 돕는 데 조건이 있을 수 없다. 모든 존재들이 이전의 삶에서 우리 부모였다는 것을 깨닫는 것은 우리 자신을 훈련하는 일이다.

2. 다른 사람들의 친절 기억하기 두 번째 단계는 다른 사람들이 우리에게 보여준 친절과 보살핌을 기억하는 것이다. 이것을 위해서는, 먼저 현재의 어머니를 예로 삼거나, 어렸을 때 우리를 보살펴준 누군가를 예로 삼으면 된다.

어머니는 우리를 자궁 안에서 아홉 달 동안 키워주었다. 임신이 매우 불편했을 텐데 말이다. 그녀는 우리를 낳는 고통을 견뎠다. 우리가 혼자서는 아무것도 할 수 없는 어린아기였을 때 우리를 돌보아주었다. 그리고 아이의 짜증과 나쁜 버릇을 참아주었다. 어머니는 우리를 벌주고 싶지 않았지만, 윤리적 계율과 예절을 가르치기 위해 벌을 주어야만 했다. 그래서 우리가 다른 사람들과 잘 어울려 지낼 수 있게 해주었다. 그녀는 우리에게 말을 가르쳐주었다. 좋은 교육을 받게 해주었고, 부모의 재정이 허락하는 한에서는 장난감도 사주고 여행도 시켜주었다.

어떤 사람들은 부모의 이런 친절을 생각하는 것이 불편하게 느껴질 것이다. 그들은 스스로 태어나기를 요구하지 않았기 때문에 부모에게 빚진 건 아무것도 없다고 느낄지 모른다. 어떤 사람들은 부모를 원망한다. 부모가 그들을 심하게 벌주었고, 다른 애들이 갖고 있는 물건들을 주지 않았고, 그들을 학대했기 때문이다.

이렇게 느낀다면, 우리가 어렸을 때 우리를 도와준 누군가의 친절을 생각하자. 나중에 우리는 화를 죽이고 참을성을 기르기 위해 부처가 가르쳐주었던 테크닉을 배워, 부모와의 관계에 적용해 보고 싶을지도 모른다. 우리 부모가 우리에게 어떤 부정적 감정을 갖고 있든, 우리가 부모에게 어떤 부정적 감정을 갖고 있든, 그들은 우리에게 몸을 주었고, 귀중한 인간의 삶이 가능하게 해주었다는 것을 기억하는 것이 중요하다. 그들의 동기가 뭐였든지, 그들은 육체적으로 정신적으로 가능한 한도까지 우리를 보살펴주었다. 우리가 그들에게 감사하고 그들의 약점을 용서할 수 있다면, 우리 마음은 그들에게 열릴 것이다. 이것에 대해 더 많이 논의하기 위해서는 〈부모와 아이〉의 장을 보기 바란다.

어머니의 친절을 기억하는 목적은 그녀에 대한 집착을 일으키기 위한 것이 아니다. 집착은 마음가짐을 흐트러뜨리기 때문이다. 그것보다는, 깊이 감사하는 마음이 일어날 수 있도록 그녀의 친절을 정직하게 깨닫기를 바라는 것이다. 그때 우리는 모든 존재들이 과거에 우리 어머니였으며 현재의 우리 어머니처럼 우리에게 친절했었다는 것을 기억하여, 모든 존재들에 대한 따뜻한 감사의 마음이 모든 것에 두루 미칠 수 있게 보편화한다. 이 감사하는 마음은 우리를 세 번째 단계로 이끌어서, 그들의 친절에 보답하고 싶은 마음이 들게 한다.

3. 다른 사람의 친절에 보답하기 다른 사람의 친절을 깨닫게 되면, 자연히 우리는 반대로 뭔가를 하고 싶어진다. 그것은 다른 사람에게 빚진 느낌과 같은 의무감이 아니다. 다른 사람에 대한 자발적인 기쁨과 걱정이다.

4. 사랑 그들의 친절에 보답하고 싶은 마음에서 우리는 '그 모든 친절한 사람들이 행복해질 수 있다면 얼마나 좋을까' 하고 계속 생각하게 될 것이다. 이것이 사랑이다. 그들이 행복해지기를 원하는 것이다. 행복의 원인을 갖게 되기를 원하는 것이다. 친구들에 대한 집착, 적에 대한 미움, 낯선 사람들에 대한 무관심으로부터 이미 자유로워졌기 때문에 우리 사랑은 공평할 것이다. 모든 사람에게 똑같이 펼쳐질 것이다. 우리는 조건을 달지 않고, 다른 사람들을 단지 그들이 존재하기 때문에 사랑할 것이다. 티벳의 현자 라마 쏭카파는 말했다.

> 우리의 관점에서는, 모든 존재가 우리에게 평등하다. 그들은 모두 우리의 사랑하는 어머니, 아버지, 형제, 자매, 그리고 친구였기 때문이다. 헤아릴 수 없이 여러 번……. 그 관점에서는, 모든 존재는 역시 우리에게 평등하게 대접 받아야 한다. 그들이 평등하게 행복을 바라고 불행을 피하기 때문이다. 그러므로 우

리는 모든 존재에 대해 평등하게 사랑하는 마음을 유지하려고
노력해야 한다.

5. 자비 다른 사람이 겪고 있는 문제와 고통을 생각하면, 우리에게 자비심이 일어날 것이다. 다른 사람이 고통과 그 원인으로부터 벗어나기를 바라는 것이다. 자비는 동정이나 겸손한 마음가짐과는 다르다. 자비는 행복을 바라고 불행에서 벗어나기를 바란다는 점에서 자신이나 다른 사람을 똑같이 본다. 자비심이 있으면, 지금 우리가 우리 자신을 돕는 것과 똑같이 그들을 쉽게 도울 수 있게 된다.

6. 위대한 결심 깊은 자비심을 갖게 되면, 우리는 여섯 번째 단계로 나아가게 된다. 다른 사람에게 행복을 주고 고통으로부터 벗어나게 할 책임감을 당연하게 생각한다. 이전에는 우리가 다른 사람들이 행복해지기를 바라고 불행에서 벗어나기를 바랐지만, 이제는 그것에 대해 민기를 하겠다고 결심한다.

7. 보리심, 이타적인 의지 그러나 우리가 스스로 혼란에 빠져 있다면 어떻게 다른 사람을 행복으로 이끌 수 있을까? 물에 빠진 사람이 물에 빠진 사람을 구할 수는 없다. 마찬가지로, 윤회의 그물에 잡혀 있는 사람이 다른 사람에게 거기서 벗어나는 방법을 보여줄 수는 없는 것이다. 다른 사람을 인도하기 위해서 우리는 그들의 업의 경향, 그들의 기호, 그들의 관심을 알아야 한다. 우리는 또 그들에게 맞는 가르침을 주기 위해 모든 가르침들을 알아야 한다. 다른 사람들을

고통에서 행복으로 인도하고 싶은 소망을 이루기 위해서 우리는 완벽한 자비, 지혜, 능숙한 수단을 가질 필요가 있다. 부처만이 이런 특질들을 가졌기 때문에, 가장 효과적인 방법으로 다른 사람에게 이로움을 주기 위해서는 깨달음을 얻어야 한다. 깨달음에 대한 이런 열망이 보리심, 이타적인 의지이다. 우리가 다른 사람에 대한 자발적인 반응인 이런 태도에 익숙해지면, 그때 우리는 〈보리살타〉, 부처의 영적인 어린이들인 보살이 된다. 이 숭고하고 의미 심장한 태도를 가지고 있으면, 지금 그리고 앞으로 남을 도울 수 있는 우리의 능력은 엄청나게 증가한다.

능동적 자비, 피안을 향한 마음가짐

이타적인 마음을 일으킨 뒤, 다음 단계는 깨달음으로 인도하는 여섯 가지 태도를 닦아나가는 것이다. 때때로 여섯 가지의 완전함 또는 육바라밀(깨달음의 경지에 도달하는 여섯 가지 태도)이라고 부르는데 베풂, 윤리적 계율, 인내, 즐거운 노력, 명상적 안정 상태, 지혜가 그것이다(보시, 지계, 인욕, 정진, 선정, 지혜의 육바라밀).

베풂을 실천하는 것, 윤리적 계율을 지키는 것, 기쁜 마음으로 정진하는 것, 그것을 인내하는 것들은 지금 곧 다른 사람들에게 이로움을 준다. 그러나 육바라밀의 최종 목적은, 만물이 비어 있음을 직접 지각하는 지혜를 실현시키는 것이다. 이 지혜를 통해, 우리는 모든 고통을 제거할 것이다. 그리고 모든 오점과 어둠을 마음의 흐름에서 제거할 것이다. 그래서 완전하게 깨달은 부처가 될 것이다. 이때 다른 사람을 돕는 우리의 능력은 완전하게 발현될 것이다.

이 여섯 가지가 수행의 전 과정을 통해 늘 실천되지만, 이 시점에서 군이 이것들을 〈깨달음의 경지에 도달하는 태도〉라고 부르는 이유는, 이타적인 의지가 동기가 되어 수행중 계속 이 육바라밀에 열중하고 있으며, 그들의 구성 요소—행위자·대상물·행동—들의 비어 있음에 대한 깊은 명상으로 육바라밀이 증명되었기 때문이다. 이런 방식으로, 육바라밀은 완전한 지혜를 발현시켜 우리를 윤회의 삶저 너머에 다다르게 한다. 그래서 이타적인 동기로 육바라밀에 열중하는 것이 중요하다. 그것을 실행하는 동안 비어 있음을 꿰뚫어보는 것이 중요하다. 모든 존재의 깨달음을 향해 긍정적 잠재력을 모두 쏟는 것이 중요하다.

1. 베풂 깨달음의 경지에 도달하기 위한 첫번째 태도인 베풂(보시 바라밀)은, 남을 돕기 위해 뭐든지 기꺼이 주는 것이다. 이 수행은, 다른 사람들이 도움을 구하러 우리에게 다가올 때 자주 일어나는데, 탐욕과 게으름 을 없앤다. 베풂(보시 바라밀)에는 세 가지 형태가 있다.

- 물질적인 소유물을 주는 것
- 위험과 슬픔에서 보호해 주는 것
- 조언을 해주고 부처의 가르침을 주는 것

우리 보통의 존재들은 대부분 탐욕스럽다. 넉넉하게 베풀어서 남을 행복하게 만드는 것보다는 자신의 소유물을 보호하는 데 더 신경을 쓴다. 종종 우리는 주고 나면 그것을 더 이상 소유할 수 없다는 것 때문에 고통 받게 될까 두려워한다. 일반적으로 자신을 최상의 상태로 유지하고 남는 것을 다른 사람에게 준다. 준 다음에는 우리가 얼마나 많이 주었는지, 그들이 반대로 우리를 도울 의무감을 얼마나 강하게 느껴야 하는지를 일깨워준다.

이런 탐욕스러운 동기로는 우리 마음에 긴장이 일어나고, 긍정적인 잠재력을 만들어내지 못하며, 영적인 깨달음을 얻지 못한다. 탐욕은 다른 사람의 행복보다는 자신의 행복을 더 중요하게 생각하는 이기적인 마음 상태이다. 우리가 탐욕스러운 한, 얼마나 많이 소유하든 상관없이 결코 만족하지 못한다.

탐욕 때문에 베풀기가 망설여질 때, 우리의 부유함이 영속적이지 않으며, 그것으로부터 떠나야 할 것이라는 사실을 기억할 필요가 있다. 그것에 매달릴 이유가 없다. 그것을 다른 사람과 나누는 데에 사용하면, 우리는 불행한 환생의 원인이 되는 탐욕을 누그러뜨릴 수 있다. 주는 것에 즐거움을 느끼도록 자신을 훈련하면, 우리의 베풂은 다른 사람과 자신에게 행복을 가져다 줄 것이다.

베풂은 반드시 주어야 한다고 자신을 다그치는 죄책감 같은 것이 아니다. 다른 사람을 행복하게 만드는 데에서 순수한 기쁨을 발견하는 마음의 발현이다. 이것은 모든 걸 다 줘야 하고, 그래서 우리는 아무것도 가지지 않은 채 주위 사람들에게 짐이 된다는 뜻이 아니다. 그보다는 중용, 즉 적절한 균형을 취한다. 그 양은 동기만큼 중요한 것이 아니다.

지혜롭게 주는 것이 중요하다. 알코올 중독자에게 술을 주는 것은 베푸는 것이 아니다. 무기, 독약, 불법적인 약물의 구입을 위해 돈을 주는 것은 누구에게나 이롭지 않다. 우리 가족이 맛있는 식사를 하기 위해 동물을 죽이거나, 다른 사람에게 동물들을 죽이도록 요구하는 것은 현명한 일이 못된다.

제 힘으로는 아무것도 할 수 없는, 절망적인, 가난한, 병든 사람들을 돕는다면 가장 좋다. 또 진지한 가르침의 수행자에게 바치는 것은, 그들에게 수행을 계속할 수 있게 일상의 필수품들을 공급하는 일이 된다. 세 가지 보물에게 보시할 때는, 우리는 부처의 가르침을 전파하는 활동, 사원의 건축, 편의시설, 책의 출판, 사원의 사회적 봉사 활동을 지원하는 것이 된다.

베풂의 두 번째 형태인 보호는, 고통이나 위험을 당한 사람들을 돕는 것이다. 이것은 물에 빠진 아이를 구하고, 돌보는 이 없이 버려진 병들거나 늙은 사람을 돕고, 동물에 대한 학대를 막으려 노력하고, 죽어가는 사람을 위해 호스피스를 조직하고, 적절한 의료적 관심을 받도록 에이즈 환자나 암환자를 돕는 것이다. 지진, 홍수, 또는 다른 지연 재해가 일어나면, 우리는 할 수 있는 방법은 뭐든지 동원해서 도와야 한다.

베풂의 세 번째 형태는 지도와 가르침을 주는 것으로, 여러 가지 활동이 포함된다. 우리는 슬픈 일이나 어려운 일을 당한 사람들을 위로할 수 있다. 다른 사람이 거짓말이나 속임수를 쓰지 못하게 하는 것, 그래서 건설적인 방법으로 행동하게 하는 것 역시 도움이 될 수 있다. 그렇게 하여, 우리는 다른 사람에게 마음의 평화를 유지할 방법을 보여주고 미래의 행복을 위한 원인을 만드는 방법을 보여준다. 불교의 기도문을 암송하여, 아픈 자나 죽어가는 자가 그것을 듣고서 마음을 좋은 쪽으로 돌리는 것 역시 이로운 일이다.

다른 사람에게 줄 수 있는 최고의 선물은 부처의 가르침이다. 부처의 가르침을 전해 주기 위해서는 그들이 수행의 길에 들어서도록 가르치고 격려해야 한다. 이것은 모든 고통으로부터 자신을 해방하고 영속적인 행복을 얻는 수단을 주는 일이다.

2. 윤리적 계율 깨달음의 경지에 도달하기 위한 마음가짐인 윤리적 계율(지계 바라밀)은, 우리 몸·말·마음이 부정적 행동을 못하도록 보호해 준다. 윤리적 계율은 지극히 중요하다. 그것 없이는 높은 경지의 깨달음을 얻을 수 없기 때문이다.

이것을 이해하지 못하고 사람들은 기도문을 외우고 명상을 한다. 그러나 날마다 생활 속에서 일어나는 행동에 대해서는 주의하지 않는다. 그들이 염불 독송을 하고 예불을 할 때는 매우 성스러워 보인다. 그러나 그런 다음에는 취하게 하는 물질을 섭취하고, 험담을 하고, 어두운 사업의 거래에 관계한다. 한 발은 윤회의 삶 속에 담가놓고, 다른 발은 열반의 삶 속에 담가놓고 싶은 것이다. 이런 사람들은 수행의 길에서 더 이상 나아가지 못한다. 위대한 인도의 학자이자 수행자인 아티샤가 말했다.

> 우리들 대부분은 부처의 가르침을 실천하는 것이 서원을 읊고, 신성을 형상화하고, 찬송을 하는 것이라고 생각한다. 그러나 그 실천은 오히려 생활 속에서 긍정적인 행동에 집중하는 것이다. 이것을 알게 되면, 우리는 좌선을 하는 동안에 깨닫는 것보다

일상생활을 하면서 더 많이 깨닫게 될 것이다.

깨달음에 다다르는 윤리적 계율은 세 가지 형태로 되어 있다.

- 파괴적인 행동 포기하기
- 건설적인 행동에 열중하기
- 윤리적으로 살도록 인도하기

열 가지 파괴적인 행동을 버리고 선택한 계율을 모두 지키면, 우리를 부정적으로 행동하게 만드는 엄청난 수준의 고통에서 벗어날 수 있다. 그러면 우리 마음은 자연히 잔잔해지고, 혼란이 줄어들고, 후회에서 벗어나게 된다. 이렇게 되면 명상 동안에 더 잘 집중하게 된다.

건설적으로 행동하면 긍정적 잠재력으로 우리 마음을 풍요롭게 하고, 다른 사람들을 이롭게 할 수 있다. 그때 우리는 자신을 본보기로 삼아, 우리의 가르침으로 다른 사람들을 윤리적 행동으로 인도할 수 있다.

3. 인내　인내는 우리가 어떤 상황에서도 깨끗하게 행동할 수 있게 해주는 내부의 고요함이며 힘이다. 열반의 경지에 도달하는 인내에는 세 가지 형태가 있다.

- 해를 당했을 때 앙갚음하지 않는 것
- 적극적인 태도로 문제와 고통을 뛰어넘는 것

• 부처의 가르침을 실천하면서 어려움을 참아내는 것

인내의 첫번째 형태는, 다른 사람이 나를 어떻게 대하든 상관없이 우리 마음을 깨끗하고 평화롭게 만들어준다. 우리가 해를 당했을 때는 종종 다른 사람을 비난하고 흥분한다. 때때로 흥분은 자기를 불쌍히 여기고 우울에 빠지게 만든다. 우리는 다른 사람이 우리를 얼마나 나쁘게 다뤘는지 불평하거나, 화가 나서 그들에게 해를 입혀 앙갚음을 한다.

인내는 이런 것들에 대한 해독제로 작용한다. 인내는 다른 시각에서 이 상황을 보기 때문이다. 우리가 윤회의 삶 속에 있는 한, 우리는 우리에게 문제를 일으킨 사람을 반드시 만나게 된다. 이것이 우리 존재의 본질이다. 하지만 인내는 이 상황에 대해 넓은 시야를 갖게 한다. 과거에 우리가 부정적 행동을 했기 때문에 지금 그 결과를 경험한다고 말이다.

그래서 다른 사람을 우리 고통의 주된 원인으로 보기보다는, 우리의 고통과 부정적 행동이 진정한 원인이라는 걸 깨닫는다. 다른 사람에게 해를 끼치는 대신, 고통을 극복하고 부정적 행동을 정화하는 데 더 많은 힘을 쏟는다.

우리에게 다른 사람이 해를 줄 때에는, 자신들이 행복하지 않기 때문에 그런 짓을 하는 것이다. 만약 우리가 진정으로 그것을 이해한다면, 우리는 자신의 상황에만 빠지는 어리석음을 저지르지 않을 수 있다. 그리고 '우리에게 해를 끼친 사람이 얼마나 불행한지 알 수 있다, 우리는 불행하게 된다는 것이 어떤 것인지 알고 있다. 불행은 자신들의 느낌이다' 라는 식으로 생각하면, 우리에게 해를 입힌 사람들을 자비의 대상으로 바꿀 수 있다.

우리는 때때로 고통이 우리를 조종해서 해로운 행동을 하고 해로운 말을 하게 한다는 것을 알고 있다. 마찬가지로, 우리에게 해를 끼친 사람은 자신의 화와 질투의 영향 아래 갇혀 있다. 우리가 다른 사람에게 우리의 결점을 용서해 주기 바라는 것처럼, 다른 사람들 역시 우리가 참을성을 발휘해 주기를 바라고 있다. 자신들의 감정을 억제할 수 없었을 때의 행동과 말에 우리가 마음 쓰지 않기를 바라는 것이다.

인내한다는 것은 수동적이 된다는 뜻이 아니다. 비겁해진다는 뜻이 아니다. 다른 사람들이 원하는 것은 뭐든지 하도록 내버려둔다는 뜻이 아니다. 그보다는, 먼저 화로부터 우리 마음을 해방시키는 게 필요하다. 그런 다음 상황을 명확히 볼 필요가 있다. 그 상황에서 모두에게 가장 이로운 것이 뭔지 있는 대로 시도해 볼 수 있다. 다른 사람에게 해 끼치는 행동을 못하게 막는 것도 그중 하나가 될 수 있다.

문제를 뛰어넘기 위해 인내하게 되면, 질병이나 가난 같은 고통스러운 상황도 가르침의 실천을 지지해 주는 버팀목으로 바뀔 수 있다. 어려운 상황 때문에 괴로워지더라도, 우리는 우울해 하거나 화를 내지 않을 것이다. 이런 경험에서 배울 것이고, 용기를 갖고 마주할 것이다. 어려움을 경험하게 되면 같은 상황에 있는 사람들에게 더 자비로워진다. 자존심이 꺾이고, 원인과 결과에 대한 이해가 깊어지게 되면, 곤궁한 사람을 돕는 데 망설이지 않을 것이다.

인내는 부처의 가르침을 실천할 때 필요한 자질이다. 이것을 개발하는 것이 인내의 세 번째 형태이다. 때때로 가르침들을 이해하는 것, 우리 마음을 제어하는 것, 매일 명상하면서 수행하는 것은 어렵다. 인내는 이것을 극복하게 도와준다. 그리고 다스려지지 않는 우리 마음과 씨름하게 도와준다. 짧게 실천하고 나서 즉각적인 결과를 기대하는 것보다는, 몇 년에 걸쳐 지속적으로 우리 마음을 닦기 위해 인내를 가져야 한다.

4. 즐거운 노력 즐거운 노력(정진 바라밀)은, 우리가 부처의 가르침 안에서 지속적인 진보를 하기 위해서 반드시 필요한 것이다. 열정이 부족하면, 주로 게으름의 형태로 여러 가지 장애가 일어난다. 게으름에는 세 가지 형태가 있다.

- 잠과 휴식에 집착하게 되면 질질 끌면서 수행을 시작하지 못한다.
- 세속적인 활동에 집착하게 되면 너무 바빠서 공부도, 사색도, 명상도 할 수 없게 된다.
- 위축되어 자신감이 없어지면 수행을 포기하게 된다.

  정진 바라밀은 이 세 가지 게으름의 교정 수단이다. 예를 들어, 우리 삶이 덧없고 죽음이 너무 확실하다는 것을 생각하게 되면, 잠에 지나치게 빠져드는 일이 사라질 것이다. 인간으로서의 삶이 얼마나 귀중한지 더 명확해질 것이다. 죽기 전에 그것을 현명하게 활용하고 싶을 것이다.
  물론 우리는 건강해지기 위해 잠을 자야 한다. 그러나 너무 많이 자게 되면 마음이 둔해지고 시간을 허비하게 된다. 죽을 때가 되면 평생 누워서 보낸 여분의 시간 때문에 보여줄 게 아무것도 없게 될 것이다. 그러나 수행을 위해 현명하게 시간을 쓰면, 우리의 죽음은 평화롭게 될 것이다. 좋은 여러 자질들을 갖추게 되고, 미래의 삶으로 우리를 데려갈 도덕적 업의 흔적들을 가지게 될 것이다. 샨티데바가 말했다.

> 인간(몸)이라는 나룻배에 기대어
> 고통(윤회의 삶)의 강에서 벗어나라.
> 이 나룻배는 다시 발견하기 어려우니,
> 지금은 잠잘 시간이 아니다, 이 바보야!

불교의 시각에서는, 세상 일로 자신을 바쁘게 만드는 것도 게으름의 한 형태이다. 자기 수양에 게을러지기 때문이다. 현대 사회에서의 우리 삶은 매우 바쁘다. 약속 수첩은 늘 꽉 차 있다. 우리는 늘 여기저기 뛰어다닌다. 가르침을 실행하기 위한 시간이 충분하지 않다고 자주 불평한다.

하지만 남는 시간이 생길 때마다 야간 근무를 하거나 친구를 불러내서 그 시간을 메운다. 늘 먹을 시간을 챙긴다. 그러나 부처의 가르침을 들려주는 설법에 참석하거나, 명상으로 자신을 영적으로 살지게 할 시간은 거의 갖지 않는다. 사찰에서 즐길거리가 있고 공짜 식사가 있으면 우리는 간다. 하지만 명상이나 설법이 있으면 우리는 바쁘다.

영혼의 진보를 이렇게 방해하는 것은 우리가 세속의 기쁨―음식, 돈, 명성, 오락, 친구 같은―에 집착하기 때문에 생긴다. 그 해로움은 그런 것들과 관계된 부적절한 방식에서 나온다. 집착하게 되면 우리는 자기 생각만 하고 그것들에 빠지게 된다. 그러나 이런 것들은 본래, 그리고 스스로 나쁜 것은 아니다. 고통을 가라앉히기 위해서 우리는 좋은 의도로 이런 것들을 즐길 수 있다. 다른 사람의 이로움을 위해서 자신을 개선시키려는 의도에서 이런 것들을 이용할 수 있다.

고통의 진리를 기억해 보면, 세속적인 쾌락에서는 영속적인 기쁨을 발견할 수 없다는 것을 알게 된다. 그것들을 즐기는 것은 소금물을 마시는 것과 같다. 우리를 만족시키기보다는 더 갈급하게 만든다. 마찬가지로, 아무리 많은 돈을 가져도 우리는 결코 충분하다고 여기지 않는다. 아무리 술을 마시고 영화를 보아도 우리는 여전히 만족하지 못한다. 아무리 회사의 사다리를 높이 올라가도 더 높은 곳에 늘 누군가가 있을 뿐이다.

이런 것들에 집착하게 되면 이생에서 불만족의 올가미에 걸릴 뿐이며, 내생에서는 끊임없이 일어나는 문제의 올가미에 걸릴 뿐이다. 이런 우리 자신을 생각하게 되면, 우리는 부처의 가르침을 열심히 실천할 것이고, 의미 없는 활동을 하느라 옆길로 빠지지도 않을 것이다. 라마 쏭카파가 말했다.

세속의 쾌락을 즐기는 데는 만족이 없다. 그것들은 모두 불행으로 통하는 문이다. 윤회의 삶이 갖고 있는 결점은, 세속의 쾌락들을 믿을 수 없다는 사실에서 완성된다. 그 사실을 깨닫고서,

맹렬하게 환희에 가득 찬 해방을 얻으려고 집중하게 되기를—
나를 그렇게 고양시키는 해방에!

　이것은 우리가 부처의 가르침에 광신자가 되어 다른 사람과 얘기
하는 것도 수행을 하는 것도 거절한다는 뜻이 아니다. 그것은 또 다
른 극단주의다. 우리가 추구하는 것은, 우리가 하는 모든 행위에 대
해 좋은 동기를 만들어내고, 우리 시간을 준비하고, 우리를 부정적
으로 행동하게 이끄는 쓸데없는 행동들을 옆으로 밀어놓을 수 있는
〈균형 감각〉이다.
　게으름의 세 번째 형태는 의욕 상실이다. 우리는 우리가 무능하다
고 생각할 수도 있고, 보살의 길이 너무 어렵다고 생각할 수도 있고,
깨달음이라는 목표에 닿을 수 없다고 생각할 수도 있다. 이런 사고
방식은 우리 마음을 바닥까지 떨어뜨린다. 희망이 없다고 느끼면,
우리는 수행하려는 노력을 포기한다.
　우리는 늘 부처의 본성—완전하게 깨달은 부처가 될 수 있는 가능
성(잠재력)— 안에 살고 있다는 것을 기억하는 것이 중요하다. 이 잠
재력은 태어날 때부터 가지고 있던 것으로 절대로 없어지지 않는다.
우리가 수행의 길—어두움을 제거하고 좋은 자질을 개발하는 것—
을 실천하면 깨달음은 반드시 온다. 샨티데바는 한 경전의 해석에
자신의 말을 이렇게 덧붙였다.

무엇이 진리인지 말해 주는 부처는
이런 진리를 말했다.

분발하는 힘을 개발하기만 하면,

파리, 모기, 벌, 벌레들일지라도

비길 데 없는 깨달음을 얻게 될 것이다.

찾기에도 그렇게 힘든 깨달음을.

그러니 삶의 보살행을 버리지 않으면

어찌 인간으로 태어난 나 같은 사람이

깨달음에 이를 수 없을 것인가.

무엇이 이롭고 해로운지를 분별할 수 있는데?

5. 명상적 안정 상태 명상적 안정 상태에 대한 중요한 부분들은 앞에서 이미 설명되었다. 이미 말한 대로, 불교도가 아닌 사람 역시 집중력을 개발하고, 수행에 의해 통찰력을 얻을 수 있을 것이다. 그러나 불교도가 명상적 안정을 수행할 때는, 세 가지 보물을 의지 삼아 윤회의 삶에서 벗어나려는 결심이 그들을 지탱해 준다. 그래서 불교도가 명상적 고요함에 들어가 안정 상태를 이루어 만물이 비어 있다는 공空의 진리를 꿰뚫어보는 통찰력을 얻게 되면, 그들은 해탈의 경지에 이른다. 더구나 그들이 이타적 열망으로 깨달음을 얻으려는 마음을 일으킬 때, 그들의 명상적 안정 상태는 완전한 깨달음에 이르게 될 것이다.

명상의 동기는 수행의 결과를 결정하기 때문에, 모든 명상을 시작할 때에는 세 가지 보물에 의지해서 덕스러운 열망을 일으키는 것이 중요하다. 그러기 위해 다음의 기도문을 암송해도 도움이 된다.

부처님께 귀의합니다.

부처님의 가르침에 귀의합니다.

스님들께 귀의합니다.

저는 깨달을 때까지 부처님과, 부처님의 가르침과, 스님들께 귀의합니다. 저는 베풂을 실천하여 쌓인 긍정적 잠재력과 다른 바라밀의 실천을 통해 모든 의식 있는 존재들을 이롭게 하기 위한 깨달음을 얻게 되기를 바랍니다.

모든 존재가 행복과 그 원인을 갖게 되기를 바랍니다.

모든 존재가 고통과 그 원인에서 벗어나기를 바랍니다.

모든 존재가 슬픔 없는 환희를 잃지 않기를 바랍니다.

모든 존재가 편견, 집착, 화에서 벗어나 평정 속에 살기를 바랍니다.

이 기도문은 명상을 하기 위해 마음을 준비하는 데 도움이 될 것이다. 시작할 때 좋은 동기를 만들면 실제 명상중에 정신이 덜 흐트러질 것이다. 명상의 대상은 호흡이 될 수도 있고, 분별의 네 가지 기초(몸·느낌·마음·현상), 사랑과 자비, 주문(만트라)의 암송과, 구체적 형상으로 떠올려보는 분석적 명상이 될 수도 있다. 그 안에서 우리는 부처가 가르친 주제에 대해 생각하는 것이다.

명상의 시간이 끝나면, 우리는 명상의 시간 동안에 쌓인 긍정적 잠재력을 모든 존재의 이로움을 위해 바친다. 가끔 〈바침〉을 〈가치의 이전〉으로 풀이하기도 하는데, 우리가 긍정적 잠재력을 바치는 것은 돈이 이쪽 은행에서 저쪽 은행으로 옮겨지듯이, 우리의 의식 속에 있던 것이 다른 사람의 의식으로 변한다는 말은 아니다. 이렇게 되면 원인과 결과의 법칙을 부정하는 것이 되기 때문이다. 긍정적 잠재력을 만들어 다른 사람의 행복한 삶에 바친다는 것은, 서로 협력하는 조건으로 작동하는 것으로, 그들의 선한 업의 흔적을 더 무르익게 만드는 것이다.

바치게 되면 나중에 화가 나거나 왜곡된 시각을 가지게 되어도 파괴되지 않고 긍정적 잠재력이 보호된다. 바치게 되면, 영적 성취에 집착하지 않게 막아준다. 우리는 다음과 같이 바칠 수 있다.

> 이 긍정적인 잠재력에 의해 제가 곧 부처의 깨달음의 상태를 얻게 되기를, 그래서 모든 존재를 그들의 고통에서 해방시켜 줄 수 있게 되기를 바랍니다.

6. 깨달음에 다다르는 지혜 깨달음에 다다르는 지혜에는 세 가지 형태가 있다.

- 타고난 존재의 비어 있음이 모든 현상의 궁극적 본질이라는 것을 이해하는 지혜
- 전통적인 현상, 예를 들어 원인과 결과의 기능, 문법, 논리, 과학, 예술 등등을 이해하는 지혜
- 다른 사람을 이롭게 하는 방법을 아는 지혜

첫번째 지혜—만물이 태어날 때부터 비어 있음을 아는 것—는 해

탈과 깨달음의 열쇠이기 때문에 여기서 논의될 것이다. 비어 있음은 깊은 주제이다. 그것을 이해하는 데는 자격 있는 스승과 함께 공부하는 것이 가장 좋다. 다음에 나오는 것은 그 주제에 대한 간략한 설명이다.

비어 있음을 이해하는 지혜를 높이는 것은 여러 가지로 이롭다. 이 특별한 형태의 지혜는, 우리의 무지와 고통을 제거하는 오직 하나뿐인 방법이다. 이 지혜는 부정적인 업의 흔적을 정화시키는 가장 강력한 도구이기도 하다. 더구나 이 지혜로 인해 우리는 효과적으로 다른 사람에게 이로움을 줄 수 있다. 이 지혜가 있으면, 비어 있음의 의미를 다른 사람들에게 제대로 가르칠 수 있기 때문이다.

무지는 우리가 어떻게 존재하고 다른 현상들이 어떻게 존재하는지 그 방법을 지각하지 못하게 막는다. 또 사물이 존재하는 방식을 잘못 알게 한다. 사물에 잘못된 존재 방식을 비춰주는 것이다. 사물에 비춰진 환상적 모습과 본래 사물이 서로 어긋나 있다는 것을 알게 되면, 고통이 일어나지 않게 막을 수 있다. 한 예가 이것을 명확하게 보여줄 것이다.

우리는 돈에 대해 매우 감정적이다. 많은 돈을 보면 흥분해서 '저 돈이 다 내 것이라면 뭘 살까' 하고 살 수 있는 물건들을 모두 생각하기 시작한다. 돈을 잃으면 걱정하고 당황해 한다. 가치 있는 것이 없어졌으므로.

돈은 이처럼 타고난 가치를 가지고 있는 것처럼 보인다. 본래 그리고 스스로 중요한 것처럼 보인다. 어떤 물건과도 독립적으로 돈과 돈의 가치는 그 지폐 안에 존재하고 있는 것 같다. 돈이 원래 가치가 있다는 것을 스스로 느끼고 있는지 알아보기 위해서는, 고액 지폐를 태우면서 우리의 반응이 어떨지 보기만 하면 된다.

다시 한 번 생각해 보자. 돈은 뭘까? 종이다. 그 위에 잉크로 디자인된 종이……. 그것이 전부다. 어떤 디자인이 프린트된 종이라는 기초 위에 우리는 가치와 중요성을 덧붙이는 것이다. 본래, 그리고 스스로 그 종이는 무가치하다. 단지 우리가 그 종이 조각에 돈이라는 꼬리표를 붙였기 때문에 그들이 통화가 되었을 뿐이다. 사회가 이 통화에 가치를 주었기 때문에 그것은 가치가 있을 뿐이다.

돈은 그 가치뿐 아니라, 인쇄된 종이에 우리 마음이 이름을 부여하고 의미를 부여했기 때문에 존재한다. 사실 돈은 타고난 비어 있음이거나 독립된 존재의 비어 있음이다. 늘 의존적으로 존재하기 때문이다. 돈은 그 원인(예를 들어 그 종이가 나온 나무)이 있기 때문에 존재한다. 돈은 부분(앞면, 뒷면, 왼쪽, 오른쪽)이 있기 때문에 존재한다. 그리고 그것에 〈돈〉이라고 꼬리표를 붙이고 가치를 붙인 우리 마음이 있기 때문에 존재한다.

돈이 타고난 존재의 비어 있음이며, 여전히 의존적으로 존재한다는 것을 이해하는 것이 왜 중요한가. 이것을 알면 우리는 돈의 중요성을 과대평가하지 않게 되기 때문이다. 만약 우리가 비어 있음을 이해하지 못하면, 우리는 돈에 대한 수많은 혼란스러운 생각과 반응을 만들어내게 될 것이다. 예를 들어, 어떤 사람은 그것에 사로잡힐 것이다. 다른 사람은 아무리 많아도 만족하지 못할 것이다. 어떤 사람은 그들의 부유함을 자랑하고 과시할 것이다. 다른 사람은 돈을 얻기 위해 사람들과 싸우고 사람들을 해칠 것이다.

돈이 사회의 산물이며, 개념상의 마음에 의존하고 프린트된 종이에 의존한다는 것을 이해한다면, 우리는 돈에 대해 더욱 현실적인 마음가짐을 갖게 될 것이다.

마찬가지로 모든 현상과 모든 사람들은 다른 요인에 의존해 존재한다. 선행하는 원인과 조건, 그들을 구성하는 부분들, 그리고 그들에게 꼬리표를 붙인 개념상의 마음에 의존해 존재한다. 이것이 의존적 발생, 즉 연기緣起의 의미이다. 그래서 비어 있음(空)과 의존적인 발생(연기)은 서로 보완적이다. 사물들은 비어 있다. 타고난 독립적인 존재가 없기 때문이다. 그들의 존재는 다른 요소들에 의존하고 있다.

사람들과 현상들은 타고난, 독립적인 존재를 갖지 않는다. 완전히 존재하지 않는 것도 아니다. 비어 있음과 의존적 발생의 의미는 그 두 극단 사이에 자리 잡고 있다. 이것이 부처가 가르친 〈중간의 길(중도)〉이라는 관점이다. 라마 쫑카파가 『수행의 길의 세 가지 원칙』에서 말했다.

> 현상으로 드러난 모습은 (타고난) 존재라는 극단을 지워버린다. 비어 있음은 존재하지 않음이라는 극단을 지워버린다. 비어 있음의 관점에서 원인과 결과가 일어나는 이치를 이해할 때, 극단적인 두 관점에 사로잡히지 않게 될 것이다.

비어 있음을 이해하는 첫 단계는, 그 주제에 대한 가르침을 듣고 연구한 책을 보는 것이다. 그런 다음 배운 것에 대해 깊이 생각하고,

우리의 잘못된 생각을 제거하기 위해서 다른 사람과 그것을 토론해 본다. 세 번째로 명상한다. 우리 마음의 흐름에 우리가 이해한 것을 집중시켜 명상한다.

비어 있음에 대한 명상에서는 두 가지 요소가 중요하다. 첫번째는 〈명상적 정적 상태〉이다. 명상의 주제 하나에 마음을 집중하는 능력을 말한다. 이 경우에는 비어 있음에만 집중한다. 두 번째는 〈특별한 통찰력〉, 비어 있음을 올바르게 분석하고 분별할 지혜이다. 실제로 특별한 통찰력은 명상적 고요함에서 생긴다.

비어 있음에 대해 반복적으로 명상하면, 우리는 마음의 흐름에서 모든 잘못된 생각들과 고통들을 완전히 몰아낼 수 있다. 이타적인 의도가 동기가 되었기 때문에 우리의 명상은 깨달음에 이르게 될 것이다.

참된 삶을 위한 실행 지침들

세 가지 보물(삼보)에게 돌아가 의지하는 것(귀의)은 살아가면서 중요한 것에 초점을 맞추는 데 도움이 된다. 그것은 우리 삶에 긍정적 방향을 설정해 주고, 행복에 이르는 길이 존재한다는 믿음을 확인해 준다.

삼보에 귀의하게 되면 큰 자비심, 지혜, 능숙한 수단을 가진 위대한 존재가 있다는 사실을 알게 되어 마음이 넉넉해진다. 그들에게 이르는 길을 따라야겠다는 믿음을 갖게 된다. 우리는 그들이 가지고 있는 것과 같은 상태에 이르게 될 것이다. 삼보에 귀의하는 것은, 또한 우리가 스스로에게 한 약속을 완수하는 방법의 하나이다. 더 나은 사람이 되겠다는 약속, 다른 사람의 행복을 위해 긍정적인 기여를 하겠다는 약속이다.

진정한 귀의는 우리 마음속 깊은 곳에서 일어난다. 행동이나 말로 귀의하는 것이 아니다. 그러나 그럼에도 불구하고 비구나 비구니에게 공식적으로 요청해서 귀의 의식에 참여하고 싶을 수도 있다. 그 의식은 간단하다. 스승을 따라 문장을 반복하기만 하면 된다. 그리고 우리 마음과 세 가지 보물 사이에 강한 유대감을 만들기 위해 우리 마음을 여는 것이다. 그 의식을 거치면 공식적으로 우리는 불교도가 된다.

우리가 귀의하는 이유는, 미래의 고통을 예방하고 수행의 길을 계속 나아가기 위해서이다. 우리의 목적에 충실하기 위해 의지한 다음, 그 동기에 따라 행동해야 한다. 부처는 우리가 따라야 할 지침을 주었다. 그래서 우리는 계속 자신을 개선해 나갈 수 있다.

귀의한 다음에는 구원을 받았으므로 원하는 것은 뭐든지 할 수 있다는 것은 사실이 아니다. 귀의는 우리 삶에 옳은 방향을 설정하는 첫 단계이다. 우리는 그 방향으로 우리 에너지를 계속 쏟아부어야 한다. 그리하여 부처는 개선하려는 결심을 계속 유지할 수 있는 방법을 조언했다. 자신을 훈련하는 핵심은 다음과 같다.

1. 부처에 귀의하는 의식에서는 자격이 있는 영적 스승에게 진심으로 서약해야 한다. 우리를 위해 귀의 의식을 행하는 사람이 누구든, 그는 우리의 영적 스승이 된다. 우리는 한 사람 이상의 스승을 가질 수도 있다. 부처의 가르침과 가깝게 접속되어 있다는 느낌을 주는 훌륭한 자질이 있는 스승들과 만나게 해달라고 강하게 염원하는 것도 좋은 일이다. 스승들이 주는 진리의 가르침을 따르고, 스승들을 보살피고, 그들을 존경으로 대한다면 도움이 될 것이다.

2. 부처의 가르침에 귀의하는 의식에서 우리는 가르침을 듣고 배운다. 뿐만 아니라 일상생활에서 실행해야 한다. 어떤 사람들은 단지 수행자들만 가르침을 깊이 공부한다고 생각한다. 전력을 다한 공부와 수행은 보통 신도가 따르기에는 너무 어렵다고 생각한다. 이것은 맞는 생각이 아니다. 누구나 가르침을 듣고 공부해야 한다. 가능하면 많이 해야 한다. 수행의 길을 따라 나아가기를 원하면, 가르침을 실천해야 한다. 지도를 받는 것은 실천을 하기 위해 반드시 필요하다.

3. 부처의 가르침을 따르는 제자들인 승가에게 귀의하는 의식에서는, 승려를 우리의 영적 친구로 존경해야 한다. 그리고 그들의 좋은 모범을 따라야 한다. 우리가 다른 사람의 약점을 끊임없이 찾는다면, 우리 눈에는 그것밖에 보이지 않게 될 것이다. 그런 태도로는 그들이 가지고 있는 좋은 자질들은 하나도 알아보지 못한다. 그리고 그들로부터 배우지 못한다. 우리는 수행자가 완벽하기를 바라지 말아야 한다. 그들이 삶을 수행의 길에 바쳤더라도 깨달음을 얻기까지는 시간이 필요하다. 대부분의 승가들은 우리처럼 고통과 업을 잠재우는 데 노력을 다하고 있다. 머리를 깎는다고 깨달음이 오지는 않는다. 그러나 우리는 순수하게 실천하려는 그들의 노력을 알 수 있다. 그들이 우리에게 내놓는 좋은 모범들을 알 수 있다. 개별 수행자들이 실수를 저지를 수도 있지만, 부처에 의해 설정된 계율에 서약했다는 사실을 우리는 존중하여야 한다.

4. 세 가지 보물에 의해 설정된 본보기에 맞게 우리는 자신을 훈련

하려고 노력해야 한다. 우리가 세 가지 보물들의 행동을 모범으로 삼으면, 우리는 실제로 세 가지 보물들처럼 될 것이다. 우리가 감정적 혼란에 빠지면 우리 자신에게 묻는 게 도움이 된다. 보살은 이 상황에서 어떻게 반응할까? 이렇게 생각하면 문제를 제어할 수 있는 방법을 생각해낼 수 있을 것이다.

5. 우리는 방종을 피하고, 우리가 갖고 싶은 것을 쫓아가지 않는 수행을 해야 한다. 돈을 갈망하고 지위를 갈망하는 것은, 강박관념과 끝없는 불만족에 빠지게 된다. 적당한 수준에서 감각의 쾌락을 즐긴다면 더 행복해질 것이다. 마찬가지로 우리가 싫어하는 것은 뭐든지 오만한 태도로 비판하는 것을 피하라. 다른 사람의 잘못을 찾아내고 우리 잘못을 간과하는 것은 매우 쉽다. 하지만 이것이 우리를, 또 다른 사람을 더 행복하게 만들지는 않는다. 다른 사람의 결점을 지적하기보다 우리 잘못을 고치는 것이 더 건설적일 것이다.

6. 가능한 한 열 가지 파괴적 행동을 피하려고 노력하라. 그리고 부처의 가르침을 지키려고 노력하라. 우리는 살아가는 동안에 다섯 가지 일반 신자의 계율(오계 : 죽이지 말라, 훔치지 말라, 음행하지 말라, 거짓말하지 말라, 술 마시지 말라)을 받아들여 지킬 수 있다. 또는 하루에 여덟 계율(팔재계 : 일정한 날 재가불자들이 금하는 계율. 죽이는 것, 도둑질하는 것, 적절하지 못한 성적 행위를 하는 것, 거짓말하는 것, 술 마시는 것, 노래하고 춤추고 장식하는 것, 높은 평상에서 자는 것, 먹을 때가 아닌 때에 먹는 것)을 받아들여 지킬 수도 있다. 윤리적 계율은 수행의 기

초이다. 계율 없이는 좋은 환생을 위한 원인을 만들 방법이 없다. 깨달음을 얻을 방법이 없다.

7. 모든 존재들에 대한 자비와 동정의 마음을 일으키기 위해 자신을 훈련하라. 사랑, 자비, 이타주의에 대해 끊임없이 명상하는 것이 도움이 된다. 문제가 많은 사람을 만나기 전에 인내하려고 생각하지 않으면, 성질을 제어하기 어려울 것이다. 다른 사람에 대한 친절을 기억하면서, 매일 명상 시간에 인내에 대해 계속 명상하면서, 먼저 준비할 필요가 있다. 샨티데바의 〈보리살타의 삶의 길에 대한 안내〉가 효과적으로 화에 대한 대응법을 가르쳐줄 것이다. 명상을 통해 참을성을 기르면, 일터나 학교에 갔을 때 주의 깊게 행동하게 되고, 화가 났을 때 알아차릴 수 있을 것이다. 그때 우리는 명상할 때 깊이 생각했던 것을 기억해낼 수 있다. 그래서 화를 밀어낼 수 있을 것이다. 늘 성공하지는 못할 것이다. 그러나 거듭하면 과정을 알아차릴 것이다. 저녁마다 하루를 반성하는 것은 도움이 된다. 우리 마음에 화가 조금이라도 남아 있는 게 발견되면, 다시 인내에 대해 생각하고, 이타적인 의도에 대해 생각하는 것이 도움이 된다.

8. 불교의 축제 때, 긍정적 잠재력을 쌓기 위해 세 가지 보물에 특별히 봉헌하는 행위는 권할 만하다.

  5~7항은 다른 사람과 우리의 관계 개선의 중요성을 강조하고 있다. 부처의 가르침을 따라 성스럽게 되는 것은, 피상적 느낌을 얻기

위해 독경 염불과 의식을 거행하라는 뜻이 아니다. 그것은 일상생활에서 다른 사람에게 해를 끼치지 않고, 가능한 한 그들을 돕는 것을 의미한다.

특별한 가이드라인

세 가지 보물 각각에 대해 개별적으로 좋은 관계를 맺어 유지하기 위해, 삼보 귀의를 위한 특별한 가이드라인이 있다.

부처에 귀의

모든 오염을 정화하고 모든 자질을 갖춘 부처에 귀의하게 되면, 우리는 모든 문제로부터 우리를 인도해 줄 능력이 없는 세속의 신들에게 다시 돌아가지 않는다. 어떤 세속의 신들은 초능력을 가지고 있을 수 있지만, 윤회의 삶에서 자유롭지 못하다. 그들 안에서 궁극적인 의지처를 구하는 것은, 물에 빠진 사람이 물에 빠진 다른 사람에게 해안까지 데려다 달라고 부탁하는 것과 같다.

우리는 부처의 형상을 존경해야 한다. 그리고 그것을 낮고 더러운 장소에 두거나, 밟거나, 그쪽으로 발을 뻗는 행동을 피해야 한다. 부처상은 우리가 얻기를 원하는 고귀한 상태이기 때문에 잘 관리해야 한다. 부처상에 대해 존경을 표시할 필요는 없다. 그러나 우리는 그것들이 나타내는 부처의 특성을 염두에 둘 필요가 있다.

부처상의 목적은 깨달은 상태를 기억하고, 그것을 얻기 위해 노력하도록 돕는 데 있다. 그러므로 우리는 어떤 사람이 중고차를 사고 팔 듯이—돈을 벌 목적으로—종교적인 물건을 담보물로 사용하거나 사거나 팔면 안 된다. 부처상이나 경전을 팔아서 얻은 이익은 불교 용품을 더 사거나 생산하는 데 사용되어야 한다. 우리 자신을 위해 좋은 식사나 새 옷을 사면 안 된다.

여러 가지 이미지를 바라보면서 차이를 따지는 것은 의미가 없다. "이 부처는 아름다워. 하지만 저건 그렇지 않군." 어떻게 부처가 미울 수가 있는가? 우리는 조각이나 그림을 만든 예술가의 재주에 대해 말할 수는 있다. 그러나 부처의 모습에 대해서는 말하면 안 된다.

또 비싼 부처상은 존경하고 부서지거나 싼 부처상은 무시하지 말아야 한다. 매우 비싸고 아름답게 만들어진 부처상을 집안에 마련한 불단에 올려놓으면 친구들이 이렇게 말할 것이다. "아름답고 비싼 걸 집에 들여놨구나!" 종교적 물건을 소유했다고 칭찬을 구하는 것은 세속적인 태도이다. 그리고 다른 사람의 존경을 받으려면 최신형 VCR이나 통장을 보여주는 게 낫다.

부처의 가르침에 귀의

부처의 가르침에 귀의하게 되면, 우리는 모든 살아 있는 존재들에게 해 끼치는 행위를 피해야 한다. 사람은 다른 사람을 이롭게 하기 위해 부처가 된다. 그리고 부처들은 자신들보다 다른 사람들을 더 소중하게 여긴다. 그러므로 우리가 부처를 존중한다면, 우리는 부처들이 하듯이 모든 살아 있는 존재들을 존중해야 한다.

또한 우리는 경전을 깨끗하게 간수하여 높은 데에 두고, 깨달음으로 가는 길을 설명하기 위해 쓰여진 말들을 존경해야 한다. 그것을 밟지 말고, 바닥에 놓지 말고, 다 낡았을 때 쓰레기통에 던져버리지 말아야 한다. 오래된 경전은 태우면 된다.

이렇게 하는 이유는 그 책의 종이와 잉크가 본래, 그리고 스스로 신성하기 때문에 그러는 것이 아니다. 우리 마음에서 이루기를 원하는, 깨달음으로 가는 길을 보여주는 책들이기 때문이다. 그것들은 우리의 영적인 자양분이다. 우리는 음식을 그릇에 담지도 않은 채 바닥에 내려놓지 않는다. 바닥은 더럽고 음식은 귀한 것이기 때문이다. 마찬가지로, 우리가 경전의 중요성을 기억한다면, 그것은 영적으로 우리를 살찌게 하기 때문에 적절히 취급해야 할 것이다. 이 지침은 우리 환경 속에서 우리가 물건들과 어떻게 관계를 맺을지, 그 방법에 대해 더욱 조심하게 만든다.

가르침을 따르는 제자들에 귀의

부처의 가르침을 따르는 제자들에 귀의하게 되면, 우리는 세 가지 보물인 불·법·승을 비난하는 사람, 다른 사람 말을 듣지 않는 사람, 다른 사람에게 해를 끼치는 사람과 가까이 지내는 걸 피하게 된다. 그들이 악하고 나쁘기 때문에 피하는 것이 아니라, 우리 마음을 약하게 만들기 때문에 피한다. 예를 들면, 소문내기를 그만두고 싶지만 소문내는 사람의 패거리와 끊임없이 어울린다면, 우리는 쉽게 그 버릇을 다시 드러내게 될 것이다.

그러나 우리는 이런 사람들을 비난하거나 무례하게 대해서는 안 된다. 우리는 그들에게 자비심을 가져야 한다. 그러나 친구를 삼지는 않을 것이다. 예를 들어 한 동료가 우리의 종교적인 수행에 비판적이라면, 직장에서는 그에게 예의 바르고 친절히 대한다. 그러나 일이 끝난 다음에는 그와 함께 가지 않게 된다. 그와 종교에 대해 토론하지도 않을 것이다. 그러나 열린 마음으로 인생을 이야기하기 위해 종교 토론을 원하면, 자유롭게 그와 함께 우리의 생각과 의견을 나눌 수 있다.

보리살타와 아라한 경지에 다가간 수행자들은, 지난날의 부정적 행동으로 떨어질 위험이 없는 경지의 이르렀기 때문에, 그들은 남의 말을 듣지 않는 제멋대로의 사람들을 돕기 위해 그런 무리를 찾는다. 그러나 수행이 굳건하지 않으면, 뛰어들 환경에 대해 조심스러워야 한다.

또한 우리는 가르침을 실천하려고 진지하게 노력하고 있는 수행자들에 대해 존경심을 가져야 한다. 그들의 선한 특성을 존경하는 것은 우리 마음에 도움이 된다. 그들의 특질을 알아보고, 그들의 본보기에서 배울 수 있기 때문이다. 승가의 옷에노 존경을 표시하던, 그들을 볼 때 행복하고 고양된 기분을 느낄 것이다.

공통적인 가이드라인

의지하는 마음을 깊게 하고, 다른 사람에게까지 전하기 위해 세 가지 보물에 모두 적용되는 공통적인 가이드라인 여섯 가지가 있다.

1. 세 가지 보물의 특성을 잊지 않고, 다른 가능한 의지처와의 차이를 잊지 않고, 불·법·승 세 가지 보물에 반복해서 귀의한다. 세 가지 보물의 특성은 여러 경전에 설명되어 있다. 그것을 공부하면, 세 가지 보물이 어떻게 우리를 인도하고 보호하는지 더 잘 이해하게 될 것이다. 귀의하는 것은 한 번에 이뤄지지 않는다. 오히려 귀의는 세 가지 보물에 대한 우리 믿음을 지속적으로 심화시켜 가는 과정이다.

2. 세 가지 보물의 친절함을 기억하면서, 우리는 그들에게 공양을 해야 한다. 어떤 사람들은 봉헌을 세 가지 보물이 해준 것을 되갚는다거나 장래에 도움을 구하기 위해 그들에게 의무를 지워두는 것으로 생각하고 있다. 이런 사람들은 사원에 가서 이렇게 기도한다. "부처님, 병든 제 친척을 낫게 해주세요. 제 사업이 잘되게 해주세요. 그러면 매년 이날 공양을 하겠습니다." 이것은 공양하는 옳은 태도가 아니다. '부처님, 제가 원하는 걸 주시면 저도 당신께 보답하겠습니다' 라는 태도로 부처와 비즈니스를 하고 있는 것이 아니다. 공양은 좋은 동기에서 해야 한다. 우리의 불행을 제거하기 위해, 그리고 주는 기쁨을 더하기 위해 해야 한다 .

어떤 사람들은 실적을 올리는 비즈니스를 하듯 공양을 한다. 그들은 실적을 영적인 돈으로 생각하고, 탐욕스러운 마음으로 그것을 모으려고 노력한다. 이것도 옳은 태도가 아니다. 공양은 긍정적인 잠재력을 만드는 데 도움이 되는 한편, 모든 사람의 복지를 위해 바치는 것이 중요하다.

먹기 전에 음식을 바치는 것은 좋은 일이다. 이것은 굶주린 동물들이 먹듯이 욕망에 차서 음식을 씹어 넘기기보다는 잠시 동안 멈춰서 생각하게 만든다. 음식을 공양하기 위해 우리는 잠시 이렇게 생각한다. '음식은 굶주림이라는 고통을 치료하는 약과 같은 것이다. 나는 내 생명을 보호해야 한다. 그래서 가르침을 실천해야 하고, 다른 사람에게 봉사해야 한다. 음식은 그렇게 할 수 있게 해주는 연료다. 많은 존재들이 이 음식을 키우고 나르고 준비하는 데 개입되었다. 그들은 매우 친절한 존재들이다. 이것에 보답하기 위해 나는 내 삶을 의미 있게 만들고 싶다. 모든 의식 있는 존재들에게 가장 효과적으로 이로움을 주기 위해, 내 자신이 부처가 되려는 동기에서 부처에게 음식을 공양하여 내 삶을 의미 있게 만들 수 있다.'

그런 다음 그것을 큰 환희를 얻을 수 있는 순수하고 감미로운 지혜의 음식으로 상상하라. 당신 마음 한가운데 빛으로 만들어진 작은 부처를 그려보라. 그리고 이 음식을 그 혹은 그녀에게 공양하라. 이것을 바치기 위해 '옴 아 훔'을 세 번 낭송하라. 이것은 부처의 몸, 말, 마음의 특성을 나타내는 만트라(기도문)이다. 그런 다음, 다음 구절을 낭송하라.

나 이제 이 음식을 먹습니다.
탐욕과 반감 없이 먹습니다.
건강을 위해 먹지 않습니다.
쾌락을 위해 먹지 않습니다.
안락을 위해 먹지 않습니다.
내 몸을 강하게 하는 약일 뿐입니다.

최고의 스승, 소중한 부처님.

최고의 의지, 소중한 가르침.

최고의 안내, 소중한 스님들.

삼보에 이 공양을 바칩니다.

우리와 주위 모든 사람들이

삼보와 떨어지지 않게 하소서.

늘 공양할 기회를 갖게 하소서.

끊임없이 그들의 축복과 영감을 받아

수행의 길을 나아가게 하소서.

이것을 하는 동안 잠시 눈을 감는다. 여러 사람이 있는 곳에서는 눈을 뜨고 기도를 떠올리며 소리 없이 속으로 외어도 된다.

3. 세 가지 보물의 자비를 마음에 간직하면, 우리는 다른 사람이 삼보에 귀의하도록 권할 수 있다. 부처가 수행의 길을 실천한 방법과 승가가 우리를 돕기 위해 수행의 길을 실천하는 방법을 알게 될 때, 우리를 향한 그들의 자비심은 명확해진다. 크나큰 친절로 그들은 부처의 가르침을 우리에게 가르치고, 우리를 지도하고, 우리를 위해 좋은 모범을 보여주고, 우리에게 영감을 준다.

귀의하여 가르침을 따르는 것이 우리 삶에 주는 이득을 알게 되면, 우리는 다른 사람과 이 행운을 나누고 싶을 것이다. 그러나 다른 사람에게 우리 믿음을 가르치거나 억지로 믿게 강요하는 것은 둘 다 매끄럽지 못하고 거칠다. '내 종교는 네 것보다 나아, 나는 너보다 더 많은 개종자들을 만들 거야 라고 생각하는 풋볼 팀 정신 상태를 피하자. 우리는 다른 종교와 경쟁을 하고 있지 않다.

우리는 조용히 활동을 하고, 전혀 알리지 않는 극단에 빠지지도 않는다. 아무도 부처의 가르침을 체계화해서 가르치지 않았다면, 나는 부처의 가르침을 결코 만나지 못했을 것이다. 나는 부처의 가르침을 접하고 실천할 기회를 만들어준 사람들에게 감사한다.

마찬가지로, 우리는 다른 사람들에게 불교의 가르침과 활동을 알려야 한다. 그들이 원한다면 오도록 권할 수 있다. 본래 불교에 관심이 없는 사람들에게도 우리는 일반 용어로 가르침의 의미를 표현할 수 있다. 결국 불교의 많은 부분은 상식이다. 예를 들어, 우리는 불교의 용어를 사용하지 않고도 다른 사람에게 화를 내면 왜 나쁜지 말할 수 있고, 미움을 가라앉히는 방법도 말할 수 있다. 우리는 보통의 용어로 이기주의의 나쁜 점을 설명할 수 있고, 친절의 좋은 점을 설명할 수 있다.

다른 사람은 우리 행동을 눈여겨볼 것이고, 상황이 나빠져도 친착하고 행복한 상태를 유지할 수 있는지 궁금해 할 것이다. 우리는 그들에게 부처의 가르침에 대해 한마디도 할 필요가 없다. 단지 우리의 행동을 통해 그들은 부처의 가르침을 실천하는 일이 얼마나 이로운지 볼 것이다. 그리고 우리가 하는 행동에 호기심을 가질 것이다. 친척 중 한 사람이 언젠가 나에게 말했다. "넌 사람들이 널 욕하는데도 화를 안 내는구나!" 그 뒤에 그들은 불교에 대해 배우는 걸 쉽게 받아들였다.

4. 귀의가 이롭다는 걸 잊지 않으면서, 우리는 아침에 세 번, 저녁에 세 번 귀의한다. 귀의에 대한 기도문을 외우고 생각하면서 귀의한다.

긍정적인 방법으로 하루를 시작하는 것은 대단히 이롭다. 시계의 알람이 울리면 맨 처음 생각하라. '살아 있으니 얼마나 행운인가. 그래서 부처의 가르침을 실천할 기회를 가졌으니 얼마나 행운인가. 세 가지 보물이 깨달음의 길을 따라 나를 인도할 믿음직한 길잡이다. 내 인생에서 본질을 끌어내는 최고의 방법은, 다른 사람을 소중히 여기는 태도를 갖는 것이다. 그리고 그들을 이롭게 하는 것이다. 그러므로 오늘 가능한 한 나는 남을 해롭게 하는 일은 피할 것이다. 그리고 친절하게 그들을 도울 것이다.'

그런 다음 우리는 귀의하기 위한, 이타적인 의도를 일으키기 위한 기도문을 세 번 암송한다.

저는 불·법·승 세 가지 보물에 깨달음을 얻을 때까지 귀의합니다. 긍정적인 잠재력으로 저는 보시와 다른 여러 바라밀(계율, 인내, 정진, 선정, 지혜)을 실천하겠습니다. 제가 모든 의식 있는 존재들을 위해 깨달음을 얻기를 바랍니다.

이렇게 생각하면서 기도문을 암송하는 것은, 잠깐의 시간이지만 그날 하루를 의미 있게 만드는 결과를 낳는다. 우리는 더 즐거워지고 삶의 방향을 확실하게 만들 것이다. 특히 우리가 정기적인 명상을 하지 않는다면, 이런 식으로 하루를 시작하는 것이 대단히 이롭다.

저녁에는 하루의 활동을 반성하면서 하루 종일 일어나고 있었을 지도 모르는 고통, 여전히 남아 있는 고통에서 해방된 뒤에 다시 귀의하고 이타적인 의도를 간직한다.

잠들기 전에 베개 위에서 빛으로 만들어진 부처의 모습을 떠올려도 좋다. 그의 무릎을 베고 누워서, 우리는 그의 지혜와 자비의 부드러운 광채 속에서 잠에 빠진다.

5. 우리는 세 가지 보물에 자신을 맡기고 모든 행동을 시도할 것이다. 신경질적이 되면 부처를 떠올리고, 간청을 하고, 상상을 하는 것이 좋다. 빛이 부처로부터 쏟아져 나와 우리 몸 안으로 들어오는 것을, 우리 몸을 가득 채우는 것을 상상하는 것이 좋다. 위험에 처하면 우리는 기도를 할 수 있고, 도움과 안내를 세 가지 보물에게 청할 수 있다.

세 가지 보물에 자신을 맡기는 것은, 또한 그들의 가르침을 기억하는 것을 말한다. 예를 들어, 화가 나게 되면 우리는 인내를 기르는 가르침을 떠올릴 수 있다. 질투를 느끼면, 우리는 질투하는 대신 그 사람의 행복과 좋은 특성을 기뻐해 줄 수 있다. 부처의 가르침을 실천하는 것이 우리의 최고의 의지처이다. 부처의 가르침을 실천함으로써 우리는 이로움을 만들어낼 것이고, 우리 문제를 해결할 바른 태도를 개발할 것이다.

6. 우리 삶이 위협 받거나 조롱 당한다고 해서 귀의를 버려서는 안 된다. 행복하건 슬프건, 세 가지 보물에 대한 믿음과 관계를 유지하는 것이 중요하다. 어떤 사람들은 감각적 쾌락을 즐기느라 마음이

너무 어지러워져서 가르침의 실천을 잊는다. 불행이 닥치면 의기소침해져서 세 가지 보물을 잊는다. 귀의를 잊는 것은 해롭다. 그렇게 되면 삶을 유용하게 해주는 우리 내부의 결심을 배반하게 된다. 세 가지 보물이 우리를 결코 버리지 않을 최고의 친구라는 걸 알게 되면, 우리는 늘 마음에 간직할 것이다. 우리에게 닥치는 외부 상황이 어떻든 상관없이…….

위의 지침들은 모두 우리 삶을 의미 있게 만드는 데 도움이 된다는 것이 밝혀졌다. 그것들은 점진적으로 자신을 훈련시키는 태도와 방법들이다. 죄책감을 느끼거나 자신이 나쁘다고 느끼는 것은 에너지를 소모하게 만든다. 우리가 이런 지침들을 바로 지금 완벽하게 따르지 않았기 때문이다. 그런 자기 판단은 우리를 꼼짝 못하게 한다.

대신 우리는 지침들을 배워서, 우리가 할 수 있는 한 많이 그것들을 실행해야 한다. 우리는 나날의 생활에서 이번주에 강조할 하나의 지침을 선택할 수 있다. 다음주에는 다른 것을 추가하고, 그렇게 계속해 나간다. 그런 식으로, 우리는 그것을 모두 실천하는 좋은 버릇을 천천히 쌓아갈 수 있다.

계율

에너지를 긍정적으로 활용하는 방법

우리의 행동·말·생각을 긍정적인 방향으로 관리하는 데 도움이 되도록, 부처는 열 가지 파괴적 행동과 열 가지 건설적 행동(그것은 열 가지 파괴적 행동을 안 하는 것이다)을 간략히 설명했다. 거기에 더해서 그는 몇 가지의 서원과 계율을 정했다. 계율의 첫 단계는 개인의 해방을 위한 계율이다. 이는 파괴적인 육체적·언어적 행동을 억제하는 데 도움이 된다. 계율의 두 번째 단계는 보리살타의 계율이다. 이는 자기 중심적인 마음을 억제하는 데 도움이 된다. 밀교적인 탄트라의 계율이 세 번째 단계이다. 이는 일상적으로, 스스로 존재하는 사물의 형상과 개념에 반대로 작용해 그것들을 극복할 수 있게 한다.

계율과 서원들은 즐거운 것이다. 짐이 아니다. 그것들은 다른 것을 즐길 시간을 갖지 못하게 하거나 박탈감을 느끼라고 만들어진 것이 아니다. 계율을 받는 목적은, 우리에게 내적인 힘을 주어서 우리가 원하지 않는 방식으로 행동하지 않게 하는 데 있다. 살생·도둑질·이기심 등등이 그저 자신과 남에게, 현재와 미래에 해만 끼치도록 할 뿐이라는 걸 이해하게 되면, 우리는 이것들을 피하고 싶을 것이다. 계율을 받으면 우리는 그렇게 할 에너지와 힘을 받는다. 그래서 계율은 지혜에 광채를 더해 주는 장식이라고 하는 것이다.

개인의 해방을 위한 계율

모든 사람이 고통을 극복하고 해로운 행동을 범하지 않게 하기 위해 부처는 다섯 가지 계율을 주었다. 비구나 비구니에 의해 거행되는 간략한 의식을 통해 우리는 세 가지 보물에 귀의할 수 있다. 동시에 우리는 다섯 가지 일반 불교도를 위한 계율(오계)을 일부, 또는 전부 받아야 한다. 그리고 우바새(남자 신자) 또는 우바이(여자 신자)가 된다. 다섯 가지 계율은 일생 동안 지니는 것인데, 다음 사항을 하지 말라는 것이다.

- 어떤 존재이든 그 생명을 빼앗는 것(살생)
- 주어지지 않은 것을 갖는 것(도둑질)
- 현명하지 못한 성적 행동
- 거짓말
- 취하게 하는 물질의 섭취

귀의를 할 때, 어떤 스승들은 이 계율의 일부 또는 전부를 택할지 말지 우리에게 결정하게 한다. 어떤 스승들은 귀의를 할 때 다섯 가지 계율을 모두 준다.

처음 네 가지 행동은 네 가지 숭고한 진리(사성제)에서 설명된 것이다. 다섯 번째 계율은 알코올과 중독성 약물을 포기하는 것이다. 이런 물질들은 해롭다. 그 물질의 영향 아래서 우리는 옳고 그름을 판별할 능력을 잃기 때문이다. 알코올과 약물의 영향 아래 있으면, 사람들은 다른 사람에게 잔인한 말을 하고 배우자와 자식들을 때리기도 한다.

어떤 사람들은 이 계율을 받아들이지 못하고 망설인다. 다들 술을 마셔야 한다고 생각하는 사회적인 분위기가 걱정되기 때문이다. 파티나 비즈니스 행사에서 진정으로 술 마시기를 원하는 사람이 얼마나 되는지 의아하다. 아마 다들 마시기를 기대하기 때문에 각자는 마실 것이다. 실제로는 아무도 원하지 않는데!

실제로 알코올을 거설하는 것은 힘들지 않다. 방 안에 있는 모든 사람이 우리가 알코올 음료를 마시지 않기 때문에 멈춰서서 우리를 바라보고 있지는 않을 것이다! 사실은 너무 알코올 의존적인 사람들에게 우리는 좋은 본보기가 될 것이다. 어떤 경우든 우리가 우리의 원칙에 따라 행동할 때는 부끄러워할 필요가 없다.

담배에 대해서는 다른 해석이 있다. 테라바다 종파(남전 상좌부 : 동남아시아의 소승불교)에서는 담배 피우는 것이 계율 때문에 금지되지 않는다. 반면 마하야나 종파(대승)에서는 금지되어 있다.

커피와 차는 마셔도 된다. 카페인이 들어 있지만, 분별력을 잃게 하지는 않는다. 칠리와 다른 양념도 섭취할 수 있다.

일반 신도들은 또 24시간 동안 지킬 여덟 가지 계율(팔재계)을 받을 수 있다. 처음 이 계율을 받을 때는, 계통을 따라 이 계율을 이어받은 누군가에게서 그것을 받아야 한다. 그 사람은 자기 스승으로부터 이 계율을 받았고, 그 스승들은 그들의 스승들로부터 이 계율을 받았다. 이런 식으로 계율의 계통은 부처에게까지 거슬러 올라갈 수 있다.

처음에는 자격이 있는 스승에게서 여덟 계율을 받지만, 이후에는 모든 부처 · 보살 · 아라한 앞에서 받는다고 상상을 하면서 스스로 계율을 받을 수 있다. 그 의식은 간단하다. 새벽이 되기 전에 시작해야 한다. 그 계율을 지켜야 할 시간은 다음날 새벽까지이다.

여덟 계율은 언제든지 받을 수 있지만, 많은 사람들이 초승달이나 보름달인 날 또는 불교 축제 때 받고 싶어한다. 여덟 가지 계율 중에서 처음 다섯 가지는 일반 신도를 위한 다섯 계율과 같다. 현명하지 못한 성적 행위를 금하는 항목이 성적 금욕으로 바뀐 것만 다르다. 이 계율은 단 하루만 지키는 것이기 때문이다.

여섯 번째 계율은, 향수 · 장신구 · 화장하는 것뿐만 아니라 노래 · 춤 · 음악 연주를 삼가는 것이다. 이 계율은 수행에 정신이 흐트러지는 것을 피하기 위한 것이다. 우리가 노래하고 흥얼거리게 되면, 명상하려고 앉았을 때 우리 마음에 그 곡조가 계속 흐르게 된다. 몸을 아름답게 가꾸지 못하게 하는 것은, 사랑 · 자비 · 지혜 같은 내적 아름다움을 가꾸라는 뜻이다.

일곱 번째 계율은, 비싼 침대에서 자거나 왕좌에 앉지 말라는 것이다. 이런 것들은 자랑스러움과 우월감을 느끼게 만들 수 있다.

여덟 번째 가르침은, 정오 이후에 딱딱한 음식을 먹지 말며, 하루 종일 채식을 하라는 것이다. 어떤 스승은 여덟 번째 계율을 줄 때, 점심만 먹을 수 있다고 말한다. 다른 스승은 아침과 점심을 허용한다. 어떤 스승은 저녁에는 물 마시는 것만 허용한다. 다른 스승은 우유를 넣은 차나 섬유질이 없는 과일 주스를 허용한다. 이 계율의 목적은, 음식에 대한 집착을 줄이는 것이다. 이것은 또 저녁에 참선을 더 잘할 수 있게 하기 위한 것이다. 많이 먹으면 나른하고 졸리기 때문이다.

계율을 받으면 믿을 수 없을 만큼 큰 이익을 얻는다. 첫번째 계율인 〈죽이지 말라〉는 것만 받아들여도 우리 환경이 얼마나 달라질지 생각해 보라! 하나의 계율 때문에 세상은 완전히 다른 곳으로 변할 것이다. 우리가 계율대로만 살면, 우리 주위 사람들의 삶이 즉시 극적으로 영향을 받는다. 그들은 안전하게 살 수 있게 되는 것이다. 남에게 해를 끼치지 않으려는 우리의 굳건한 의지 때문이다.

그 외에도 계율을 지키다 보면 자신의 행동, 말, 마음가짐에 대해 더 잘 알게 된다. 우리 자신에 대해서도 더욱 잘 알게 된다. 자신의 습관적 행동을 알게 되기 때문이다.

또한 우리가 피하고 싶은 행동이 뭔지 미리 결정하면, 나중에 후회하게 될 것이 뻔한 일을 하고 싶은 유혹에 처했을 때 마음이 유약한 상태에 빠지는 걸 막을 수 있다.

우리가 적극적으로 계율을 어기지 않으면, 그때마다 우리는 위대한 긍정적 잠재력이 쌓인다. 자고 있을 때에도 긍정적 잠재력은 쌓인다. 우리가 그런 행동을 하지 않겠다는 굳은 결심을 하고, 그런 행동을 적극적으로 하지 않는 것은 이런 이유 때문이다. 이런 긍정적 잠재력의 축적은 영적 깨달음을 위한 굳건한 기초가 된다. 그리고 우리가 평화롭게 죽고, 행운의 환생을 할 원인 에너지를 만들어준다.

만약 사람들이 자신의 행동과 말에 더 주의를 기울이고 싶다면, 그들은 사미(남자) 또는 사미니(여자) 계율을 받을 수 있다. 이는 초심자 승려들을 위한 열 가지 계율인데, 티벳 종파들은 하위 분류를 상세히 기술해서 모두 서른여섯 가지에 이른다. 종종 초심자 수계식이 소집되어 사미(니) 십계를 평생 계율로 받아들이게 되면, 그 사람은 사미 또는 사미니가 된다.

초심자 수계식이 치러진 뒤 일정 시간이 지나면, 정규의 수계식에서 구족계를 받아 비구 또는 비구니가 된다. 서로 다른 불가의 종파에 따라 그 서원하는 계율의 숫자는 다르다. 각 종파 간의 비구와 비구니도 각각 계율의 숫자가 다르다.

전통적으로 초심자인 사미니 계율을 받은 다음에 비구니 계율을 받기 전에 〈식사마나〉라고 하는 중간 단계를 거치는데, 초심자로서 받은 계율에 여섯이나 열두 계율을 더한 것이다. 2년 동안 이 단계를 거치면, 여성의 경우, 정식의 수계식에서 비구니가 되는 구족계를 받을 수 있다. 이 전통은 스승에서 제자에게, 부처 시대로부터 현재에 이르기까지 끊이지 않고 전해 내려왔다.

동남아시아의 테라바다(소승불교의 남전 상좌부) 종파의 나라에서는, 여자 수행자의 수계는 수백 년 전에 없어져버렸다. 오늘날에는 스리랑카에 〈디사실마타스〉라는 여덟 계율을 지닌 여자 수행자가 있고, 태국에 여덟 계율을 지닌 〈마에지스〉라는 여자 수행자가 있다. 그러나 두 경우 모두 그 계율을 일반 신도의 계율로 본다. 그들을 정식으로 계를 받은 승려로 보지 않는다. 그러나 많은 여성들이 중국 불교의 종파에서 테라바다 종파로 사미니, 식사마나, 비구니 수계의 전통을 다시 들여오려는 가능성을 찾고 있다. 최근에는 스리랑카의 여성들이 비구니계를 받았다. 티벳에서는 여성을 위한 초심자 수계가 뿌리를 내렸다. 그러나 비구니 수계는 뿌리를 내리지 못했다. 사미니 수계는 네 명의 비구 혹은 비구니가 줄 수 있는 반면, 비구니계는 열 명의 비구와 비구니가 주어야 한다. 당시에는 여자가 히말라야 산을 넘어 여행하는 것이 어려웠고, 그래서 비구니계는 티벳까지 오지 않았다.

중국, 한국, 베트남 불교는 비구와 비구니 수계의 전통이 여전히 유지되고 있다. 테라바다 종파와 티벳 종파 출신의 어떤 여성들은 최근에 중국, 한국, 베트남 스승들로부터 비구니계를 받았다. 사람들은 비구니계를 테라바다와 티벳 불교에 재도입할 가능성을 고려 중이다.

일본에서는 19세기 중반 메이지 유신 동안 수행의 계율이 바뀌었다. 정부가 수계 받은 수행자들에게 결혼하기를 권했기 때문이다. 그래서 일본에서는 지금도 결혼한 승려, 결혼하지 않은 승려가 남녀 모두 있다. 그들이 지키는 계율은 불교의 다른 종파의 계율과 다르다.

하루 동안에 가져야 할 여덟 계율을 제외하고, 모든 다른 계율은 일생 동안 지녀야 한다. 그러나 예기치 못한 상황 때문에 비구나 비구니가 그 계율을 더 이상 지킬 수 없을지도 모르는, 또는 계율을 원하지 않을지도 모르는 일이 일어날 수 있다. 그런 경우에는, 그 또는 그녀는 영적 스승, 또는 사정을 듣고 이해할 수 있는 다른 사람에게 애기할 수 있다. 그리고 그 계율을 돌려준다.

태국에서는 일생에 최소한 한 번 대부분의 남자들이 비구가 되어 3개월 동안 계율을 받아 지키는 풍습이 있다. 보통은 청소년일 때 한다. 그것은 그들에게 엄격한 도덕적 훈련의 바탕을 마련해 준다. 또한 가족에게는 매우 경사스러운 일이 된다. 3개월의 기간이 끝나면 그들은 계율을 반납하고 가족 생활로 돌아간다.

이런 다양한 계율—일반 남자 신도와 여자 신도의 계율과 다양한 단계의 남자 수행자와 여자 수행자의 계율—은 모두 개인의 해탈을 위한 계율로 널리 알려진 것이다. 이 계율을 받기 위해 우리가 길러야 할 기본 동기는, 윤회의 삶에서 벗어나는 자유를 얻기 위한 결심이다. 이 계율들은 우리의 몸과 말의 행위를 조절한다. 그리고 모든 불교 종파에 공통된 것이다. 테라바다(소승 불교), 마하야나(대승 불교), 바즈라야나(금강승 불교) 종파 사이에 개인 해탈을 위한 수계의 차이는 없다.

마하야나 종파에서는 이타적인 동기를 강하게 일으킨 뒤에 여덟 계율의 수계를 하는 전통이 있다. 이런 식으로 받는 계를 〈팔마하야나계〉라고 부른다. 수행자가 하룻동안 지키기 위한 정식 팔계는 비구계와 비구니계에 포함되어 있기 때문에 받지 않는 반면, 그들은 팔마하야나계를 받을 수 있다.

보리살타의 계율

　기본적인 귀의와 개인의 해탈을 위한 수계를 기초로 해서 우리는 보리살타의 계율(보살계)을 받을 수 있다. 이것은 윤회의 삶에서 벗어날 결심으로 행해질 뿐만 아니라, 모든 존재를 이롭게 하기 위한 깨달음을 얻으려는 동기에서 행하기도 한다. 보살 서원은 이기적 태도의 제압에 중점을 두고 있다. 그것은 우리 육체적·언어적 행위를 다룰 뿐만 아니라, 생각과 마음가짐도 다룬다. 그래서 보살 서원들은 개인의 해탈을 위한 서원보다 지키기가 어렵다.

　보살계는 마하야나 종파에서만 보인다. 일반 신도나 수행자가 다 받을 수 있다. 핵심은 같지만, 계율의 하나하나는 티벳 버전과 중국 버전이 다르다. 이 계율을 받으면 깨달음을 얻을 때까지 간직할 결심을 해야 한다. 비록 그것이 각 생애 동안에 새로워질 필요가 확실히 있기는 하지만!

　중국 사람들은 보살계를 받기 전날 저녁에 수행자의 미리나 신도의 팔에 향을 피우는 풍습이 있다. 이 풍습은 중국에만 있는 독특한 것이다. 다른 불교 종파에서는 행하지 않는다. 이것은 작은 향 조각을 팔이나 머리에 놓고 불을 붙여 살 속까지 타들어가게 하는 것이다. 어떤 사람들은 향 조각을 세 개 이상 놓기도 한다. 많건 적건 그들 사이에 지위의 차이가 나는 것은 아니다.

　어떤 사람에게는 이 의식이 섬뜩하게 들리겠지만, 그리 고통스럽지는 않다. 아마 사찰이 부처의 이름을 암송하는 소리로 가득 차면 고통을 느끼지 못할 만큼 집중이 흐트러지기 때문일 것이다.

이 의식에는 세 가지 의미가 있다. 먼저 보살 서원이 다른 사람을 이롭게 하기 위한 깨달음을 얻으려는 동기에서 택해졌기 때문에, 다른 사람을 돕는 과정에서 겪을 고통을 이겨낼 용기를 길러야 한다. 이것은 마조키즘이 아니다. 우리는 고통을 구하는 것이 아니기 때문이다. 그보다는 다른 사람을 위해 일하는 과정에서 나쁜 상황과 마주치면, 그것을 참아낼 수 있어야 한다. 향이 살갗 안까지 타들어가는 고통을 참는 것은, 자신에게 어떤 값을 치르더라도 다른 사람을 돕겠다는 용기와 결심을 의미한다.

두 번째 이유는 자신의 몸을 부처에게 바치는 것이다. 일반적으로 우리는 몸에 몹시 집착하고 몹시 방어적이다. 여기서 그 집착이 상징적으로 끝난다. 고통을 받아들여 부처에게 우리 몸을 공양한다고 생각하면서……

세 번째 이유는 실제적인 것이다. 고대 중국에서 수행자는 계율과 수행 규칙의 다스림을 받았기 때문에, 일반 시민의 법률에 복종하지 않았다. 그리하여 일반 범죄자가 시민의 법률을 어기면 수행자의 옷을 걸치고 그 징벌을 피하는 경우가 있었는데, 그것은 정부도 사원도 원치 않았다. 그래서 수행자의 머리에 향을 태우는 이 풍습이 중국에서 세워진 것이다. 수계 받지 않은 자와 수계 받은 자를 구별하기 위한 자국인 것이다.

탄트라의 계율

서원의 세 번째는 탄트라의 계율(탄트라계, 금강계)이다. 보살의 서원처럼 이것은 몸·말·마음의 행동을 늘 주의 깊게 살피게 만든다. 주로 미묘한 2원적인 시각, 정상적으로 존재하는 사물의 형상과 개념의 극복에 초점이 맞춰져 있다. 그것들은 깨달음을 얻는 데 방해가 되는 마지막 장애물들이다. 탄트라의 서원은 가장 지키기가 어렵다. 그러나 그것을 지켜나가는 데서 우리가 얻는 이로움 역시 가장 크다.

탄트라의 서원은 탄트라 입회식에서 행해진다. 바즈라야나(금강승) 종파에서만 볼 수 있다. 바즈라야나는 마하야나(대승) 종파의 한 줄기이다. 금강계를 받기 위해서는 삼보 귀의, 개인의 해탈을 위한 서원, 보살계 서원을 해야 한다. 그리고 깨달음을 얻을 때까지 탄트라의 서원을 지킬 것을 약속한다.

수계

세 개의 서원 중에서 어느 것을 선택하든 그것은 전적으로 자신이 정할 일이다. 서원을 하기 위해 우리는 윤리적으로 사는 삶의 이로움을 이해해야 한다. 셀 수 없이 많은 이익이 있지만, 계율 속에서 살면 해탈과 열반에 이를 수 있고, 우리 삶이 다른 사람을 위해 유용한 것이 될 수 있다고 줄여서 말할 수 있다.

어떤 사람들은 수계를 망설인다. 순수하게 그걸 지켜나갈 수 없다고 느끼기 때문이다. 그러나 처음부터 완벽해지기를 기대하면 안 된다. 오점 하나 없이 계율을 지킬 수 있다면 우리는 이미 아라한이나 부처가 되어 있을 것이기 때문에 그것을 받을 필요도 없다. 계율은 완벽하게 지킬 수 없기 때문에 받는 것이다. 그러나 우리가 행하고, 말하고, 생각하고, 느끼는 것들을 더 잘 이해하는 데 도움이 되기 때문에 우리의 행동·말·태도가 개선될 것이다.

그럼에도 불구하고 '계율을 지켜나갈 수 없기 때문에 받으면 안 된다'라고 생각하는 것은 어리석다! 우리에게는 균형 잡힌 태도가 필요하다. 그것은 과일을 먹고 싶은 어린 아이와 같다. 먹기에 너무 커서 먹지 않는다면, 좋은 것을 먹을 기회를 놓치는 것이다. 한꺼번에 다 입에 넣으려고 하면 목이 막힐 것이다. 입에 맞게 들어갈 만큼씩만 먹으면 아이는 점점 자랄 것이다. 마찬가지로, 우리는 계율을 실행할 능력에 맞춰서 계율을 택한다.

계율을 지키기 위해 우리는 매우 의식적이고 주의 깊을 필요가 있다. 만약에 우리가 그것을 어기면 네 가지 반대의 힘—참회, 귀의와 이타적인 의도, 치유, 부정적 행동을 반복하지 않겠다는 결심—을 활용해야 한다. 우리 마음의 흐름에 남아 있는 흔적을 정리하기 위해……. 이 네 가지는 업을 설명할 때 이미 설명한 것이다.

계율은 진지한 수행자의 광채를 더해 주는 장식으로 여겨지고 있다. 우리가 계율을 받고 싶지 않더라도, 열 가지 파괴적 행동을 포기하는 효과는 즉각 우리 생활에서 느껴진다. 주위의 사람들은 우리 행동에서 그 차이를 보게 되고, 우리를 신뢰하게 되고, 더 존경하게 된다. 우리 마음은 더욱 잔잔해지고, 명상할 때 집중할 수 있게 된다. 윤리적 행위는 사실 모든 일시적 행복과 궁극적 행복의 기초이다.

부처가 말했듯이……

> 백단향, 타가라, 연꽃, 재스민.
> 이 모든 향기들을 뛰어넘어
> 선행의 향기가 무엇보다도
> 가장 향기롭네.

다른 사람과의
관계

우리들은 각자 의문에 빠져 있다. 어떻게 하면 행복하게 살 수 있지? 다른 사람과 더 잘 지내려면 뭐가 필요할까? 직장에서, 학교에서, 집에서 일어나는 문제들을 어떻게 풀 수 있을까?

불교는 이런 매우 급한 관심사들을 다루고 있다. 이런 이유 때문에 많은 사람들이 부처의 가르침을 실용적인 심리학, 행복한 삶을 위한 지침으로 여긴다. 복잡한 철학 또는 의식 같은 건 여기에 필요하지 않다. 그저 우리 인생에 대한 명확한 시각만 가지고 있으면 된다.

이번 장은 내가 가르쳤던 명상 강의 시간에 청소년들이 했던 질문을 기초로 만들어졌다. 그들은 다른 사람과 생산적인 관계, 감사할 수 있는 관계를 갖기 위한 지침을 찾았다. 『시갈로바다 수트라』에서 부처는 우리의 현재 생활에서 발견할 수 있는 기본적인 관계에 대해 실제적인 충고를 하고 있다. 뒤에 나오는 각 장들은 그 경전에서 뽑은 것이다. 물론 다른 경전과 주석에서 나온 것들도 있다.

영혼의 스승

영적 지도자와 실제적인 관계 맺기

어떤 사람들은 "영적 스승이 필요할까?" 하고 의아해 한다. 우리는 스스로를 가르치고 수행의 길을 혼자서 찾아갈 수 있을까? 책에서 배울 수는 없을까? 세속의 기술을 배우기 위해서는, 예를 들면, 책읽기, 목수일, 외과 수술, 자동차 운전 같은 것까지도 가르침을 받는 게 필요하다. 혼자 익히기는 어렵다. 그리고 위험할 수도 있다. 비행기 조종법을 혼자 배운다고 생각해 보라! 일상의 기술들을 배우기 위해 선생에게 의지하는 것처럼, 영적인 일을 위해서도 자격 있는 스승의 지도가 확실히 필요할 것이다. 여기에는 깊은 뜻이 있다. 그리고 이생뿐만 아니라 수많은 미래의 삶에까지 영향을 주는 일이다.

살아 있는 스승은 책이 할 수 없는 것을 한다. 질문에 대답해 주고, 일상생활에서 가르침을 실천할 방법에 대해 모범적인 행동을 보여주고, 수행의 길을 가는 우리를 격려하고 , 우리 행동을 고쳐준다. 책은 선생에게 배운 것을 더 풍부하고 더 넓게 해줄 수 있다. 그러나 수행의 과정에서 우리가 몇몇 지혜로운 사람들과 맺은 영적인 관계를 대신할 수는 없다.

선생, 영혼의 교사, 정신적 지도자―모두 같은 뜻이다―에 해당하는 산스크리트 말은 〈구루〉이다. 이것은 〈양질의 무게가 있는 사람〉을 뜻한다. 티벳 말의 〈라마〉는 〈능가할 수 없는 이〉라는 뜻이다.

스승이 되기 위해 통과해야 할 시험은 없다. 사람들이 어떤 사람에게 가르침이나 지도를 청하면, 그 사람은 그들의 스승이 되는 것이다. 어떤 사람들은 흔히 〈라마〉나 〈마스터〉라고 칭한다. 이것은 그들이 많은 학생들을 거느리고 있기 때문이다. 그러나 그들이 우리의 선생이 되는 것은 우리들에게 달려 있다. 마찬가지로, 어떤 사람들은 라마나 마스터로 알려져 있지 않을 수도 있다. 그러나 우리가 그들을 스승으로 선택하면, 그들은 우리의 영적 스승이 되는 것이다.

사람들이 처음 불교에 대해 배울 때는 특별한 영적 스승을 갖지 않았을 것이다. 그건 좋다. 우리는 다양한 스승들에게서 배울 수 있고, 그것에 따라 실천할 수 있다. 불교에 대해 그저 일반적인 관심을 갖고 있는 사람들은 아마 스승을 고르지 않을 것이다. 그러나 잠시 뒤, 실천이 진지해진 사람들은 영적인 스승과 스승-제자 관계를 가질 필요를 느끼게 될 것이다. 그래서 그들은 가까운 지도를 받게 된다.

영적인 스승의 선택

영적인 스승은 우리에게 큰 영향을 미칠 것이기 때문에, 조심스럽게 선택하는 것이 중요하다. 예를 들어, 우리는 아무하고나 그냥 결혼하지 않는다. 먼저 그 사람의 자질을 보고 약점을 살핀다. 우리 기질과 비슷한지 본다. 그리고 좋을 때나 궂을 때나 그 사람을 돌볼 수 있다는 생각이 드는지 점검한다. 마찬가지로, 그 또는 그녀를 영적인 스승으로 선택하기 전에 그 사람을 잘 살펴보라는 충고는 할 만하다.

오늘날 우리는 영적인 슈퍼마켓을 앞에 두고 서 있다. 고를 선생이 많다. 누구든지 한두 가지 철학을 가르칠 수 있고, 추종자를 거느릴 수 있다. 그러나 진지하게 스승을 찾는 사람은 카리스마에 관심이 없다. 그들은 실질을 찾고 있다.

스승을 찾아서 확인해 보려면 시간이 걸릴지 모른다. 처음에는 토론회나 좌담회에 참석해서 스승으로 결정하지 않은 상태에서 그들에게 배울 수 있다. 그들의 성격, 그리고 관계를 맺을 우리의 능력 두 가지를 모두 검사해 볼 수 있다. 어떤 사람을 스승으로 받아들일지 말지 결정하는 데 시간이 걸릴 수 있다. 위대한 인도의 현자 아티샤는 유명한 스승 세르링파를 그의 영적인 스승으로 받아들이기 전에 12년 동안 살폈다.

그저 많은 타이틀을 갖고 있다거나, 높은 지위에 있다거나, 옷이나 모자를 인상적으로 걸치고 다닌다고 해서 그를 영적 스승으로 선택하는 것은 이롭지 못하다. 우리는 화려함, 명성, 카리스마를 찾지 말아야 한다. 대신 뛰어난 영적 속성을 지닌 사람을 찾아야 한다. 그 또는 그녀가 내 친구의 스승이라는 이유만으로 그를 선택하지 말아야 한다. 우리는 그 스승의 자질과 그 또는 그녀에 대한 우리의 경험에 의거해 스스로 선택해야 한다.

마이트레야는 『대승장엄경』에 뛰어난 스승의 자질을 열 가지로 간단하게 설명해 놓고, 이런 자질을 가진 사람을 찾으라고 조언했다.

1. **순수한 윤리적 계율** 우리의 스승은 우리에게 모범을 제시한다. 우리는 제멋대로인 몸·말·마음의 수정이 필요하기 때문에, 그렇게 해줄 스승을 고르는 것이 현명하다. 그들은 우리에게 우리 자신을 어떻게 개선할지 가르쳐줄 것이다. 그리고 우리가 따라할 좋은 본보기가 되어줄 것이다.

2. **명상의 집중에 대한 경험**

3. **지혜의 가르침에 대한 깊은 이해** 이 처음 세 가지 자질은 어떤 사람이 해탈에 이르는 세 가지 높은 훈련―윤리적 계율, 집중, 지혜―이 잘되어 있다는 것을 보여준다.

4. **가르쳐야 할 주제에 대해 우리가 가지고 있는 것보다 더 많은 지식과 더 깊은 이해**

5. **학생을 가르치고 지도하려는 열정적인 꾸준함** 가르치는 것을 좋아하지 않거나 마지못해 지도하는 사람을 고르면 많이 배울 수 없을 것이다.

6. **유능한 선생에게서 얻는 광범위한 배움** 우리는 경전을 잘 아는 사람에게 배우기를 원한다. 그리고 경전에 의해 가르칠 사람을 원한다. 자기식의 가르침을 만들거나 부처의 가르침을 잘못 이해하는 사람은, 우리에게 깨달음에 이르는 길을 보여줄 수 없다.

7. **올바른 개념상의 이해 또는 비어 있음에 대한 올바른 명상적 통찰력**

8. **부처님의 가르침을 명확히 표현할 수 있는 기술** 그래서 우리는 그 것을 정확히 이해할 것이다.

9. **따뜻한 친절과 자비심을 일으키는 동기** 이것은 매우 중요한 사랑 이다. 우리는 공양, 존경, 많은 추종자를 얻기 위해서 가르치는 사 람을 믿을 수 없다. 그런 사람 때문에 우리가 방황할 위험이 있다. 그것 때문에 우리 인생을 소모하고, 잠재적으로 부정적 행동에 빠 질 가능성이 있다. 그러므로 학생들이 이롭기만을 순수하게 원하 는 사람, 학생들을 깨달음에 이르는 길로 인도하는 사람을 스승으 로 고르는 것이 대단히 중요하다.

10. **갖가지 지적 수준의 사람들을 가르치려는 인내심과 자발성** 우리 는 완전하지 않다. 그래서 화와 집착의 고통 때문에 잘못을 저지 를 것이다. 우리는 우리를 포기하지 않는 선생이 필요하다. 참을 성 있고, 우리를 용서해 주는 선생이 필요하다. 더불어 가르치는 걸 우리가 이해 못할 때 의기소침하지 않을 선생을 원한다.

이런 모든 자질을 다 갖춘 선생을 구한다는 것은 어렵다. 그 경우 에 그들이 갖추어야 할 가장 중요한 자질은 다음과 같다.

- 그들은 결점보다 좋은 자질을 더 많이 가지고 있다.
- 그들은 이생의 쾌락을 즐기는 것보다 미래의 삶에서 행복을 누릴 수 있게 윤리적 원인을 만드는 걸 더 중요하게 생각한다.
- 그들은 자신보다 다른 사람을 더 소중히 여긴다.

스승에게서 찾아보아야 할 자질 중의 하나로 〈투시력〉을 거론하지 않은 것에 주의하라. 여기에는 이유가 있다. 어떤 사람은 투시력을 갖추고 있다. 그러나 깨달음에 이르는 길에 대해서는 모른다. 그들의 투시력은 이전의 업에 의한 것이다. 가르침의 실천에 의한 것이 아니다. 그래서 그들은 이타적인 목적을 위해 그것을 사용하지 않을 것이다. 그러므로 깨달음에 이르는 길로 우리를 이끌어줄 스승을 찾으려면, 마이트레야가 말한 자질을 찾는 것이 현명하다.

스승이 어떤 자질을 가져야 하는지 배우기 위해 우리는 그들의 행동, 부처의 가르침에 대한 이해, 학생들을 다루는 방법을 살펴볼 필요가 있다. 스승에게 "깨달으셨는지요?"라고 묻는 것은 현명하지 못하다. 설사 그들이 깨달았더라도 우리에게 얘기하지 않을 것이다. 부처는 제자들에게 그들이 이룬 깨달음의 정도를 공공연하게 선언하지 말라고 했다. 그는 추종자들이 겸손하고, 진실하고, 거만하지 않기를 원했다. 세속의 사람들은 그들이 이룬 것을 자랑하기 좋아한다. 영적인 사람들은 이를 좋아하지 않는다. 그들의 목표는 에고를 제압하고, 그것이 더 커지지 않게 하는 것이다.

우리는 우리의 영적 스승을 고른다. 누군가가 우리의 스승이 되어주었으면 좋겠다고 결정했을 때, 우리는 그 또는 그녀에게 우리를 학생으로 받아 달라고 개인적으로 요청할 수 있다. 그러나 필요없는 일이다. 어떤 스승은 많은 학생들로 매우 바쁘다. 그래서 개인적으로 만나는 게 어렵다. 이 경우에 우리는 그가 우리의 스승이라는 강한 정신적 결정을 할 수 있다. 그런 다음에 다시 가르침을 들으면, 그 또는 그녀는 우리 스승이 된다. 또 누군가를 통해 귀의를 하면, 그 사람의 가르침을 택하거나 계율을 받으면(입문), 그 또는 그녀는 자동적으로 우리의 정신적 스승이 된다.

우리는 여러 명의 정신적 스승을 가질 수 있다. 하지만 한 사람이 우리에게 가장 중요한 사람으로 남는다. 그리고 그는 모든 심각한 문제를 상의할 스승이 된다. 이 스승을 〈근본 스승〉이라고 부른다. 이 사람은 부처의 가르침으로 우리 마음에 처음 감동을 주었으며, 수행의 길에 우리가 굳건하게 들어서도록 했으며, 우리가 가장 가깝게 느끼는 사람이다.

스승의 가르침_눈 감지 않고 따르기

한 사람을 정신적 스승으로 고르면, 우리는 그의 진리에 대한 가르침을 최선을 다해 따르게 된다. 그런 식으로 우리는 수행의 길을 나이갈 것이다.

어떤 사람들은 스승과의 관계가 쉽게 변해, 자신이 듣기 원하는 것을 말해 주는 사람을 찾을 때까지 한 스승에서 다른 스승에게로 옮겨 다닌다. 그런 학생들은 거의 진전이 없다. 자기 스스로 몰두하지 못하고, 관심이 없기 때문이다.

우리는 스승을 돌보아야 한다. 서비스와 생활에 필요한 필수품들을 제공하는 것이다. 행복으로 가는 길을 보여준 스승의 친절에 감사할 때, 우리는 그들을 즐겁게 돕고 싶을 것이다. 스승들이 다른 사람의 이로움을 위해 노력하고, 부처의 가르침을 전파하기 위해 노력할 때, 우리의 도움은 작은 데에 쓰일 것이다.

부처의 가르침을 실천하는 것은 스승에게 드릴 수 있는 최상의 공양이다. 우리가 물질적 소유물들 · 재주 · 시간을 갖고 있다면, 그것들을 봉헌할 수 있다. 그러나 실행을 게을리 하면 안 된다. 스승들이 가장 염려하는 것이 그것이다. 우리가 부처의 가르침을 따를 때, 우리가 택한 가르침을 무엇이든지 지킬 때, 그것은 어떤 것보다도 스승을 기쁘게 할 것이다.

스승에게서 결점 같은 것을 보았을 때 화가 나서 비판하는 것은 역효과를 가져온다. 종종 우리는 다른 사람의 결점을 보게 된다. 자신의 기준에서 추정한 동기를 그들의 행동에 투영하고 있기 때문이다. 그러나 그것은 그 스승의 동기가 아닐 수도 있다. 그는 우리가 상상하는 것과는 완전히 다른 이유 때문에 그것을 했을 수도 있다. 사실 스승은 우리가 그렇게 행동하면 어떻게 보이는지를 보여주기 위해서 그런 방식으로 행동했을 수도 있다.

누구에게서나 잘못을 발견하기란 쉽다. 그러나 남의 잘못을 찾아내는 것은, 우리가 인내와 사랑을 발전시켜 나가려고 노력하는 영적 수행자에게라면, 이롭지 않다. 화가 나서 스승을 비판하고 배척하게 되면, 우리는 그들의 좋은 자질로부터 이로움을 얻을 문을 닫아버리게 된다. 이것은 커다란 손실이다.

그러나 스승이 부처의 가르침에 거스르는 것처럼 보이는 짓을 하면, 우리는 그 또는 그녀에게 그 행동에 대해 설명을 요구할 수 있다. 반대로 우리는 존경을 가지고 있되 거리를 유지할 수도 있다. 그 행동을 우리가 따라야 할 모범으로 보지 않고, 부처의 가르침에 상응하는 행동을 하는 다른 스승들과의 관계를 키워나가면서 말이다.

우리는 지혜와 자기 신뢰를 높여가는 영적 스승과 관계를 맺어야 한다. '저 사람은 내 스승이고, 그래서 그가 하는 건 뭐든지 완벽해'라고 생각하기 때문에 누군가를 무작정 따르는 것은 영리한 짓이 아니다. 만약 영적 스승이 우리가 할 수 없는 것, 또는 우리가 옳지 않다고 느끼는 것을 하라고 요구하면, 우리는 정중하게 그 또는 그녀에게 그걸 할 수 없다고 말해도 된다.

정직

영적 스승은 최고의 친구이다. 그들과 정직하게 말하고 행동하는 것은 우리에게 좋은 일이다. 어떤 학생들은 두 얼굴을 가졌다. 선생 앞에서는 잘 행동하지만, 다른 때에는 소문을 내고 화를 내고 다른 사람을 학대한다. 이런 행동은 역효과를 가져오게 된다.

또 겉으로만 달콤한 말로 선생의 환심을 사려고 할 필요가 없다. 우리는 누구를 바보로 만들고 있는 게 아니다. 스승은 우리의 마음을 걱정한다. 겉으로만 그러는 것이 아니다.

선생에게 친절하고 다른 사람에게 무례한 것은 위선적이다. 우리 선생은 모든 존재가 행복해지기를 원한다. 그래서 우리가 다른 사람에게 호전적이고 심술궂을 때에는 스승의 조언에 반박하게 된다. 우리가 스승을 존경하고 다른 존재들을 경멸한다면, 우리는 부처의 가르침의 진정한 의미를 이해하지 못한 것이다. 수행의 길을 가기 위해서는, 스승과 다른 사람들을 모두 존경으로 대할 필요가 있다.

존경의 의미를 깊이 생각해 보자. 어떤 사람은 두려움과 존경을 혼동한다. 그래서 종교적인 개업자 가까이에서 잘못을 저지를까 부끄러워하고 두려워한다. 이렇게 정서적으로 굳어버릴 필요는 없다. 재미있게도, 그것은 다른 사람 앞에서 나쁘게 보이거나 바보같이 보이는 걸 두려워하는 이기적인 우리의 마음일지도 모른다.

반대로 스승을 일상의 친구처럼 대하면 안 된다. 균형이 필요하다. 좋은 동기를 갖고 스승의 주위에 있을 때나 없을 때나 늘 잘 행동하도록 노력하라. 동시에 스승에게 우리의 나쁜 성질을 두려워하지 말고 인정하라. 우리는 스승에게 정직해야 하고, 어떻게 개선해야 할지 그 방법에 대한 조언을 구할 수 있다.

스승_소중하게 여기는 것과 집착하는 것

어떤 사람은 스승에 대한 헌신과 스승에 대한 집착을 혼동한다. 이것은 매우 고통스러울 수 있다. 스승이 우리가 원하는 만큼의 관심을 주지 않으면 배척 당하는 느낌을 갖게 되기 때문이다. 집착은 정서적 안정, 칭찬, 관심을 찾아 스승에게 매달리게 만든다. 그러나 우리가 스승에 대한 진정한 감사의 마음을 가지면, 우리는 그들의 자질을 알아보고 그들의 친절에 감사할 것이다.

집착은 자기 중심적인 것이다. 반면 스승을 소중하게 여기는 것은 진지한 영적 동경에 기초를 두고 있다. 물론 우리는 오랫동안 스승과 떨어져 있을 때 스승을 그리워할 수 있다. 그러나 우리는 스스로에게 물어야 한다. 우리가 그들을 그리워하는 것은 진리의 가르침과 지도를 원해서인가, 아니면 사랑 받는다는 느낌을 원해서인가.

부처의 가르침의 스승을 갖는 목적은, 우리 자아의 만족을 위한 것이 아니다. 우리의 무지와 이기심을 그 가르침의 실천을 통해 부수는 것이다. 우리 스승이 하는 일은 우리의 정서적 요구를 맞춰주는 것이 아니다. 우리를 깨달음의 길로 인도하기 위해서이다. 스승이 우리의 잘못을 지적할 때, 우리를 인도하기에 충분할 만큼 돌보고 있다는 사실에 행복할 수 있다. 그들은 우리가 그들의 조언에 기분이 나빠지기보다는 환영할 것이라고 믿고 있다. 한때 나는 제자들이 많이 모인 자리에서 한 학생에게 그의 잘못을 말하는 스승을 보았다. 나는 생각했다. '저것은 매우 가까운 제자인 게 분명해. 스승은 저 사람이 이기적 자존심을 제거하고 싶어한다는 걸 알고 있어. 여러 사람 앞에서 창피를 주려는 게 아니야.' 알고 보니, 그 제자는 좋은 수행자였다.

스승과 우리의 관계는 시간이 지날수록 성장하고 발전할 것이다. 그것들은 매우 보상적인 관계가 될 수 있다. 현명하고 자비심에 찬 영적 지도에 의지해서 우리는 좋은 자질을 키우고 해로운 것을 제거할 것이다. 우리가 스승과의 사이에서 느끼는 가까움은, 그가 진정으로 우리의 복지와 발전에만 관심이 있기 때문에, 다른 사람과의 관계와는 다르다. 스승은 우리가 무슨 짓을 하든 우리를 돕는 걸 멈추지 않을 것이다. 이것이 우리가 무모하게 행동해도 된다는 면허가 되는 것은 아니다. 다만 우리가 잘못을 저질렀을 때, 스승이 관계를 끊어버릴지도 모른다는 불안감은 느낄 필요가 없다는 것이다. 우리의 영적 스승은 용서하고 자비를 베푼다. 그러므로 우리는 그들을 믿는다.

〈깨달음에 이르는 수행〉의 길에 대한 이해가 깊어질수록 우리는 스승과 더욱 가까워지는 느낌을 갖게 될 것이다. 이것은 우리 마음이 스승의 마음과 더 비슷해지기 때문에 생기는 것이다. 자유로워지려는 결심이 강해지고 이타적 동기가 커질수록 우리는 자연히 스승과 가까워지는 것을 느낀다. 관심과 목적이 같기 때문일 것이다. 비어 있음을 이해하는 지혜가 발전하면, 타고난 존재를 이해함에 따라 생기는 분리의 느낌이 줄어들 것이다. 실제로 우리가 부처가 되면 우리의 깨달음은 스승의 깨달음과 같아질 것이다.

부모와 아이

가도록 놔두고 곁에서 지켜보기

부모와 아이의 관계는 특별하고 귀중한 것이다. 우리가 오늘날까지 살아 있는 것은, 우리 부모의 따뜻한 친절에 의한 것이기 때문이다. 이것은 가장 바뀌기 쉬운 관계이다. 아주 오랜 동안 유지되면서, 그동안에 부모와 아이는 한 개인으로서 인생의 여러 단계를 거치기 때문이다. 그래서 양쪽 다 상대에게서 일어나는 변화에 민감해야 하고, 그 변화들을 수용하고 지지해 줘야 한다.

출산 조절을 쉽게 할 수 있는 능력 때문에 커플들은 이제 그들의 가족을 계획할 수 있다. 결혼 생활이 안정적이고 아이를 키우는 데 재정적 어려움이 없다면, 아이 갖기를 기다리는 것이 현명하다. 그러나 예상치 않았을 때 아이가 나오게 되더라도 환영하라. 이 존재는 이제 인간의 생활을 즐길 기회를 가졌기 때문이다.

석가모니 부처는 시갈로에게 말했다.

주부들은, 부모가 아이들에 대해 책임감을 갖는 다섯 가지 방법으로, 다음의 것들을 해주어야 한다.

첫째. 아이들이 부정적 행동을 못하도록 제지한다.

둘째. 아이들이 덕스러운 행동을 하도록 장려한다.

셋째. 아이들에게 예술과 과학을 교육시킨다.

넷째. 아이들에게 적절한 아내와 남편을 갖게 해준다.

다섯째. 아이들에게 적절한 때에 유산을 물려준다.

부모는 아이들이 자신뿐 아니라 다른 사람에게도 해를 끼치는 행동을 하지 못하게 최선을 다한다. 그들은 아이들이 가진 것을 다른 사람과 나누고 친절한 태도를 갖도록 격려해 준다. 아이들이 윤리적 규율과 친절을 가치 있게 여기도록 교육 받았다면, 그들은 다른 사람과 사이좋게 지내는 행복한 어른이 될 것이다. 아이들이 다른 사람에게 친절하고 행복하게 대하는 걸 배우지 못하면, 그들이 많은 학위를 갖고 있다 해도 인생은 어려움으로 가득 찰 것이다.

부모들은 아이들의 좋은 본보기가 될 필요가 있다. "내가 말한 대로 해. 내가 하는 대로 하지 말고!"라는 옛말은, 부모들이 자신들은 저지르면서 아이들에게 하지 말라고 금지시키는, 앞뒤가 맞지 않는 변명이다. 아이들은 부모의 행동을 본뜬다. 그러므로 부모들은 위선적인 행동으로 아이들에게 위선과 거짓말을 받아들이라고 말하고 있는 것이다. 따라서 아이들을 돕고 싶은 부모들은, 윤리적으로 살면서 다른 사람들에게 친절해야 할 것이다.

또한 아이들의 좋은 성격을 개발하기 위해서, 부모들은 그들과 시간을 같이 보내야 한다. 부모 모두가 가정을 유지해 나가기 위해 일을 하게 되더라도 일중독이 되는 것은 바람직하지 않다. 더 많은 돈을 벌기 위해 시간 외 일을 하는 것은 매력적으로 보일 수도 있다. 하지만 여분의 돈이 사랑 받지 않는다고 느끼기 때문에 아이들이 카운셀링 받는 데 지불되어야 한다면, 그게 무슨 소용인가? 마찬가지로, 부모가 일이 과중하고 스트레스를 받는다면, 여분의 돈은 진정제를 사고 궤양이나 심장발작 때문에 의료비를 지불하고 아이를 떼어놓고 휴가를 가서 긴장을 푸는 데 사용된다. 지나친 노동은 부모에게 자멸적이다.

아이들은 부모가 주는 사랑과 애정을 그리워한다. 부모가 아이를 위해 음악 교습과 미술 교습과 스포츠 활동에 돈을 지불한다고 해도 아이들이 사랑 받는다고 느끼지 못한다면, 그 모든 교습들은 아이들을 행복한 어른으로 자라게 할 수 없을 것이다. 서양 사회는 범죄, 마약, 이혼, 비행 어린이들이 엄청나게 증가하는 것을 목격하고 있다. 그 많은 부분들은 가족 구조의 파괴 때문이다. 그리고 부모들이 아이들과 충분히 양질의 시간을 보내지 않기 때문이다. 나는 현대화된 아시아 사회는 서양의 실수로부터 배우게 되기를, 그래서 그것을 피하기를 희망한다. 가족의 유대를 희생해서 돈을 잡는 것은 문제를 가져온다.

부모들은 아이들에게 그들이 할 수 있는 최상의 교육을 제공해 준다. 그리고 아이의 기질에 적합한 교육을 제공해 준다. 아이가 음악적 능력이 없다면 왜 음악 교습을 받게 해서 그들을 괴롭히는가? 반면에 아이가 지리에 재능과 관심을 갖고 있다면 부모는 그것을 격려해 줘야 한다.

현대 사회에서는 젊은 시절에 많이 배워서 최고가 되라고 어린이들을 밀어붙이고 있다. 이것은 많은 심리적 문제를 낳는다. 아이들은 아이처럼 지내며 즐길 시간이 필요하기 때문이다. 아이들은 시험으로 평가되지 않고, 다른 사람과 비교되는 작업을 거치지 않고도 새로운 활동을 시도할 수 있어야 한다. 아이들은 그럴 필요가 있다. 아이들은 있는 그대로를 사랑 받을 필요가 있다. 최고가 되어야 한다는 생각도 없는 있는 그대로……

지금의 서양 사회에서 부모는 고대의 인도에서처럼 자식의 결혼에 관여하지 않는다. 또한 그 시대에는 가족의 가업─상속─은 그것을 경영할 수 있을 때 아이에게 넘겨졌지만 오늘날에는 반드시 그런 것은 아니다. 그러나 나는 부처의 다섯 번째 조언은, 오늘의 사회에서도 부모가 그들이 할 수 있는 한 최선을 다해서 아이들에게 물질적 행복을 제공해 줘야 한다는 것을 의미할 수도 있다고 생각한다.

부모는 현실적인 방법으로 아이들이 육체적·물질적으로 필요한 것들을 돌보아준다. 확실한 것은, 허용된 수입 이상은 줄 수 없다는 것이다. 아이에게 원하는 것을 모두 주는 것은 도움이 되지 않는다. 친절한 사람이나 선량한 시민으로 만들기보다는 불쾌감을 주는 개구쟁이로 만들지 모른다. 부모는 아이에게 좌절을 어떻게 다뤄야 하는지를 가르쳐야 한다. 원하는 것을 얻을 수 없는 무능력함은, 인생 곳곳에서 우리 모두가 무수히 부닥치는 상황이기 때문이다. 어린이들이 원하는 것을 얻을 수 없을 때는, 그것이 너무 비싸다거나 구할 수 없다는 것을 설명하라. 그것을 갖게 되더라도 완전하게 행복할 수 없을 것이고, 소동을 일으킬 때는 자신을 더 불행하게 만들고 있다는 것을 이해할 수 있게 하라. 다른 사람과 소유물을 나누는 것이 왜 이로운지 그들에게 설명하라.

이뤄지지 않는 소원을 아이들 스스로 적절히 처리하는 것을 도우면서, 부모들은 그들에게 집착을 줄이는 방법을 보여주고, 물건이란 당연히 얻게 되는 것이 아니라는 생각을 넣어주고, 다른 사람의 욕구와 소망을 생각할 수 있게 하라. 어린이들은 종종 어른들이 생각하는 것 이상으로 잘 이해한다. 조용히, 논리적으로, 반복해서 설명을 하면, 그 요점을 설명하는 여러 가지 상황을 아이들은 받아들일 것이다.

아이들이 저개발 국가를 방문하거나 자기 나라의 가난한 지역을 방문하게 되면, 자신들이 갖고 있는 소유물들을 고맙게 생각할 것이다. 이런 장소들을 보는 것은 그들에게 훌륭한 교육이 된다. 또, 부모들은 도움이 필요한 사람들을 위해 자선 단체에 기부하는 버릇을 갖도록 도와주어야 한다. 부모들이 아이에게 다른 사람의 행복을 생각하고 주는 데서 기쁨을 얻게 장려하면, 아이는 자기에게만 몰두하는 고통에서 해방될 수 있다.

아이들은 주위의 어른들이 말하는 것에 기대어 자기 이미지를 개발한다. 아이들이 자주 건방지다거나 우둔하다는 말을 들으면 그런 이미지로 자기 개념을 개발할 것이고, 그러면 그렇게 될 것이다. 그래서 아이들을 칭찬하고, 그들이 뭘 하고 있는지 알아보는 것이 중요하다.

아이들의 잘못을 고쳐줄 때에는, 왜 그런 행동이 해로운 것인지 이해할 수 있도록 해주어야 한다. 또 아이들이 잘못을 했더라도 그것 때문에 그들이 나쁜 사람이 된 것은 아니라는 사실을 아이들이 이해하도록 하는 것이 중요하다. 자신들이―그들이 했던 행위가 아니라― 나쁘다고 생각하기 시작하면, 부정적인 자기 이미지가 그들이 장차 되려는 사람의 틀을 형성할 것이다.

때때로 부모들은 아이들에게 중요한 점을 알게 해주려고 강압적으로 말할 수 있다. 그러나 아이들의 마음이란 자비로 대하면 스며들게 할 수 있다. 화를 내서는 스며들게 할 수 없다. 그런 식으로 부모들은 아이가 어떤 행동을 반복하면 안 되는지 알게 한다. 그들은 화내지 않고 아이를 배척하지 않는다. 그 또는 그녀는 그것을 당해봤기 때문이다.

부모가 된다는 것은, 한 인간인 아이를 과도하게 보호하는 극단과 의미 있는 지도를 하지 않고 소홀히 하는 극단 사이의 아슬아슬한 선 위를 걷는 것이다. 과도한 집착과 소유욕을 없애기 위해서, 부모는 아이들이 그들의 소유물이 아니라는 사실을 잊지 말아야 한다. 아이들은 독특한 개성이다. 그들은 자신들의 의견을 만들어나가고, 자신들이 결정해 나가는 법을 배워야 하는 개성이다.

아이에게 과도하게 집착하게 되면, 부모는 자신을 불행에 빠뜨리는 환경을 만들게 된다. 아이들이 늘 부모와 함께 있을 수는 없기 때문이다. 아이가 자랄 때 어떤 부모들은 아이가 좀더 독립적이 되는 걸 허용하기가 어렵다. 그렇게 되면 가까이에서 아이들의 행동을 제어할 수 없으며, 아이가 좋은 결정을 할 수 있다고 믿어야 하기 때문이다.

어떤 부모들은 끊임없이 아이들에게 뭘 해야 하고 뭘 하지 말아야 할지를 말한다. 토론은 개입되지 않는다. 아이들은 그저 부모가 말하는 것을 당연히 할 것이기 때문이다. 물론 가끔은 그렇게 해야 할 적절한 상황이—예를 들어 아이의 행복한 상태가 깨질 위험에 빠졌고, 아이는 적절한 결정을 내릴 능력이 부족할 때— 몇 가지 있다.

그러나 끊임없이 아이에게 뭘 해야 하는지 말하는 것은 좋은 판단력을 개발하는 데 도움이 안 된다. 아이들이 부모의 조언을 구하고, 부모와 문제를 토론할 기회가 허용되지 않는다. 아이들은 부모가 그들의 이야기를 듣고 반응을 보이면 부모에게 더 가까워지는 걸 느낀다. 부모가 어떤 행동에 대해 그것이 '왜' 해롭고 이로운지 이유를 설명하면, 아이들이 나중에 현명한 결정을 내리는 데 도움이 된다. 이런 식으로 아이들은 명확하게 행동하고 이롭게 행동하는 걸 배운다. 아이들을 이렇게 훈련시키면, 부모들은 그들을 더 편한 마음으로 믿을 수 있을 것이다. 이것은 청소년 시절에 흔히 일어나는 세력 다툼을 피하는 데 도움이 된다.

부모는 아이를 자신이 가지고 있는 완전한 아이의 이미지와 일치하게 만들 수는 없다. 각각의 아이는 그 또는 그녀 자신만의 잠재력이 있다. 이것은 부모가 원하는 장래의 아이 모습과 맞들어갈 수도 있고, 맞지 않을 수도 있다. 부모들은 자신들의 이루지 못한 꿈을 아이에게 바라면 안 된다. 아이가 직업·배우자·취미를 선택할 때, 부모는 자신의 이해가 아닌 아이의 이해를 잊어버리지 않도록 주의해야 한다. 현명한 부모는 있는 그대로의 아이를 받아들인다. 동시에 아이들이 능력에 따라서 발전하도록 지도한다.

다른 극단은 아이를 내버려두는 것이다. 이것은 불행히도 바쁜 사회에서는 아주 자주 일어나는 일이다. 때때로 아이에게 물질적인 행복을 제공하기 위해, 부모는 너무 바쁘게 일하느라 아이와 보낼 시간이 없거나 아이에게 필요한 사랑과 지도를 줄 수 없다. 부모는 그들의 시간을 적절히 배분할 필요가 있다. 일을 줄이는 것이 나을 수도 있다. 그러면 가족이 좀더 가까워질 것이다.

부모 노릇을 하는 것은 어려운 문제이지만, 부처의 가르침을 실천하는 데는 더욱 풍성한 경험을 줄 수 있다. 덧없음에 대한 가르침은 아이가 자라면서 명확해진다. 화를 내면 왜 이롭지 못하고 인내하는 것이 왜 중요한지, 부모가 아이를 도우려다 제대로 되지 않자 화를 낼 때 그 이유가 명확해진다. 부모가 자기 자식을 사랑하면서 남을 사랑하는 일에 대해 생각하면, 모든 존재를 소중히 여기는 것이 어떤 것인지 알 수가 있다. 마음이 깨어 있으면 부모와 아이는 동시에 자랄 수 있다.

부모 이해하기

〈부모에 대한 아이들의 책임〉이라는 주제는 사실 요즘에는 미묘한 문제이다. 가족 구조가 무너진 사회에서는 아이들이 부모 돕기를 게을리한다. 때때로 부모가 아이들이 바라는 것과 요구하는 것을 계속해서 만족시켜 주려고 하기 때문에, 아이들은 그 친절을 당연히 생각하고 부모가 모든 것을 제공해 주리라고 기대한다. 아이가 이런 태도를 가지면, 그것은 부모에게 해가 될 뿐 아니라 아이에게도 세상과 단절되어 홀로 있다는 느낌을 주게 된다.

심리학의 많은 움직임들은, 우리의 불안감이나 개인적인 성격의 원인을 어린 시절에 일어난 사건까지 추적해 찾아낸다. 어떤 사람들은 이것을 오해하고 자신의 모든 문제를 부모의 탓으로 돌린다. 유년기 양육이 우리에게 미친 영향을 이해하는 것은 중요하기는 하지만, 부모를 우리 문제의 원인으로 생각하면 자신이 희생자라는 마음가짐을 갖게 된다. "그들은 이것을 했고 저것을 했어, 그러므로 나는 지금 문제가 있어"라고 생각하면서 과거에 매달리면 우리는 더 이상 발전하지 못한다. 우리는 자신의 현재의 불안과 약점에 대한 자기 책임을 인정해야 하고, 그걸 고치기 위해 움직여야 한다.

어떤 아이들은 돌보지 않는 부모나 학대하는 부모가 있는 장애 가정에서 자란다. 이 아이들이 밖에서 도움을 찾아, 부모들의 문제가 자신들 때문이리고 스스로를 탓하지 않는 것이 중요하다. 그러나 다른 반대의 극단에 서서, 자신들의 문제가 부모들 때문이라고 탓하지도 말아야 한다. 비난하고 탓하는 것은 정서적 상처를 치료해 주지 못한다. 이해하고 용서를 해야 한다.

보통 우리는 다른 사람의 좋은 자질과 친절을 기억하기보다 오히려 그들의 실수와 약점을 세는 데에 뛰어나다. 부모의 약점과 그 약점이 우리에게 미친 연속적인 영향을 들어 부모를 비난하는 것은 너무 쉬운 일이다. 부모는 우리가 어렸을 때 우리에게 부정적인 영향을 미칠 일들을 했을 것이다. 그러나 마음으로는 그들이 줄 수 있는 최고의 것을 주었다. 내적인 정신 상태가 어떠했든 외부의 환경이 어떠했든, 주어진 상황에서 줄 수 있는 최선의 것이었다. 이렇게 생각하면 우리는 우리 부모를 이해하고 용서하고, 그리고 화와 분노를 일으키는 고통을 누그러뜨리게 된다.

만약 부모들이 있는 그대로의 우리를 이해하고 받아주지 않았다고 불평하겠다면, 우리 역시 부모들을 있는 그대로 이해하고 받아들였는지 물어야 할 것이다. 부모의 결점과 문제를 받아들이기는 어렵다. 부모들을 우리가 그렸던 이상적인 부모로 만들 수 없다는 것도 받아들이기 어렵다. 그러나 그것을 받아들이면 우리는 더 행복해질 것이다.

아이들이 부모의 친절을 기억하는 것은, 아이들에게도 부모들에게도 이로운 일이다. 부모는 우리에게 몸을 주었고, 우리가 도움 없이는 아무것도 할 수 없는 아기였을 때 우리를 돌봐주었다. 우리에게 말하는 법을 가르쳐주었고, 교육을 시켜주었고, 필요한 물건들을 제공해 주었다. 부모들이 사랑으로 돌봐주지 않았었다면, 우리는 아기 때 굶어죽었거나 사고를 당해 상처를 입었을 것이다. 아이였던 우리는 잘못을 저질렀을 때 가르침 받기를 좋아하지 않았다. 그러나 부모들이 그렇게 하지 않았다면, 우리는 거칠게 자랐을 것이고 생각 없는 어른이 됐을 것이다.

청소년들은 부모와 함께 사는 것이 늘 힘들다. 그들은 자신을 어른으로 생각한다. 그리고 부모들이 자신을 아이로 취급할 때 뒷걸음질 친다. 그러나 대부분의 부모들에게는 청소년은 여전히 아이다. 그리고 부모들은 보호하기를 원한다. 사실 우리가 60살이 되어도 부모는 여전히 우리를 아이로 본다. 나는 우리 할머니가 아버지(그때 65살이었다)에게 감기 걸리지 않게 재킷을 입으라고 말했을 때 낄낄대며 웃었다! 우리가 이런 상황을 받아들이고 부모와 함께 사는 걸 견뎌낸다면, 우리 관계는 더 매끄러워질 것이다.

또 청소년들은 자신들의 행동이 늘 한결같지 않다는 것을 알게 되면 도움이 될 것이다. 때때로 그들은 부모들이 자신들을 위해 많은 걸 해주기를 원한다. 마치 자신들이 스스로를 보살필 수 없는 아이들이나 된 것처럼……. 다른 때는 부모들이 그들을 자급자족할 수 있는 어른처럼 취급해 주기를 원한다. 부모들이 혼란스러운 건 당연하다! 청소년들이 취할 수 있는 가장 좋은 방법은, 부모들에게 자신들이 친절하고, 남을 돕고, 책임감 있는 사람으로 성숙했다는 것을 보여주는 것이다.

어떤 부모들은 아이가 자라서 점점 독립적이 되어가는 데에 따라 적응하는 것이 어려워진다. 부모는 자신이 소용없는 존재이고 사랑받지 못한다고 느낀다. 결과적으로 어떤 부모들은 풀이 죽고, 어떤 부모들은 아이들의 삶을 지배하고 방해한다. 아이들은 부모들의 그런 행동에 대해 반항적으로 대들기보다는 부모의 느낌을 이해하고 어루만져주는 것이 좋다. 부모들의 정서적 요구에 민감해져서 우리의 사랑을 그들에게 확인시켜 주는 것이 좋다. 우리가 부모로부터 아주 독립적이 되었더라도 말이다.

때때로 부모들은 우리가 보지 못하는 잠재적인 위험을 볼 수 있다. 때때로 그들은 우리가 순간적인 상황만 보고 있을 때 먼 곳을 내다보는 눈을 갖고 있다. 이런 경우에는 그들의 충고가 현명하다. 비록 그들의 충고가 우리의 욕망을 억누르는 것처럼 보일지라도 우리는 자주 그 가치를 알 수 있다. 우리가 독립한 것이 그들의 충고에 따라 양보해 준 결과로 그렇게 되었다고 느낄 필요는 없다. 그보다는 오히려 그들의 지혜를 보고 자발적으로 그것을 따라야 한다.

만약 우리가 부모들이 합리적이지 못하다고 느끼면, 우리는 그들과 함께 그 상황에 대해 토론해 볼 수 있다. 그러나 처음에는 화를 가라앉히는 것이 도움이 된다. 우리가 싸우려는 듯이 부모에게 다가간다면 우리 말을 들려주기 어렵게 된다. 우리는 우리에게 거칠게 대하는 사람의 말을 듣는가?

부모들의 말이 비합리적일지 몰라도 다 좋은 뜻으로 그러는 것이다. 그들은 우리를 도와, 할 수 있는 최대한 우리를 좋게 인도해 주려는 것이다. 자신들의 결점이 적지 않지만, 그럼에도 불구하고 그들은 대부분 좋은 동기를 가지고 있다. 그들은 시야가 좁거나 중요하지 않은 일에 관심을 가질 수도 있다. 그러나 그 한계가 뭐든지 간에 그들은 진심으로 그러는 것이다. 우리가 그걸 기억하면 우리에 대한 그들의 사랑을 알게 될 것이고, 화내지 않게 될 것이다. 그들의 관심에 감사를 느낄 수 있고, 그렇게 되면 그들이 이해할 수 있는 방법으로 우리의 관점을 설명할 수 있다.

부모들은 자신들의 선입관과 가정 교육의 틀에 갇혀 있다. 그들은 우리가 자랐던 것과는 다른 사회적 환경에서 자랐다. 그래서 자연히 사물을 다른 식으로 본다. 부모들의 시각에서 부모들의 방식대로 자랐다면, 부모들이 생각하는 것들이 대부분 부모들의 이치에 맞는 것이다. 마치 우리 시각이 우리에게는 맞는 것처럼 말이다.

만약 우리가 부모의 약점만 생각한다면, 그때는 그들이 결점으로 가득 차 있는 것처럼 보일 것이다. 그런 식으로 생각하면 그들이 가지고 있는 좋은 특성들을 무시하게 된다. 부모들이 우리에게 보여준 친절과 보살핌을 기억한다면 우리는 그들의 좋은 특질들을 보게 될 것이고, 우리 마음은 사랑으로 열릴 것이다. 우리는 완고하거나 버릇없게 굴지 않을 것이다. 그러면 부모들은 우리 말에 귀를 기울일 것이다.

부처는 아이들이 부모에 대해 책임을 다해야 할 다섯 가지를 말했다.

첫째, 아이들은 부모를 지지하고 보호하고 필요한 것을 공급한다.

둘째, 아이들은 부모가 자신들에게 지워준 의무를 다한다.

셋째, 아이들은 가족의 명예를 유지한다.

넷째, 아이들은 부모의 재산을 상속 받을 자격에 맞게 행동한다.

나섯째, 아이들은 부모가 죽있을 때 부모의 이름으로 공양을 하고, 자신들의 좋은 업을 부모에게 돌린다.

아이들이 집안일을 맡아하고, 가족 전체를 위해 일하는 것이 당연한 일이다. 부모는 아이들이 어려서 도움이 없으면 안 될 시기에 아이들을 돌보고 지원해 주었으므로, 아이들은 부모가 아프고 나이 들었을 때 기쁘게 보답해야 한다. 만약 아이들이 부모들을 스스로 돌볼 수 없다면, 누군가 다른 사람이 보살피도록 확실하게 보장해 두어야 한다.

어떤 노인들은 요구하는 것이 너무 많다. 그러나 인생이 그들에게 어떻게 보일지 생각해 본다면, 우리는 그들이 늙어가면서 만드는 어려움을 더 참아야 할 것이다. 그렇게 늙어간다는 것을 우리라면 어떻게 느끼게 될지 생각해 보면 그들을 더 잘 이해할 수 있다. 우리가 늙었을 때 우리는 분명 우리 아이들이 돌봐주기를 원할 것이다.

부모의 친절에 보답하기 위해 아이들은 부모들이 가르쳐준 도덕적 기준에 따라 살려고 한다. 그들은 자신들을 잘 제어해 간다. 부모가 덜 걱정하게 만들면서, 비난 받거나 창피 당하는 걸 피하면서……. 이런 식으로 역시 아이들은 자신들을 부모로부터 상속 받을 가치가 있게 만들어간다.

부모가 죽은 다음에 아이들은 공양을 하고, 기도를 하고, 그들 부모의 행복과 좋은 환생을 위해 자신들이 쌓아놓은 긍정적 잠재력을 부모에게 돌린다. 물론 우리가 진정으로 가족 구성원에게 이로운 사람이 되고 싶다면, 부모들이 살아 있는 동안에 건설적으로 행동하고 해로운 행동을 피하도록 그들을 격려하는 것이 가장 좋다. 우리는 부모와 좋은 관계를 가지기 위해 위에서 말한 모든 방법을 다 동원할 수 있다.

우정

나눔과 돌봄

『법구경』에서 부처가 말했다.

　　썩은 생선을 감싸고 있는
　　깨끗한 큐샤 풀이
　　그렇게 썩어가기 시작하는 것처럼
　　해로운 사람에게 바쳐진 것들 역시 그럴 것이다.

　　향 공양을 담기 위해
　　접어놓은 잎이
　　역시 달콤해지는 것처럼
　　덕이 있는 사람에게 바쳐진 것들 역시 그렇게 될 것이다.

친구는 우리에게 많은 영향을 준다. 그래서 친구를 선택하는 일은 우리가 되기 원하는 인간형에 영향을 준다. 우리 자신의 경험을 살펴보면 친구가 얼마나 큰 영향을 미치는지 알 수 있을 것이다. 우리가 불행하거나 문제에 빠져 있을 때를 생각해 보라. 잘못된 사람들과 어울리는 것이 우리 불행이나 문제에 얼마나 많이 관계되어 있는지 생각해 보라. 또 다정한 친구들 속에 끼여 있었을 때 우리가 누렸던 행복과 얻었던 지식에 대해 생각해 보라

어떤 자질이 사람들을 좋은 친구로 만들까? 어떤 사람을 피해야 하는 것일까? 나는 우정에 대해 『시갈로바다 수트라』에 있는 부분을 들어 간단하게 설명하겠다. 각 항목을 염두에 두고 우리 생활에서 찾을 수 있는 일들을 생각해 보면, 우정이 어떠해야 하는지 명확하게 정리하는 데 도움이 될 것이다.

그 항목들은 우리가 다른 사람에게서 찾고 싶어하는 자질들이라고 표현되어 있지만, 우리도 그런 자질들을 가지고 있는지 점검해 보는 것 역시 똑같이 중요하다. 다음 항목들은 우리 안에서 어떤 자질들을 줄이고 어떤 것을 키워나가야 하는지 그 방법을 알려준다. 다른 사람들이 우리에게 매력을 느끼고, 우리가 다른 사람에게 좋은 친구가 되도록 하는 아주 실제적인 조언들이다.

잘못된 친구의 네 가지 유형이 있는데, 그들은 친구들을 무시하는 친구들로, 사실은 적들이다.

빈손으로 오는 사람들, 그러나 떠날 때는 뭔가 가지고 떠나는 사람들은…

- 우리 물건을 가지려는 목적을 가지고 우리를 방문한다.
- 우리에게 많이 주지만 다음에는 똑같이 꽤 많이 받기를 기대한다.
- 그들이 곤란에 처했을 때에만 우리를 돕는다.
- 이기적인 동기만으로 우리와 사귄다.

립서비스를 하는 사람들, 그러나 우정은 깊지 않은 사람들은…
- 지나간 이야기로 우리를 즐겁게 하면서 시간만 낭비한다.
- 도움이 필요 없을 때 도움을 제공하면서 우리 호의를 얻어내려 한다.
- 우리가 도움을 요청할 때 변명을 하며 돕지 않는다.

우리에게 아부하는 사람들, 실제로는 걱정하지 않으면서 우리를 걱정하는 척하는 사람들은…
- 우리에게 부정적인 행동을 하라고 권한다.
- 우리의 긍정적인 행동을 방해한다.
- 우리 앞에서 대놓고 우리를 칭찬한다.
- 우리 등뒤에서 우리를 비난한다.

우리를 파멸로 이끄는 사람들은…
- 우리와 한패가 되어 술 마시고 마약을 한다.
- 늦은 시각에 우리와 함께 거리를 어슬렁거린다.
- 해로운 오락거리를 구경하러 우리를 데리고 간다.

• 우리와 함께 도박하러 간다.

이런 사람들과 개방적이고 믿음직한 관계를 갖는 것은 어렵다. 그들을 비난하지 말되, 거리를 유지하는 것이 좋다. 어떤 행동이 좋지 않다고 말할 수는 있어도, 그런 행동을 하는 사람을 악한 사람이라거나 구제할 희망이 없는 사람이라고 할 수는 없다. 우리는 여전히 그들에게 자비심을 가져야 한다. 그리고 그들과 잘 지내야 한다. 그러나 우리는 그들의 친구가 되기를 원하지는 않는다. 우리를 가고 싶지 않은 방향으로 끌고 갈 것이라는 걸 알기 때문이다.

마찬가지 방식으로 부처는 좋은 친구의 자질을 설명했다. 이런 사람들은 우리가 믿을 수 있고, 의지할 수 있는 사람들이다. 그들과 사귀면 우리는 행복해질 것이고, 성격은 개선될 것이다. 좋은 자질을 가진 사람들의 무리를 찾는 것뿐만 아니라, 우리 안에 있는 이런 자질들을 개발하는 것도 중요하다.

좋은 마음을 가진 사람들은 네 가지 종류가 있는데 다음과 같다.

우리를 돕는 사람들은…
• 우리가 부주의하거나 조심하지 않을 때 우리를 보호해 준다.
• 우리 소유물을 보호해 준다.
• 우리가 두려움을 느낄 때 우리를 도와 안정시켜 준다.
• 우리가 도움을 청할 때 요구하는 것보다 더 많이 도와준다.

좋을 때나 나쁠 때나 우리를 걱정하는 사람들은…

- 우리를 믿는다.
- 우리가 그들에게 말한 것을 믿어준다.
- 우리에게 문제가 생기거나 큰 불행을 당했을 때 우리를 버리지 않는다.
- 우리를 위해 자기 목숨을 희생하려 한다.

우리를 긍정적 방향으로 가도록 격려하여 더 나은 사람이 되게 하는 사람들은…
- 우리가 부정적 행동을 못하게 막는다.
- 우리가 긍정적 행동을 하도록 설득한다.
- 우리가 이로운 가르침을 듣게 한다.
- 행복으로 가는 길을 우리에게 가르쳐준다.

자비심과 동정심이 있는 사람들은…
- 우리가 역경에 빠져 있을 때 우리를 동정한다.
- 우리가 잘되고 부자 되는 것을 질투하지 않고 기뻐한다.
- 다른 사람들이 우리를 나쁘게 말하지 못하게 한다.
- 우리를 좋게 말하는 사람들을 칭찬한다.

위에서 말한 것들이 너무 일반적이더라도, 이런 건 아이였을 때 다 배웠다는 걸 알고 있더라도, 이 조언을 지금 우리가 얼마나 잘 실행할 수 있을지 알아보기 위해 우리의 관계와 행동을 깊이 생각해 보는 것은 가치 있는 일이다. 일반적인 원칙들을 택해서 우리 생활의 특별한 상황에 그것들을 적용해 보면, 우리는 자신을 더 잘 알게 될 것이고, 우리가 어떻게 커나가야 할지 더 좋은 아이디어를 얻게 될 것이다.

사랑과 집착

사랑하는 사람들에게 집착하지 말아야 한다는 부처의 가르침을 어떻게 소화해야 할지 사람들은 자주 궁금해 한다. 집착하지 않으면서 누구를 사랑할 수 있을까? 집착하지 않는다는 것은, 다른 사람의 자질을 과대평가하지 않는 균형 잡힌 마음 상태를 말한다. 다른 사람에 대해 더 정확한 시각을 가지면, 우리의 비현실적 기대는 감소한다. 우리의 의존성이 감소하는 만큼 우리의 마음은 열려서, 우리는 상대가 우리에게 해주는 만큼만 그들을 사랑하는 대신, 있는 그대로의 상대를 사랑하게 된다. 우리 마음은 모든 사람을 공평하게 걱정할 만큼 열릴 수 있다. 단지 살아 있는 존재이기 때문에 모든 사람들이 행복해지기를 바랄 만큼 열릴 수 있다. 이전에는 선택된 몇 사람을 위해 간직된 따뜻한 느낌이, 이제는 아주 많은 사람들에게까지 확장될 수 있다.

우리와 공통 관심사를 함께 할 수 있는 사람들은 아주 많다. 그들과는 대화하기가 쉽다. 우리는 서로를 잘 이해하고 서로가 성장하게 돕는다. 우리는 다른 사람들보다 이 사람들과 더 많은 시간을 보낼 것이다. 그들에게 집착하며 매달리지 않아도 그들은 우리의 친구가 될 수 있다. 그런 우정의 핵심은 상호 성장이다. 이기적 욕망의 달성이 아니다.

집착에서 벗어난다는 것은 어려운 일이기 때문에 우선 우리의 우정은 집착과 순수한 사랑의 결합이 될 것이다. 그러나 집착이 이롭지 못하다는 것을 알게 되면, 우리는 그것을 제거하기 위해 노력할 것이다. 그러면 우리의 관계에 문제가 일어나지 않는다. 서서히 우리 우정의 질은 개선될 것이다.

친구 돕기

다른 사람이 필요로 하는 것과 원하는 것에 민감해지는 것은 중요한 일이다. 그러려면 특별한 개인들인 각 사람에 대해 존경하고 감사하는 마음이 필요하다. 그리고 자기 중심적이 되어서는 안 되고, 요구 사항이 많아져서도 안 된다. 서로간의 관계에서 상호 이익보다는 자신의 이익을 더 많이 생각하자마자 문제는 발생한다.

때때로 우리는 〈받고 받는〉 정신 구조를 갖는다. 우리는 모든 인간과 모든 사물을 〈우리가 그들로부터 무엇을 얻을 수 있을까〉 하는 차원에서 본다. 다른 사람에 대한 우리의 영향을 깊이 생각해 보지도 않고, 우리는 단지 그들이 우리에게 이익이 되느냐 해가 되느냐만 생각한다. 이런 태도는 다른 사람들과 문제를 일으키게 만든다. 남이 뭘 하든 또는 남이 얼마나 친절하든 상관없이 늘 만족하지 못하기 때문이다. 우리는 점점 까다로워지고 점점 불만족스럽게 된다.

자신과 주변 사람들을 불행하게 만들면서…….

〈받고 받는〉 정신 구조는 낯선 사람이 가득한 방에 들어갔을 때 아주 명확하게 드러난다. 우리는 보통 걸어들어가면서 '여기 있는 사람들에게 내가 도움이 될 수 있을까? 이 사람들이 원하는 건 뭘까? 이 사람들은 어떤 고통을 겪고 있을까? 내가 해결해 줄 수 있는 것일까?' 라고 생각할까? 보통 그런 상대 중심적인 태도는 우리 마음과 거리가 멀다. 대신 궁금증이 부풀어 오른다. '나에게 도움이 될 만한 연줄은 누가 갖고 있을까? 사람들이 나를 무시하거나 깎아내리지 않을까? 저쪽에 있는 인상 좋은 사람은 나를 좋아하게 될까?'

방에 들어가기 전에 잠깐 멈춰 서서 생각해 보는 건 재미있는 일이다. '이생에서 그리고 전생에서 모든 존재들이 나에게 친절했어. 이제 그들의 친절을 되돌려줄 기회가 나에게 왔군. 겉으로 어떻게 보이든 이 사람들은 나와 똑같은 사람들이야. 때때로 불안하고 인정받고 싶어하는 사람들이지. 한 사람 한 사람이 훌륭한 개인이라는 걸 알아주면 좋아하지. 이번 기회를 활용해서 그들에게 내가 줄 수 있을 걸 모두 줘야겠다.' 면접에서, 파티에서, 회의에서 우리가 이렇게 생각한다면 우리는 매우 다른 경험을 하게 될 것이다.

점차로 우리는 〈주고 주는〉 정신 구조를 개발해, 우리가 다른 사람들에게 뭘 해줄 수 있을까를 생각해야 한다. 이런 태도를 가지면 우리 문제는 그리 커 보이지 않는다. 그리고 우리는 누구와 함께 있어도 행복하다. 다른 사람들도 행복해진다. 우리를 좋아한다. 우리 마음은 우리에게 만족한다. 우리 삶이 의미 있다는 걸 알기 때문이다.

다른 사람에게 민감하게 된다는 것은, 언제 말하고 뭘 말해야 하는

지 알아야 할 필요도 있다는 뜻이다. 시시한 잡담으로 다른 사람의 시간을 허비하지 말아야 한다. 이것은 사실 말처럼 쉽지 않다. 우리가 중요하고 재미있다고 생각하는 것을 다른 사람들은 반대로 생각할 수 있기 때문이다. 다른 사람의 가치와 우선 순위를 아는 것이 우리를 더욱 사려 깊게 만들 것이다.

사려 깊고 너그럽다는 것은, 다른 사람이 원하는 것을 위해서 우리 자신의 발전을 억누른다는 뜻이 아니다. 다른 사람들에게 진정한 애정을 갖고 친절히 대하는 것과, 그들의 찬성을 얻으려고 그들의 말대로 하기 위해 자기 가치를 거부하는 것 사이에는 차이가 있다. 우리는 친절한 마음을 갖기 전에 자존심을 가져야 한다.

자존심은 이기심과 다르다. 자존심은 우리가 인간이라는 존재로서 자기 가치를 인식하는 것이다. 이기심은 다른 사람의 행복보다 자기 행복이 더 중요하다는 듯 그것에만 매달리는 것이다. 극기와 이기심의 균형점은, 자신과 다른 사람이 기본적으로 동등하다는 것을 인식하는 것이다. 우리 모두는 행복은 누리고 싶어하고 문제는 피하고 싶어한다. 우리 모두는 좋은 자질과 약점을 동시에 가지고 있다. 우리는 단지 살아 있는 존재들이기 때문에 존중을 받을 가치가 있을 뿐이다.

또래 집단의 압력

또래들의 압력이라는 것이 젊은 사람들 사이에는 늘 있는 일이라고 생각하기 쉽지만, 사실 이것은 나이에 상관없이, 또 누구와 사귀느냐와 상관없이 모든 사람들에게 영향을 준다. 우리는 아무도 모욕당하거나 오해 받기를 원치 않는다. 우리는 누구나 남들이 자신을 좋게 생각해 주기를 바란다. 비록 어떤 사람이 우리를 비웃고 비난해도 신경 안 쓰면 된다는 것을 알고 있다고는 해도, 여전히 우리는 그런 소리를 듣고 싶어하지 않는다. 그래서 우리는 그들의 우정을 받아들이고 반감을 피하기 위해 그들의 활동에 참여할지도 모른다.

이때 문제가 되는 것은 자신감이다. 우리가 가치 있다는 걸 느끼기 위해 다른 사람의 칭찬에 기대면, 우리는 다른 사람이 말하는 데 따라서 정서적으로 부침을 거듭하게 된다. 우리는 극단적으로 쉽게 상처 받고 쉽게 영향을 받는다. 우리가 뭘 믿고 있는지 명확히 알지 못하기 때문이다. 또는 우리가 알더라도 그것을 표현할 자신이 없기 때문이다.

우리를 좋게 말하는 사람들이 우리를 좋게 만들지 않는다. 이것은 깊이 생각해 볼 중요한 일이다. 칭찬과 비난은 단지 남들의 인상이며 의견일 뿐이다. 그것들은 진정한 우리 자신이 아니다. 우리는 자신의 태도와 행동을 점검해 보고, 자신에 대한 정확한 시각을 가져야 한다. 이렇게 해서 우리는 자신의 강한 점과 약한 점을 평가할 수 있다. 어떤 사람이 정확하게 우리의 약점과 실수를 지적했다고 해서 놀랄 것은 아무것도 없다. 그건 이런 말과 같은 것이다. "당신의 얼굴에는 코가 있군요." 그것이 거기에 있다는 건 모든 사람들이 알고 있다. 그러니까 우리의 실수를 숨기려는 건 소용없는 일이다. 확실하게 존재하는 것을 어떤 사람이 보았다고 해서 기분이 나쁘다면,

그것 역시 똑같이 분별없는 짓이다. 우리가 저지른 실수를 인정하고 사과하자.

누군가가 우리에게 머리에 뿔이 달려 있다고 말했다면, 우리는 기분이 나쁘지 않다. 그 사람이 실수한 것이 분명하니까. 마찬가지로, 우리가 하지 않은 일 때문에 비난을 받는다면, 또는 남들이 우리가 한 것을 과장한다면 화낼 필요가 없다. 그들이 말한 것이 틀렸을 뿐이기 때문이다.

우리 모두는 좋은 자질을 갖추고 있다. 그걸 아는 게 중요하다. 그러나 우리의 재능이나 업적은 자랑할 이유가 없다. 그것들은 다른 사람의 친절 때문에 이루어진 것이기 때문이다. 다른 사람이 우리를 가르치지 않고 돕지 않는다면 우리는 성공하지 못했을 것이다. 우리가 자신의 실수는 화내지 않고 받아들이는 것처럼 똑같은 방법으로 자만하지 않고 남의 칭찬을 받아들일 수 있다. 부처가 말했다.

단단한 바위가 바람에 흔들리지 않듯이
지혜로운 자는 비난을 해도 칭찬을 해도
그 한가운데서도 흔들리지 않는다.

남이 우리를 칭찬하든 비난하든 정서적으로 균형을 유지할 수 있는 능력이 있으면, 그들이 말한 것에서 우리 스스로 그것을 평가하고 배울 수 있다. 이렇게 해서 우리는 자신에 대한 더 명확한 모습을 얻는다. 그렇게 되면 부정적인 또래 집단의 압력에 대해 덜 민감하게 될 것이다.

우리의 자신감에 도움이 될 또 다른 요소는, 윤리적인 가치에 대한 명확한 분별력이다. 분별력이 있으면 우리는 해로울지도 모르는 상황에서도 혼란스러워하지 않는다. 또한 다른 사람이 잘못 이끄는 바람에 희생물이 되는 일도 없을 것이다. 어떤 행동의 이로운 점과 불리한 점을 깊이 생각해 보면, 우리의 윤리적 가치에 따라 명확한 결론에 도달할 것이다. 그래서 어떤 사람들이 그들의 유해한 행동에 참여하지 않는다고 우리를 비난하거나 비웃는다 해도, 우리 마음은 움직이지 않을 것이다. 우리는 우리가 하고 있는 것이 옳다는 걸 알기 때문이다. 자신감과 윤리적 가치를 앞세운 깊은 분별력을 갖추려면, 우리 자신에 대해 더 많이 생각할 필요가 있다.

문제 토론하기

때때로 우리들은 친구들과 자신의 문제를 토론할 필요가 있다. 그러나 우리의 어려운 문제들과 부정적 감정들을 짐으로 떠안게 되는 결과가 되지 않도록, 우리에게 도움되는 방식으로 진행해야 한다. 어떻게 그렇게 할 수 있을까? 때때로 우리는 〈모두 다 털어놓을〉 필요가 있을지도 모른다. 그때 열린 마음과 자비로운 마음으로 그것을 들어주는 사람이 좋은 친구일 것이다.

가까운 사람에게 우리의 어려움을 이야기하는 것은 좋은 일이다. 그러나 그들에게 감정적 혼란만 쏟아놓은 채 그대로 내버려두는 일은 매우 이롭지 못한 일이다. 마찬가지로 그저 동정을 얻기 위해, 그리고 누군가가 우리에게 얼마나 치사하고 불공평했는지 동의를 얻기 위해, 친구들에게 우리 문제를 말하는 것은 생산적이지 못하다. 그것은 단지 자기 연민을 증가시킬 뿐 우리 문제를 풀어주지 않는다!

일단 우리에게 문제, 부정적 감정, 혼란이 있다는 걸 알고 인정했으면, 다음 단계는 문제를 해결하는 것이다. 한 가지 방법은 친구로부터 정직하고 건설적인 피드백(반응이나 의견)을 구하는 것이다. 우리는 그들의 진실한 평가를 환영할 것이다. 그들이 우리에게 잘못했다거나 스스로 문제를 만들었다고 말하더라도 받아들일 것이다. 상황을 과장했다거나 유연성이 없다는 걸 지적하는 친구는 도움이 된다. 우리가 옳지 않다면 옳다고 말하지 않고, 우리 친구들은 문제를 인식하고 문제를 풀라고 주장할 것이다.

좋은 친구의 가치를 알게 되면, 우리는 자신에게 긍정적인 영향을 미칠 사람들을 찾게 될 것이다. 그리고 우리의 결점을 줄이려고 할 것이다. 우리 자실을 향상시키려고 할 것이다. 그래서 우리는 다른 사람들에게 좋은 친구가 될 수 있을 것이다.

동료와 고객

함께 일하기 & 차별 해소하기

명상을 하며 앉아 있는 동안, 모든 존재의 이로움을 위해 부처가 되려는 높은 목적을 발전시켜 나갈 수 있다. 그러나 우리는 또 현실로 나와 우리 주위의 모든 사람들에게 사랑과 자비를 실천해야 한다. 특히 함께 일하고 있는 사람들에게 이것이 필요하다. 도덕적으로 사는 것, 다른 사람의 노력에 고마워하는 것, 어려움을 해결하는 것이 그 방법이다.

윤리적으로 살기

윤리적 계율은 함께 평화롭고 풍요롭게 살기 위한 기초가 된다. 직장에서 신뢰를 얻는 사람은 상사 · 동료 · 고객의 존경을 얻을 뿐 아니라, 길게 보아 그들의 경력 역시 더욱 성공적이 된다. 만약에 우리가 공정한 가격을 매기고, 좋은 서비스를 제공하고, 고객에게 정직하다면, 그들은 우리와 거래를 계속할 것이다. 그리고 다른 사람에게 우리 이야기를 할 것이다.

반대로 우리가 이기적으로 금전적 목적을 채우기 위해 뭐든지 가리지 않고 하면서 윤리적 계율을 소홀히 한다면, 부조화가 일어나고 우리 경력에 실질적인 해가 온다. 최근에 경제계와 정부의 몇몇 거물들이 법을 어겼다고 유죄 선고를 받아 공공연하게 망신을 당했다. 특권에 대한 탐욕이 불명예의 원인이었다. 그리고 실제로 추락을 하게 된 원인이었다.

사람들은 인정머리 없다고 알려져 있는 사람과 거래하기를 꺼린다. 상사·동료·고객에게 거짓말을 하거나 부정직하면, 우리는 그들의 존경과 협력을 잃을 것이다. 이기적인 방법으로 비즈니스를 이끌면, 일시적으로는 이득을 얻을 수 있을지 몰라도 길게 보면 상사·동료·고객들과 일을 질해빌 수 없을 것이다. 또한 맑은 정신으로 잠들 수 없을 것이다. 열 가지 파괴적인 행동을 포기하는 것이 이 어려움을 막아줄 것이다.

다른 사람에게 감사하기

동료를 돕고 동료의 일에 감사하는 것은 그들을 행복하게 만든다. 그리고 협력 정신을 갖게 한다. 사람들은 노력이 인정 받는다고 느끼면 더욱 협조적이 되어 더 열심히 일한다. 만약 그들에게 의견을 발표할 방법이 주어지면, 더욱 참여 의식을 느껴서 회사에 더욱 충성할 것이다.

그러나 다른 사람을 칭찬하는 우리 동기는 그들의 생산성을 높이기 위한 것이어서는 안 된다! 불성실한 언행은 금방 드러난다. 그리고 그것은 업무 관계를 망친다. 다른 사람에 대한 존중과 감사─지위나 교육 등등에서 우리보다 더 '열등한' 사람들을 포함해서─는 우리의 사랑과 자비를 확장시켜 나가는 핵심 요소이다. 그러므로 우리는 상사가 부하 직원의 업적 없이 성공할 수 없으며, 회사가 고용자 없이 기능을 할 수 없다는 것을 잊지 말아야 한다. 우리의 성공은 그러므로 우리 것이 아니다. 그것은 다른 사람들의 친절한 노력과 협력에서 나온 것이다. 그래서 그들의 말을 들어주고, 존중하고, 칭찬하는 것은 적절한 일이다.

부하 직원과 노동자들 역시 상사들의 노력을 알아줄 필요가 있다. 불평하고 비난하기는 쉽고, 다른 사람들이 완벽하지는 않았지만 최선을 다했다는 것을 인정하는 것은 어렵다. 노동자들이 회사의 불공평한 정책에 대해 건설적인 의견을 내놓더라도, 다른 사람의 등뒤에서 소문을 말하고 부조화를 빚어내면 모두들에게 더 많은 문제를 만들 뿐이다.

어려운 문제 해결하기

우리가 윤회의 삶 속에 있는 한 우리는 다른 사람과 문제나 갈등을 빚게 마련이다. 문제들은 더 새롭고 어려워져서 커뮤니케이션을 통해 푸는 방법 또한 더욱 새로워지지 않으면 안 된다. 어떤 방법이 있을까? 먼저 부처가 조언했다.

다른 사람의 결점을 찾지 말라.
그들이 한 것을 찾지 말고
그들이 하지 않은 것을 찾지 말라.
그들이 해야 했던 것을 찾고
하지 말아야 했던 것을 찾으라.

자신의 태도와 행동을 인정하고 책임 지면, 다른 사람들과 좋은 관계를 맺는 데 효과적이다. 다른 사람에게 그들이 해야 할 것을 말해주는 것보다 이 방법이 더 효과적이다. 우리가 한 행동보다 다른 사람의 행동을 비난하고 소문을 피뜨리는 데 초점을 두기 때문에 일이 나는 문제는 수없이 많다. 다른 사람의 잘못을 지적하기는 쉽다. 그러나 우리의 잘못을 찾는 건 우리 자신이 좋아하지 않는다.

이런 태도는 우리가 원하는 결과를 가져다주지 않는다. 다른 사람의 약점을 주의해서 볼 수는 있겠지만 그걸 고칠 수는 없다. 우리 자신의 잘못은 스스로 고칠 힘을 가지고 있기 때문에, 모른 체하고 넘어가지만 않으면 고칠 수 있다. 우리가 다른 사람의 태도나 행동에 영향을 미칠 수 있다 해도, 우리는 그들을 결코 제어할 수 없다. 각 개인은 자신의 행동, 말, 생각에만 책임이 있기 때문이다. 어떤 관계에서도 우리는 우리의 행위만을 우리에게 명령할 수 있을 뿐이다. 그렇게 쉬운 일은 아니지만!

직장에서 어려운 문제들이 생길 때는, 다른 사람의 눈에 그것이 어떻게 보이는지 그 첫 생각을 들어보면 상황을 파악할 수 있다. 그것을 통해 우리는 문제를 일으킨 그 또는 그녀의 상태와 기분을 이해할 수 있다. 그래서 화를 내기보다는 이해를 하게 된다. 우리는 또 우리가 우연히(또는 계획적으로라도) 다른 사람을 방해했다는 것을 발견할 수 있다. 그때는 사과해야 한다.

어떤 사람은 체면을 잃을 걱정 때문에 사과하는 것을 거부한다. 그러나 잘못을 인정하지 않으면 긴장이 증가하고, 나쁜 기분이 더 나빠지게 된다. 사과할 수 있는 사람들은 용기가 있는 사람들이다. 그들은 약한 지위에 있기 때문에 그러는 것이 아니라, 강한 지위에 있기 때문에 그러는 것이다. 그들은 자신들의 잘못을 인정하고 고칠 자신감과 성실함이 있기 때문이다. 비겁한 사람만이 자신의 잘못을 숨기고 인정하기를 완고하게 거부한다.

그러나 잘 살펴보니 자신이 잘못한 것 같지는 않으면, 그때는 그 오해나 불일치를 해결하기 위해 그 사람과 직접 얘기해야 한다. 화내지 않고 할 수 있다. 부처가 화를 가라앉히기 위해 가르친 기술을 적용하여 우리의 마음을 잔잔하게 한 다음에, 그를 비난하거나 나무라지 않고, 동료에게 그 문제를 설명할 수 있다. 비난하거나 나무라는 것은 그를 방어적으로 만들어 상황을 악화시킬 따름이다. 오히려 우리는 이렇게 말해야 한다. "당신이 이렇게 행동했을 때 나는(또는 우리는) 당황했어. 왜냐하면 말이야……" 그리고 왜 우리가 그런 식으로 느꼈는지 이유를 설명한다. 이런 식으로, 그 사람의 잘못을 비난하기보다는 우리의 느낌을 털어놓는 것이다. 또 그의 행동이 우리에게 준 충격을 설명한다. 그리고 우리가 왜 그런 식으로 느꼈는지 이유를 설명한다. 그때 이렇게 덧붙일 수 있다. "나는 그런 기분을 느끼면 좋지 않아. 왜 그렇게 했는지 설명해 봐. 설명을 들으면 이해가 갈 거야."

이런 식으로 우리는 다른 사람에게 그의 입장을 설명할 시간을 준다. 그가 반응할 때 우리는 그가 말한 것을 듣고 이해하려고 노력한다. 끼어들지 말고…… 때때로 이것은 대단한 인내가 필요하다. 끼어들어서 왜 그가 잘못했는지를 설명하고 싶은 유혹이 크기 때문이다. 그러나 결국 열린 마음으로 들으면, 그 대화를 따라갈 수 있을 것이다.

갈등하는 상황이라면, 우리 자신과 그 사람이 나란히 앉아서 그 문제에 대해 함께 접근하는 게 도움이 될 것이다. 승자와 패자가 있는 전투의 상대로 두 개의 무리를 그려보는 것보다는, 해결하기 위해 서로 협조가 필요한 상호 문제로 그 상황을 보아야 한다. 이렇게 해서 우리는 둘 다에게 도움이 될 해결책을 찾는 데 협력할 것이다.

때때로 우리는 동료를 질투할 수도 있다. 이 고통스러운 감정은 동료의 성공을 다른 시각에서 보면 해결할 수 있다. 그들이 우리가 갖지 못한 자질·재능·기회를 갖고 있다면, 우리는 그들의 행복과 행운을 기뻐해 줘야 한다. 우리만 행복을 구하고 있는 것이 아니다. 다른 사람들도 똑같이 하고 있다. 게다가 우리는 종종 이렇게 말한다. "모든 사람이 다 행복하다면 대단하지 않겠어!" 이제 우리는 그 감정을 말과 일치하게 만들어야 한다. 우리 동료가 성공했다, 그래서 우리는 그녀를 행복하게 하기 위해 아무것도 힘들여서 할 필요가 없다! 이것은 즐거워해야 할 이유이다. 고통스러운 질투를 해야 할 이유가 아니다. 다른 사람의 행운을 기뻐해 주니 우리 둘 다 행복하다!

이렇게 일터에서 사람들과 건설적인 관계를 갖는 것은 부처의 가르침을 실천하는 일이다. 이렇게 하기 위해서는 부처의 가르침을 우리의 사고방식에 융합시켜, 가르침이 단순한 지적 지식이 아니라 우리 개성의 일부가 되어야 할 필요가 있다. 이렇게 되면 우리는 수행 진전을 이룰 수 있을 뿐 아니라 현재의 관계들을 더욱 조화롭게 만들 수 있다.

결혼

서로 성장하도록 돕는 일

친구들을 선택하고 친구들끼리 서로를 대하는 방법을 선택하는 일에 대해 앞서 말한 것들은 모두 남자친구와 여자친구, 남편과 아내 사이의 관계에서도 똑같이 적용된다. 우정과 공통 이익은, 커플 관계를 유지하기 위한 기반을 튼튼하게 하려면 반드시 필요하다. 성적 매력이나 과도한 감정적 의존에 기초한 관계를 갖는 것보다는, 커플은 서로 믿고 용기를 주고 서로 참아주는 친구라면 더 오래 지속되고 만족한 관계를 갖게 될 것이다.

모든 사람들이 파트너를 원하는 것은 아니라는 걸 짚고 넘어가야 겠다. 이것은 개인적인 선택이다. 각 개인의 성격에 따라, 그리고 다른 요인들에 따라 내려진 선택이다. 만약 어떤 사람들이 독신으로 남겠다는 선택을 했다면, 그것은 그들에게 행복하고 생산적인 최고의 방법일 수 있다. 결혼은 모든 사람을 위한 것이 아니다.

팝뮤직이나 영화는 우리에게 낭만적인 가장 이상적인 남녀 관계의 모습들을 보여준다. 만약 우리가 이것을 본보기로 삼는다면 우리는 문제 속으로 뛰어든 것이나 다름없다. 〈미스터 완벽〉과 〈미즈 완벽〉을 찾고 있기 때문이다. 집착은 우리가 다른 사람에게 특정한 인상을 지워주거나, 그 또는 그녀가 가지고 있는 우수한 점들을 과장하게 만든다. 그래서 우리는 흥분과 낭만의 소용돌이에 사로잡히게 된다.

그러나 거품이란 언젠가는 터진다. 이것은 우리나 그 사람이 뭔가를 잘못하기 때문에 일어나는 것이 아니라, 우리가 비현실적인 기대를 갖기 때문에, 그래서 그 사람에게 그 또는 그녀 자신이 될 여지를 주지 않기 때문에 일어난다. 어쩌면 우리가 생각과 현실이 완벽하게 일치하는 완전한 관계를 꿈꾸어왔기 때문일지도 모른다. 이런 잘못된 기대는 우리를 집착하게 만들고, 집착은 우리를 실망으로 인도할 뿐이다.

상대편이 좋은 특성과 약점을 동시에 갖고 있으며, 두 사람의 관계는 좋아졌다 나빠졌다 할 것이라는 걸 알아두는 것이 좋다. 때때로 두 사람은 매우 가까워질 것이고, 때때로 두 사람은 더 가까워지고 싶지 않을 것이다. 이것은 자연스러운 것이다. 그리고 우리는 이것을 예상해야 한다.

남이 나를 완전하게 만족시켜 준다는 것은 불가능하다. 왜? 그 또는 그녀는 한계를 가지고 있기 때문이다. 게다가 우리 마음은 늘 한결같지 않다. 우리가 원하는 것, 그리고 남에게 기대하는 것은 바뀌기 쉽다.

이와 같이 다른 사람들이 우리의 모든 문제와 불안들을 풀어주는 것은 불가능하다. 단지 우리는 화, 집착, 질투, 오만으로부터 자유로 위질 적절한 해결책을 실행하여 우리의 문제를 풀 수 있다. 이것을 이해하게 되면 우리는 인내, 상호 존중, 용서할 수 있는 능력을 갖게 될 것이다. 그것들은 관계가 성장하고 계속되게 할 수 있는 능력이다.

두 사람이 자기 만족을 찾아서 낭만적인 관계에 들어가게 되면, 각자는 자신의 개인적인 소망과 필요를 상대의 것보다 더 중요하게 여긴다. 이것이 모든 싸움의 시초이다. 이 이기적인 태도는 막다른 골목에 이른다. 쌍방이 자신의 욕망을 포기 못하겠다고 거절하기 때문이다. 우리가 할 일은 우리의 자기 중심주의를 억누르는 것이다. 상대의 자기 중심주의를 제거하기 위해 그 또는 그녀에게 바가지 긁는 게 우리가 할 일이 아니다.

결혼은 자신보다 다른 사람을 더 소중하게 여기는 일을 실행할 기회다. 둘이 함께 사는 목적이 서로를 돕기 위한, 그리고 다른 사람들을 돕기 위한 것이라고 생각한다면, 관계는 안정적이고 지속적인 것이 될 것이다. 한 사람이 당황하거나 어지러운 감정의 영향 아래 있다면, 다른 사람이 그 또는 그녀가 다른 관점에서 상황을 바라보도록 도와줄 것이다. 또는 두 사람 모두 혼자서 조용한 시간을 갖고 생각하는 버릇이 있는데, 한 사람이 그 또는 그녀의 조용한 시간을 산란하게 하고 무시한다면, 다른 사람은 그 또는 그녀가 다시 개인적 그리고 영적 발전에 초점을 맞추도록 부드러운 말로 격려해야 할 것이다. 이런 상호 지지와 격려가 그들의 관계를 굳게 만든다.

상호 존중은 결혼에서 매우 중대하다. 이것은 우리가 상대에게 하는 말과 행동을 통해 나타난다. 헐뜯거나 비난하는 말로는 서로 조화할 수 없다. 육체적 폭행은 어떤 형태로든 해서는 안 된다. 화가 날 때 가까운 사람에게 그걸 발산하게 되면, 모든 사람을 불행하게 만든다. 냉소적이거나 겸손한 척하거나 민감한 주제로 파트너를 괴롭히게 되면, 자신과 모두를 불행하게 만든다.

우리가 자신과 파트너 모두에게 존중하는 마음을 갖고 있다면, 우리는 말하기 전에 다시 한 번 생각을 한 다음에 말하게 될 것이다. 말이 상대에게 줄 영향을 걱정할 것이기 때문이다. 우리는 파트너의 개인적인 소유물뿐 아니라 공동 소유물도 잘 관리해서 우리의 존중하는 마음을 보여줄 것이다. 우리가 참여하고 있지 않은 활동에 그 또는 그녀가 관심을 갖고 있거나 열중해도 상관하지 않을 것이다. 우리는 다른 사람이 우리 개인 소유가 아니라는 걸 알기 때문이다. 그 또는 그녀는 자신의 개성을 다양한 측면에서 발전시키기 원하는, 단 하나뿐인 개인이다.

존중은 파트너의 가족 관계에서도 평등하게 필요하다. 우리가 법적인 가족 관계를 좋아하건 싫어하건, 사려 깊게 그들에게 말하고 행동하는 것이 중요하다. 그들이 우리 생활을 지배하도록 놔두라는 뜻이 아니다. 그들은 여러 가지 앞세워야 할 일들이 있거나 우리와 다른 라이프 스타일이 있기 때문이다. 그러나 우리는 아직 다른 사람의 조언에 귀를 기울일 수 있고, 그 조언에 대해 감사할 수 있다. 그걸 따를지 안 따를지는 알 수 없는 일이지만……. 법적인 가족 관계를 호전적으로 대하지 않으면 조화로운 관계를 만들 수 없다. 반면에 인간적으로 그들을 존경하면 조화로운 관계를 가질 수 있다.

그 또는 그녀의 가족에 대한 파트너의 애정을 질투하는 것 역시 긴장을 만들어낸다. 서로를 위해 그들을 돌보는 일을 존중해 주면 관계는 더 좋아질 것이다.

　믿음은 중요하다. 서로의 헌신적인 태도에 마음을 쓰고, 책임감을 느끼면 믿음은 쌓인다. 우리 사회에서 남자와 여자의 성 인식 역할에 변화가 왔기 때문에, 각 커플은 공정한 방법으로 집안일을 할 의무와 가족을 먹여 살릴 의무를 나누는 것이 필요하다. 서로 동의하는 방법이어야 한다. 그리고 각 사람은 자기의 책임을 완수한다. 그러면 둘 사이의 믿음이 증가한다.

　믿음은 상대에 대해 진실해야 쌓인다. 그래서 거짓말을 하지 않으면 안 되는 일은 피하는 것이 좋다. 잘못을 하면 사과를 하자. 파트너가 사과를 하면 우리는 그 또는 그녀를 용서하고, 마음 상하게 하는 감정과 앙갚음하려는 생각을 몽땅 씻어버리자. 누군가를 용서한다는 것은, 우리가 그들의 행동을 너그럽게 봐준다는 뜻이 아니다. 오히려 우리의 화를 떨쳐버린다는 뜻이다.

　정절은 결혼에서 믿음을 유지하고 키워나가는 또 하나의 방법이다. 만약 우리가 만족하지 못해서 또 다른 성적 파트너를 원한다면, 이런 태도가 어디서 나온 것인지 자세히 따져봐야 한다. 파트너와 의논해서 해결할 필요가 있는 관계의 문제인가? 아니면 단순히 좀이 쑤시고 따분하고 공상에 빠져 있는 것인가? 이런 식으로 우리는 이 불만족에서 나온 행동이 우리 자신, 파트너, 아이들, 제3의 사람 때문에 혼란과 고통이 야기될 뿐이라는 걸 기억해야 한다. 우리의 행동이 다른 사람에게 주는 영향을 잊지 않는 게 중요하다. 다른 사람의 감정에 더 많이 신경 쓰고 자신의 변덕에 신경 쓰지 않게 되면, 우리는 결혼한 배우자 이외의 사람과 성적 관계를 갖지 않을 것이다.

믿음은 또 가족의 돈을 관리하는 데서도 키워나가야 한다. 각 커플은 그들의 돈을 어떻게 운용할지 토론해서 결정해야 한다. 결정된 것이 무엇이든지 그 합의 사항을 지키기 위해 주의하지 않으면 안 된다. 우리 자신의 쾌락·노름을 위해 가족의 돈을 낭비하는 것, 예산이 지원해 줄 수 있는 것보다 많이 소비하는 것은, 상호 신뢰를 방해하고 재정상의 문제를 낳는다. 그런 이유 때문에 중요한 물품을 구입하기 전에는 상대에게 상의하는 것이 현명하다. 만약 그 사람이 많이 걱정하면 기다리는 게 현명하다. 파트너를 존중하고 그 또는 그녀를 소중히 여긴다면, 우리는 돈을 상대를 지배하는 도구로 사용하지도 않을 것이고, 자기 만족적 쾌락을 위해 쓰지도 않을 것이다.

결혼을 할 것인가 말 것인가 하는 문제는 우리의 개인적 결정이다. 불교에서는 결혼이 종교적인 일은 아니다. 종교적 의무를 이행하기 위해 반드시 결혼해야 할 책임은 없다. 결혼을 세속의 사건으로 보기 때문에 동성 결혼에 대한 '불교적 관점'은 없다. 상호 존중과 보살핌의 동등한 가치가 모든 관계에서 중요할 뿐이다.

마찬가지로, 불교의 시각으로는 커플이 아이를 가져야 할 의무가 없다. 그들은 가르침의 실천이나 사회적 복지를 위한 프로젝트를 위해 더 많은 시간을 갖고 싶을 수도 있다. 그 경우에 아이를 갖지 않기로 합의할 수 있다. 다른 커플들은 가족을 갖는 것이 중요하다고 생각할 수 있다. 아이를 가질지 갖지 않을지, 그리고 얼마나 많이 가질지는 그들의 개인적인 문제이다.

아이를 어떻게 키울지에 대한 공통적인 관점을 부모들이 함께 가질 때, 아이들은 해도 될 일과 해서는 안 될 일에 대해 혼란스럽지 않게 된다. 아이들은 부모 양쪽의 일관적인 지도가 필요하다. 만약 아이에 대한 부모의 행동이 일치하지 않는다면, 부모가 서로 모순되는 가르침이나 행동을 한다면, 그 아이는 매우 혼란스러워진다. 이것은 또 부모 사이에 싸움이 일어나게 할 수도 있다. 부모 사이의 잦은 토론과 좋은 의사 소통은 이런 어려움을 막거나 해결해 준다.

두 파트너가 갈등을 풀려고 노력하지만 그리 성공적이지 못하여, 결국 계속 함께 산다는 것이 어렵다는 사실을 인정하는 일이 일어날 수도 있다. 불교에서 결혼이 세속의 일인 것처럼 이별과 이혼도 역시 그렇다. 이별이나 이혼이 종교적 불명예가 되지 않는다. 두 사람 모두 재혼하기를 원한다면 할 수 있다.

그러나 불교는 사람들 사이의 협력이나 조화를 장려한다. 뿐만 아니라, 의견의 차이나 유해한 행동이 생겼을 때 인내와 용서를 장려한다. 결혼한 사람들은 배우자의 기분을 살피고 마음을 써주는 데 최선을 다해야 한다. 더 많은 행복, 더 나은 행복을 위해 한 사람에게서 다른 사람에게로, 또는 한 장소에서 다른 장소로 옮겨다니는 것은 결실 없는 탐색일 뿐이다. 단지 더 많은 불만족을 낳을 뿐이다. 가능하면 결혼 생활의 어려움들을 잘 해결하는 것이 더 낫다. 특히 아이들을 위해서는…….

이것을 염두에 두고, 달라이 라마께서 『친절, 명료, 그리고 통찰』에서 조언한 것을 보자.

어떤 커플은 그들 자신만의 사랑이나 즐거움만을 생각한다. 그러나 그것만으로는 충분하지 않다. 당신은 당신 아이들을 생각할 도덕적 책임이 있다. 부모가 이혼한다면 아이는 고통을 당할 것이다. 일시적이 아니라 일생 동안. 한 사람에게 모범이 되는 것은 그의 부모이다. 부모가 늘 싸운다면, 그러다 결국 이혼한다면, 무의식중에 그 아이는 매우 깊이 나쁜 영향을 받고, 그것이 마음 깊이 새겨진다고 나는 생각한다. 이것은 비극이다. 그래서 내 조언은 〈진정한 결혼을 위해 서두르지 말라〉는 것이다. 매우 조심스럽게 진행하라. 그리고 충분히 이해한 다음에만 결혼하라. 그러면 당신은 행복한 결혼을 할 것이다. 가정에서의 행복은 세상에서의 행복으로 연결될 것이다.

그래서 사람들이 사실적인 태도, 헌신, 겸손, 인내, 존중, 그리고 다른 사람들을 위한 진지한 베풂을 갖춘 상태에서 결혼에 접근하면, 그들은 해가 지날수록 배우고 자라게 될 것이다. 이런 자질을 갖추기 위해서 우리는 우리 행동에 대해 깊이 생각하고, 해로운 생각이나 행위들을 고쳐나가고, 우리의 좋은 특성들을 키워나가는 것이 필요하다.

나쁜 버릇 다스리기, 좋은 버릇 키우기

우리는 매우 많은 버릇을 가진 동물이다. 그렇다고 그저 편하게 기대앉아 되는 대로 살아간다는 뜻은 아니다. 오히려 우리는 나쁜 버릇을 다스리고 이로운 버릇을 심기 위해 노력한다. 이런 식으로 해서 우리 삶은 평화로워질 것이다. 그리고 해탈과 깨달음을 통해서 장래에 행복을 가져다줄 원인을 만들어낼 것이다. 또 우리는 다른 모든 존재들과 서로 의지해서 살기 때문에, 주위에 있는 것들이 우리 안에서 일어나는 변화를 통해 이로움을 얻게 될 것이다. 이것이 세상의 평화를 위한 우리의 공헌이다.

불평

즐기는 소일거리

우리들 중 어떤 사람들은 자주 자신이 '즐겨 하는' 소일거리에 빠져 있는 걸 발견한다. 불평 말이다. 정확히 말해서 이것은 우리가 '즐겨 하는' 활동은 아니다. 그것은 우리를 더 불행하게 만들기 때문이다. 그러나 그것은 확실히 우리가 자주 빠져드는 소일거리임에 틀림없다. 우리는 우리가 하고 있는 불평을 불평으로 보지 않는다. 이 세상에 대해 그저 진실을 말하고 있을 뿐이라고 생각한다. 하지만 조심스럽게 살펴보면, 우리의 수심에 찬 말들이 실제로는 불평들이라는 걸 인정하지 않을 수 없다.

불평을 불평으로 만드는 건 뭘까? 어떤 사전은 그것을 이렇게 정의하고 있다. 〈고통, 불만, 혹은 분노의 표현〉. 나는 이렇게 덧붙이고 싶다. 〈우리가 반복해서 투덜투덜 뱉어내는 혐오, 비난, 비판의 말들〉.

불평의 내용들

우리는 불평할 수 없는 것이 없고, 불평하지 않는 게 없다. "비행이 취소되다니!", "보험 회사가 지급 요구를 들어주지 않네!", "너무 더워!", "친구가 기분이 엉망이야!"…….

우리는 부유해도 불평을 하고, 가난해도 불평을 한다. 얼마를 소유하든 그것이 충분하다고 느끼는 사람은 아무도 없다. 우리는 다른 사람이 우리보다 더 많은 돈을 가진 것이 공평하지 않다고, 다른 사람이 돈을 벌 더 좋은 기회를 가진 것이 공평하지 않다고 투덜댄다.

우리는 건강에 대해 불평한다. 병들고 나이 먹은 것만 불평하는 것이 아니다. "등이 아파 죽겠네", "알레르기가 또 도졌어", "아이고, 머리야", "콜레스테롤 수치 좀 봐", "아, 피곤해", "심장 박동이 불규칙적이니 어떡해", "신장이 제대로 기능을 못해", "새끼발가락이 곪았어"……. 우리는 그 주제에 대해 싫증을 느끼지 않고, 아픔과 고통을 계속 얘기할 수 있다. 비록 다른 사람이 똑같은 걸 말하면 듣는 게 지루하다는 걸 알지만 말이다.

가장 흥미진진한 불평 중 하나가 다른 사람의 행동과 성격이다. 우리는 신문 잡지의 험담과 뜬소문 전문 칼럼니스트를 닮았다. "직장 동료가 제때에 일을 해내지 못해", "내 윗사람은 너무 권위적이야", "사장이 은혜를 몰라", "애들에게 해줄 걸 다 해주고 나니까, 다른 도시로 이사 가버렸어. 쉬는 날에도 집에 오질 않아", "나이가 쉰인데 아직도 부모가 이래라 저래라 해", "그 사람은 너무 수다스러워"…….

정치 지도자와 정부—우리 정부가 아니고 다른 나라 정부라도 마찬가지이다—에 대한 불만은 미국에서는 국가적인 소일거리이다. 우리는 불공정한 정책을, 강압적인 통치의 잔인성을, 사법 시스템의 정의롭지 못한 모습을, 세계 경제의 잔인함을 한탄한다. 우리는 같은 정치적 시각을 가진 친구에게 이메일을 쓴다. 마치 우리가 상황을 바꿀 뭔가를 할 것처럼, 그리고 그들이 상황을 바꿀 뭔가를 할 것이라고 기대하고 있는 듯이……. 본질적으로 우리는 우리가 반대하는 것은 뭐든지 불평한다.

우리는 왜 불평을 할까?

우리는 여러 가지 이유로 불평을 한다. 어떤 경우든 뭔가를 찾고 있기 때문이다. 그때 찾는 것이 뭔지 몰라도 말이다.

때때로 우리는 단지 우리 고통을 알아줄 누군가를 원하기 때문에 불평힌다. 일딴 하고 나면, 우리 안에 있는 무언기기 충족되었다고 느낀다. 그러나 만족을 느낄 때까지는 계속해서 그 이야기를 해댄다. 예를 들어 우리는 사랑하는 사람이 배신한 이야기를 할 수 있다. 친구가 그 문제를 해결해 주려고 하면 우리는 더욱 좌절감을 느낀다. 그가 아예 우리 말을 듣고 있지 않다고 느낄지도 모른다. 그러나 "너 대단히 실망했겠다"라고 말해 주면 말을 들어주었다는—우리 불행이 인정되었다는— 느낌을 받는다. 그리고 더 이상 말하지 않는다. 다른 경우로, 우리는 다른 사람이 이해해 주었는데도 불구하고 계속 슬퍼한다. 예를 들어, 자기 연민에서 또는 다른 사람의 동정을 얻을 소망으로 건강에 대해 반복적으로 불평할 수 있다. 듣는 사람들은 동정적이 될 수 있다. 그러나 그들이 우리를 위해 말하거나 뭘 해주어도 우리는 만족하지 못한다.

우리는 누군가가 우리 문제를 조정해 줄 거라는 희망을 갖고 불평을 할지도 모른다. 누군가에게 직접 도움을 구하는 대신에, 그가 그 메시지를 듣고 우리를 위해 상황을 바꿔줄 거라는 희망에서 반복해서 슬픈 이야기를 내세우고 있는 것이다. 우리는 너무 게으르거나 너무 놀라서 스스로 그 문제를 풀 수 없기 때문에 그렇게 하는지도 모른다. 예를 들면, 우리가 하는 얘기를 듣고 동료가 매니저에게 가서 말할 것이라는 희망을 갖고 작업 방해 분위기에 대해 동료에게 불평한다. 우리가 무기력하다는 감정이나 느낌을 발산하기 위해 불평을 한다. 우리는 나라를 실속 있게 경영하지 못하게 하는 정부 정책, CEO들의 부패, 정치가들의 활동을 비판한다. 우리는 이런 것들을 싫어한다. 그러나 우리는 그것을 바꿀 힘이 없다고 느낀다. 그래서 우리는 법정 사건을 다루듯이 정신적으로, 또는 친구와 함께 처리해나가기 시작한다. 거기서 우리는 기소하고, 유죄 선고를 하고, 연루된 자를 추방한다.

〈발산〉은 종종 떠들고 싶은 대로 뭔지 떠들어대는 걸 정당화하기 위해 사용된다. 한 친구는 나에게 사람들이 이렇게 말하는 걸 정기적으로 듣는다고 말했다. "터뜨려버려야겠어! 너무 화가 나서 어떻게 할 수가 없어!" 그런 사람은 약간의 김을 배출하지 않으면 폭발해 버릴 것이라고 느끼는 듯하다. 그러나 우리 자신이나 다른 사람들을 위해 터뜨렸을 때, 그 결과를 고려해야 하지 않을까? 부처의 가르침에서 우리는 우리의 좌절과 분노를 다른 사람에게 분출하지 않고 해결하는 방법이 있다는 걸 알 수 있다.

토론 vs 불평

건설적인 방법으로 어떤 주제에 대해 불평하는 것과 토론하는 것 사이에는 어떤 차이가 있을까? 여기서는 말에 대한 우리의 태도와 동기가 중요하다. 어떤 상황에 대해 토론하는 것은 균형을 갖춰 접근하는 것을 말한다. 그것은 우리가 능동적으로 문제의 근원을 이해하려고 노력하는 방법이며, 가능성 있는 다양한 치료법을 고려하는 노력이다. 우리는 나중에 반응하는 것이 아니라, 미리 행동하게 된다. 자신이 책임 진 일에 대해 책임 지고, 상황을 제어할 수 없을 때 다른 사람을 비난하는 것을 멈춰야 한다.

그러면 건강에 대해 불평하는 대신에 토론을 하는 것이 가능해진다. 우리는 단지 다른 사람들에게 사실과 경과를 말할 뿐이다. 도움이 필요하다면 직접 도움을 요청한다. 누군가가 우리를 구해 줄 것이라거나, 우리에 대해 가엾게 생각할 것이라는 희망 속에서 슬퍼하는 대신에 말이다. 마찬가지로 우리는 재정적 상황, 뒤틀린 우정, 직장에서의 불공정, 판매인의 비협조, 사회의 병폐, 정치 지도자의 잘못된 생각, 또는 CEO들의 부정직함을 불평하지 않고 토론할 수 있다. 이것은 더욱 건설적이다. 식견이 있는 사람과 토론하는 것은, 우리와 그들에게 상황에 대한 새로운 시각을 제공해 줄 수 있다. 그것은 우리가 그것을 더욱 효과적으로 다루는 데 도움으로 되돌아온다.

불평에 대한 대책

불교의 수행자에게는 몇 가지 명상이 불평하는 버릇에 대한 건강한 해독제로 작용한다. 덧없음에 대한 명상은 좋은 출발이다. 모든 것이 덧없다는 것을 알면, 우리는 우리의 우선 순위를 현명하게 설정할 수 있다. 그리고 인생에서 무엇이 중요한지 결정할 수 있다. 우리가 불평하는 사소한 일들은, 길게 보면 중요하지 않다는 것이 명확해진다. 그래서 우리는 그것들을 그냥 되어가는 대로 놔둔다.

자비에 대한 명상 역시 도움이 된다. 우리 마음이 자비심으로 물들면, 다른 사람을 우리 행복에 대한 적이나 장애물로 보지 않는다. 대신 그들 역시 행복해지기를 원하지만, 행복을 얻는 올바른 방법을 모르기 때문에 해로운 행동을 한다고 생각한다. 사실 그들은 우리와 다를 바가 없다. 불완전하고 한계가 있는 의식을 가진 존재들이다. 행복을 원하고 고통을 원치 않는 존재들이다. 그래서 우리는 그들을 있는 그대로 받아들일 수 있고, 장래에 그들에게 이로울 일을 해줄 수 있다. 우리는 우리의 행복이 다른 사람이 겪고 있는 문제 상황과 비교해서 그리 중요하지 않다고 생각하게 된다. 그러면 이해심 가득한 따뜻한 마음으로 다른 사람을 볼 수 있게 된다. 그들에게 불평하고, 비난하고, 비판하는 마음을 버릴 수 있게 된다.

윤회의 본질에 대해 명상하는 것은 또 다른 해독제이다. 우리와 다른 사람들이 무지·화·집착의 영향 아래 묶여 있다는 걸 알면, 우리는 사물이 특정한 방식으로 존재해야 한다는 이상화된 시각을 포기하게 된다. 내가 생각 없이 불평했을 때 내 친구가 "이것은 윤회하는 삶이야. 뭘 기대하는 거니?"라고 말하자, 나는 그 순간 내가 원하는 방식으로 모든 것이 일어나야 한다고 기대했기 때문에 불평을 했던 것이라는 생각이 들었다. 윤회하는 삶의 본질을 살펴보면, 우리는 그런 비현실적인 생각에서 빚어내는 불평에서 벗어날 수 있다.

샨티데바는 『보살의 삶으로 가는 길』에서 이렇게 조언했다.

> 어떤 것이 바뀔 수 있다면 그것을 바꾸도록 노력하라. 바뀔 수
> 없다면 왜 걱정하고 당황해 하고 불평하는가?

불평하고 싶어 조바심이 날 때는 이 현명한 조언을 기억하자.

다른 사람이 불평할 때

우리가 그것을 바꾸기 위해 할 수 있는 게 아무것도 없는 어떤 것이 있는데, 누군가가 그것에 대해 끊임없이 불평을 한다면 우리가 할 수 있는 일은 뭘까? 상황에 따라 가능한 몇 가지 방법이 있다.

하나는 사려 깊게 얘기를 들어주는 것이다. 누군가의 고통을 진지하게 받아들여 자비심 가득한 마음으로 들어준다. 그리고 그 또는 그녀가 표현한 내용이나 감정을 그 사람에게 다시 돌려준다. "그 진

단 결과를 보고 놀랐겠군요", "아들에게 기대하고 있었는데, 너무 바빠서 잊어버렸나 보군요", "당신을 궁지에 빠뜨려 죽게 내버려두었군요"……. 이해되고 있다는 것을 느끼면 그 사람은 자연스럽게 다른 화제로 옮겨간다.

다른 테크닉은 주제를 바꾸는 것이다. 나에겐 나이든 친척이 하나 있는데, 내가 방문을 할 때마다 그는 가족 구성원 모두에 대해 불평을 한다. 그러다 스스로 기분이 나빠지는 것을 보는 게 흥미도 없을 뿐더러 당황스럽기까지 하다. 그래서 이야기 중간에 그가 말했던 것을 인용해 다른 방향으로 토론을 이끌어간다. 그가 요리에 대해 불평을 하면 나는 신문 일요판에서 본 맛있게 생각되는 조리법을 그가 보았는지 묻는다. 우리는 신문에 대해 이야기를 하기 시작한다. 그는 방금 전의 불평을 잊어버린다. 그리고 더 만족스런 토론 화제로 돌아간다.

농담을 하는 것 역시 도움이 된다. 어떤 사람이 자기 병에 대해 몹시 감상적이라고 하자. 그래서 다른 사람을 그 곤경에 끌어들여 자신의 고통에 모든 관심을 집중시키려고 한다고 하자. 피하면 되겠지만 언제나 가능하지 않을 수도 있다. 불평할 게 아니라고 그녀에게 말하면 상황을 악화시킬지도 모른다. 그러나 진심으로 미소 지으면서 장난스럽게 다가갈 수 있다면 그녀의 마음이 풀릴 수도 있다. 예를 들어 과장된 태도로 농담을 하고 있다는 걸 알 수 있게, 우리는 아픈 척하면서 그녀에게 도와달라고 연기할 수 있다. 아니면 그녀를 웃게 만들 장난기 있는 동작으로 그녀를 구하는 척하는 것으로 그녀의 멜로드라마에 맞장구를 쳐줄 수 있다. 나는 이것을 한 사람에게 해봤는데 효과가 좋았다.

때때로 우리는 사람들이 단순히 자신이 말하는 걸 자신이 들어보고 싶어서 불평을 한다는 걸 감지한다. 그들은 자신들의 문제를 정말로 해결하고 싶어하지는 않는다고 나는 느낀다. 그들은 전에도 여러 사람에게 여러 번 그 얘기를 했고, 상습적인 것처럼 보인다. 이런 경우에는 공을 상대편 코트로 넘긴다. 이렇게 물으면 된다. "당장에 할 수 있는 것이 있는지 생각해 봤어요?" 만약 그들이 그 질문을 무시하고 불평으로 돌아가면 다시 묻는다. "이 상황에 도움이 될 수 있는 것이 뭔지 생각해 둔 게 있어요?" 다시 말하면, 그들을 즉시 그 질문에 다시 집중하게 만드는 것이다. 그들이 자기 이야기 속에서 길을 잃고 헤매게 놔두지 말고 말이다. 그러면 그들은 그 상황에 대한 시각이나 행동을 바꿀 수 있다고 생각하게 될 것이다.

사람 결점 들추기

서로를 비참하게 만드는 법

우리 중 많은 사람들은 남의 결점 들추는 버릇을 잘 실천하고 있다. 이것은 습관적이어서 나중에까지 자신이 무슨 짓을 했는지 깨닫지 못한다. 하지만 생활 속에서 그 결과를 추적해 보면, 이 버릇이 우리 자신의 행복이나 다른 사람의 행복을 위해 도움이 되지 않는다는 걸 금방 깨닫게 된다.

동기

남을 비난하는 이런 경향 뒤에는 뭐가 있을까? 내 스승 중 한 분은 이런 말을 했다.

사람들은 친구와 만나서 이 사람의 결점이나 저 사람의 잘못된 행동에 대해 이야기하지. 그런데 다른 사람의 실수와 부정적 자질들을 따지기 위해 계속 이야기하다 보면 결국 두 사람은 기분이 좋아질 거야. 결국 그 두 사람이 세상에서 남은 가장 좋은 두 명이라는 데에 동의하게 되는 셈이니까.

우리 속을 들여다보면 그의 말이 옳다는 것을 알게 될지도 모른다. 불안감에 자극을 받아 우리 중 많은 사람들은 이렇게 잘못 생각하고 있는 것이다. 남들이 잘못됐고, 나쁘고, 실수투성이라면, 우리는 그와 비교해서 옳고, 착하고, 능력 있는 게 틀림없다고. 자기 자신의 자존심을 쌓아올리기 위해 다른 사람을 낮추는 전략이 먹혀들까? 전혀 그렇지 않다.

다른 사람의 실수를 말하는 경우는 또 있는데, 우리가 그들에게 화가 나 있을 때이다. 이때 우리는 다양한 이유 때문에 그들의 실수를 말할 수 있다. 때때로 그것은 다른 사람을 설득하여 우리 편으로 만들기 위해 사용되기도 한다. "만약 내가 다른 사람에게 밥과 벌였던 논쟁에 대해 말하면, 그래서 밥이 틀렸고 내가 옳다는 것을 밥이 말하기 전에 그들이 납득하게 된다면, 그때 그들은 내 편이 될 것이다." 그 밑에는 이런 생각이 있다. '다른 사람이 내가 옳다고 생각한다면 나는 옳은 게 틀림없어.' 그것은 우리가 정직하게 우리의 동기와 행동을 평가하지 않고, 자신에게 옳다는 것을 확신시키려는 설득력 없는 시도이다.

다른 경우로는, 다른 사람을 질투하기 때문에 그들의 잘못을 들추는 것이다. 우리는 그들만큼 존중 받고 감사 받고 싶다. 우리의 그런 마음 이면에는 이런 생각이 있다. '그 사람의 나쁜 자질을 다른 사람들이 안다면, 내 생각에 그는 나보다 낫긴 하지만, 그때는 그를 존중하고 돕는 대신 나를 칭찬하고 도울 것이다.' 이 전략이 다른 사람의 존경과 감사를 얻게 될까? 다시 말하지만, 대답은 '노'이다.

어떤 사람은 누군가에게 인격을 손상시키기 위한 꼬리표를 붙이려고 쥐꼬리만한 대중적 심리학의 지식을 이용해서 다른 사람을 '정신 분석'한다. "그는 경계인이야" 또는 "그녀는 편집증이야" 같은 언급으로 누군가의 내부 작용에 대해 권위 있는 통찰력을 갖고 있는 것처럼 보이게 한다. 그러나 실제로는 우리의 자존심이 모욕 당할까봐, 그들의 어떤 특성을 멸시하기 때문에 그렇게 보이는 것이다. 일상적으로 다른 사람을 정신 분석하는 것은 특히 해로울 수 있다. 그것이 제3자에게 불공정한 편견을 갖게 하거나 의심쩍은 생각이 들도록 할 수 있기 때문이다.

다른 사람의 잘못을 들춰 말하는 것은, 우리 자신의 고통스러운 감정을 깨닫지 못하게 흐트러뜨리는 방법이 될 수 있다. 예를 들어, 사랑하는 사람이 오랫동안 우리를 찾아주지 않는다면, 그 때문에 우리의 집착이 주는 고통스러운 본성을 깨닫는 게 낫다. 그러나 그러기보다는 마음이 상하거나 거부 당하는 느낌을 더 강하게 받는다면, 우리는 믿을 수 없다고, 남을 헤아려주지 않는다고 사랑하는 사람을 비난하게 된다.

결과

다른 사람의 잘못을 들추어 말하고 다닌 결과는 뭘까? 먼저 우리는 참견하기 좋아하는 중뿔난 사람으로 알려진다. 사람들은 우리를 믿고 싶지 않을 것이다. 우리가 다른 사람에게 말할까 봐 두려울 것이다. 그들을 나쁘게 보이도록 우리의 판단을 덧붙여서 말할까 봐 두려울 것이다. 나는 다른 사람에 대해 상습적으로 불평을 하는 사람을 조심한다. 그들이 그런 식으로 어떤 사람에 대해 말한다면, 그럴 만한 상황이 되면 아마 나에 대해서도 역시 그런 식으로 말할 것이다. 바꿔서 말하면, 남을 계속해서 비난하는 사람을 믿기는 어렵다.

두 번째는, 우리가 떠들어댄 소리를 당사자가 들었을 때, 우리는 그때까지 그 말을 증폭시켜 왔을 사람들을 적절히 처리하지 않으면 안 된다. 그녀는 앙갚음—예외적인 성숙한 행동이 아니라 우리의 행동에 맞먹는 행동—을 하기 위해 우리 잘못을 다른 사람들에게 말하고 다닐지도 모른다.

세 번째로, 어떤 사람들은 다른 사람의 실수를 들으면 흥분하게 된다. 예를 들면, 사무실에서 한 사람이 어떤 사람 등뒤에서 험담을 하면, 그곳에 있는 모든 사람들이 화가 나서 비난 받은 사람에 대해 집단으로 대처할지도 모른다. 이것은 직장 전체에 험담의 소용돌이를 일으켜 파벌을 만드는 원인이 된다. 이것이 조화로운 직장 분위기를 위해 도움이 될까? 전혀 아니다.

네 번째로, 다른 사람에게서 실수를 집어낼 때 우리 마음은 행복할까? 우리가 부정적인 것이나 실수에 초점을 맞출 때, 우리 마음은 매우 행복하지 않다. "수는 성질이 불 같아. 조는 일이 서툴러. 리즈는 무능해. 샘은 믿을 수 없어." 이런 생각들이 우리의 정신적 행복에 도움이 되지는 않을 것이다.

마지막으로, 다른 사람을 나쁘게 말하면, 우리는 다른 사람이 우리를 나쁘게 말하는 원인을 만들게 된다. 이 결과는 이생에서 일어날 수도 있다. 우리가 비난한 사람이 우리를 헐뜯게 되는 경우이다. 또는 미래의 삶에서 일어날 수도 있다. 그때 우리는 아마 부당하게 비난 받고 있을 것이다. 우리가 다른 사람의 거친 말을 들을 때는 이것이 우리 행동의 결과라는 사실을 기억해 낼 필요가 있다. 우리가 그 원인을 만든 것이고, 그 결과가 이제 올 것이다. 우리는 우주와 우리 마음의 흐름 속에 부정적인 것들을 집어넣었다. 이제 그것이 우리에게 돌아오고 있다. 우리가 우리 문제의 주요 원인을 만든 사람이라면, 다른 누구에게 화를 내거나 비난하는 것은 말이 안 된다.

밀접한 유사성

다른 사람의 잘못을 들춰 말하는 것이 겉으로는 적절하거나 필요한 것처럼 보이는 경우가 있다. 비록 이런 경우들이 비난과 아주 비슷하게 보일지는 모르지만 실제로 똑같지는 않다. 어떤 차이가 있을까? 동기가 다르다. 다른 사람의 잘못을 말하는 것은, 그 자체에 악의적 요소가 들어 있다. 그리고 자기 이해 관계에 의해 동기가 유발된다. 우리의 이기적 자아는 그것에서 뭔가를 얻고 싶어한다. 다른 사람을 나쁘게 보이도록 만들어서 자기가 좋게 보이기를 원하는 것이다. 반면에 다른 사람의 결점에 대한 적절한 토론은 관심 또는 자비심 때문에 이뤄진다. 상황을 분명하게 하고, 해로움을 방지하고, 도움을 제공하고 싶은 것이다.

몇 가지 예를 들어보자. 우리가 자격이 없는 어떤 사람을 위해 추천장을 써 달라는 요청을 받았다면 우리는 진실해야 한다. 그 사람의 재능뿐 아니라 약점까지 말해 주어서 보는 눈이 있는 고용주나 주인이 그 사람이 기대되는 것을 할 수 있을지 결정할 수 있게 말이다. 마찬가지로, 우리는 잠재적인 문제들을 피하기 위해 다른 사람의 성향을 누군가에게 경고해야 할지도 모른다. 이 두 경우 모두에서 우리의 동기는 그 사람을 비난하는 데 있는 것이 아니다. 우리는 그의 부적절함을 그럴 듯하게 꾸미지 않았다. 오히려 좋은 동기에서 우리가 본 것을 왜곡되지 않게 설명하려고 한 것이다.

때때로 우리는 어떤 사람에 대한 우리의 부정적 시각이 제한되고 뒤틀려 있지 않은지 의심해 보아야 한다. 그래서 그 사람을 모르는 친구에게, 다른 각도에서 그 상황을 볼 수 있게 도와줄 수 있는 친구에게 그 사람을 어떻게 처리해야 할지에 대해 물어보아야 한다. 이것이 우리에게 새롭고 더 건설적인 시야와 아이디어를 제공해 준다. 그는 우리에게 다른 사람의 결점을 과장하여 그들에게 영향을 미칠 수 있는 작동 단추들—우리의 방어 심리와 민감한 부분들—을 지적할지도 모른다.

다른 경우도 있다. 누군가의 행동에 당황하게 되면, 그 사람의 배경에 대해 더 알기 위해 우리와 그 사람 공통의 친구에게 조언을 구할 수도 있다. 그녀가 그 상황을 어떻게 보는지 또는 합리적으로 그녀에게 기대할 수 있는 게 뭔지 더 알기 위해……. 또는 문제를 가지고 있는지 의심스럽게 생각되는 사람을 다뤄야 할지도 모른다. 그런 사람과 함께 일하는 방법을 배우기 위해 그 분야의 전문가에게 조언을 구할 수도 있다. 이 두 경우 모두, 우리의 동기는 그 사람을 돕기 위한 것이고, 어려움을 해결하기 위한 것이다.

어떤 경우에는 어떤 친구가 모르는 상태에서 해로운 행동에 연루될 수 있다. 또는 다른 사람들을 제거하는 식으로 행동할 수 있다. 그 실수의 결과로부터 그를 보호하기 위해 우리는 그에게 뭔가를 말할 수 있다. 여기에서 우리는 비난하는 투의 목소리를 내거나 판결을 내리는 듯한 태도를 보이지 않고 말한다. 그러나 자비심을 가져야 한다. 그의 잘못을 지적하기 위해, 그래서 그가 그걸 고치도록 하기 위해! 그러나 그렇게 하려면 우리는 사람을 변화시키려고 했던 우리의 일정표를 버려야 하다. 사람들은 종종 자신의 경험에서 배우지 않으면 안 된다. 그것은 우리가 그들을 제어할 수 없다는 것이다. 그들을 위해 같이 있을 수 있을 뿐이라는 것이다.

근본적인 태도

다른 사람의 결점을 지적하는 버릇을 멈추기 위해, 우리는 다른 사람을 판단하는 우리의 근본적인 마음의 버릇을 고쳐야 한다. 우리는 그들에게 아무 말 하지 않으면서도 그런 버릇을 드러낼 수 있다. 정신적으로 누군가를 무너뜨리고 있는 동안에는, 그녀에게 짐짓 겸손한 척하는 시선을 주고, 얘기를 나눠야 할 사교적인 상황에서 그녀를 모른 체하고, 그녀의 이름이 대화 중에 나올 때에는 눈을 크게 뜨는 행동 등을 통해 표현할 수 있다.

다른 사람을 판단하고 비난하는 행동의 반대쪽에는 그들의 높은 자질과 친절한 마음을 존중하는 행동이 있다. 이것은 우리가 가까이 하지 말아야 할 것을 바라보는 것보다는, 다른 사람 안에서 긍정적인 것을 바라보도록 하는 마음 훈련의 문제이다. 그런 훈련을 하게 되면 행복하고, 마음이 열린다. 사랑을 느끼는 우리 자신과, 우울하고 단절되어 있고 쓰라린 상태의 우리 자신 사이에 차이가 생긴다.

다른 사람에게서 아름답고, 열심이고, 섬세하고, 용감하고, 투쟁적이고, 희망적이고, 친절한 것을 눈여겨보는 버릇을 길러보자. 만약 우리가 그런 것에 관심을 기울이면, 우리는 그들의 실수를 과장하지 않을 것이다. 이것에서 나온 기쁨에 찬 태도와 관대한 말투는 우리 주위 사람들을 넉넉하게 만들 것이다. 그리고 우리의 만족감, 행복, 사랑을 풍부하게 할 것이다. 그래서 우리 경험을 동원하여 잘못을 찾느냐, 그 안에 있는 아름다운 것을 보느냐에 따라 우리 삶의 질이 달려 있다.

우리가 다른 사람의 잘못에 초점을 맞출 때, 우리는 그들을 사랑할 기회를 잃는다. 우리 자신을 긍정적인 방향으로 돌려세우기 위해서, 우리에게 유해한 생각들은 정신 다이어트를 통해 섭취를 절제하여 가슴 따뜻한 판단으로 자신을 기름지게 할 필요가 있다.

우리가 정신적으로 다른 사람의 잘못된 점을 집어내는 데에 익숙해지면, 우리는 자신에게도 역시 그렇게 하는 경향이 생긴다. 이것은 자신의 가치를 평가 절하하게 만들 수 있다. 귀중한 것들과 인생의 기회와 부처가 될 수 있는 잠재력을 알지도 못하고 지나친다는 것은 얼마나 비극적인 일인가.

그래서 우리는 편한 마음으로 자신에게 자비로워야 하고, 본래의 자신을 언제나 받아들여야 한다. 동시에 미래에 더 나은 인간이 되도록 노력해야 한다.

이것은 우리가 우리 실수를 무시해도 되고, 그것들을 경멸하면 안 된다는 뜻은 아니다. 우리는 인간으로 태어난 것을 감사하게 생각하며, 우리의 잠재력을 믿으며, 마음을 따듯하게 하는 친절한 자질들을 지니고 많은 발전을 이룰 것이다.

이런 자질들은 어떤 것일까? 그것들은 듣고, 웃고, 용서하고, 작은 방식으로 돕는 우리의 능력이다. 오늘날 많은 사람들이 인간 수준에서 진정으로 가치 있는 것을 보지 못한다. 대신 공공연하게 박수 받는 것들만 본다. 우리는 정상적인 아름다움을 알아보는 능력을 되찾을 필요가 있다. 그리고 높은 성취를 한 사람, 세련된 사람, 유명한 사람에게 빠지는 걸 이제 그만둘 필요가 있다.

모든 사람은 사랑 받기를 원한다. 그 또는 그녀의 긍정적인 면을 남들이 알아주기를 원한다. 누군가가 보살펴주고 존중해 주기를 원한다. 사람들은 누구나 비판 받고, 비난 받고, 무가치한 사람이 되어 쫓겨나는 걸 싫어한다. 우리 자신과 다른 사람의 아름다움을 볼 수 있는 버릇을 기르면, 우리 자신과 다른 사람들에게 행복이 온다. 애정을 느낄 수 있고, 남에 대한 사랑을 펼쳐나갈 수 있다. 결점을 찾는 버릇에서 벗어나면, 우리 자신과 다른 사람들에게 고통을 주지 않게 된다. 이것은 영적인 수행의 핵심이다. 그래서 달라이 라마께서는 말했다.

나의 종교는 친절이다.

우리는 여전히 자신과 다른 사람의 불완전한 면을 보고 있을지 모른다. 그러나 마음은 더 부드럽고, 더 열려 있고, 더 넉넉하다. 사람들은 우리가 그들에게 마음 쓰고, 그들 안에 있는 존경할 만한 것을 알아본다고 믿으면, 우리가 그들의 잘못을 보더라도 그리 신경 쓰지 않는다.

이해심과 자비심으로 말하기

다른 사람의 잘못을 들추는 버릇의 해독제가 되는 것은, 이해심과 자비심으로 말하는 것이다. 영적 수행에 집중해 있는 사람들, 다른 사람들과 조화롭게 살고 싶은 사람들에게 이것은 필수적이다. 그들에게, 또 다른 사람들에게 사람들의 좋은 자질을 지적해 주면, 우리 마음은 기쁨을 느끼게 된다. 이렇게 되면 주변 환경에 조화로운 분위기를 증진시킨다. 이렇게 되면 사람들은 유용하다는 반응을 보인다.
다른 사람을 칭찬하는 것은 우리 일상생활의 일부분, 부처의 가르침을 수행하는 구성 요소가 되어야 한다. 우리 마음이 다른 사람의 재능과 좋은 자질을 깊이 생각하도록 훈련되어 있었다면, 우리 인생이 어떻게 되었을까 상상해 보라. 우리는 더 행복했을 것이고, 그들 역시 그랬을 것이다! 우리는 다른 사람들과 더 잘 지낼 수 있었을 것이고, 우리 가족과 더 잘 지낼 수 있었을 것이고, 일터에서 더 잘 지낼 수 있었을 것이고, 삶의 상황은 더 많이 조화로웠을 것이다. 우리는 마음의 흐름에 그런 긍정적인 행동에서 얻은 씨앗을 뿌릴 것이다. 조화로운 관계를 위한 원인을 만들면서, 우리의 영적이고 일시적인 목적을 이루면서……

흥미를 끄는 실험이 있다. 한 달 동안 매일 어떤 사람에게 또는 그 사람에 대해서 좋은 말을 하려고 노력하는 것이다. 시도해 보라. 직접 해보면 우리가 말한 것과 우리가 말한 이유를 더 잘 알 수 있을 것이다. 그것으로 우리의 시각을 바꿀 수 있게 될 것이다. 그래서 우리는 다른 사람의 좋은 자질을 알아볼 수 있게 된다. 그렇게 하면 우리가 갖고 있는 관계들 또한 엄청나게 개선될 것이다.

몇 년 전 다르마(부처의 가르침) 강의에서 나는 숙제로 이것을 주었다. 자신들이 매우 싫어하는 사람을 한번 칭찬해 보라고 시킨 것이다. 다음주에 학생들에게 어떻게 했는지 물어보았더니, 한 남자가 말했다. 첫날 그는 동료에게 긍정적인 것을 말해 주기 위해 말할 것을 일부러 만들어내야만 했다. 그러나 말을 하고 나자 그 남자는 동료에게 매우 친절해졌다. 그래서 동료의 좋은 자질을 보는 것이나 말하는 것이 쉬워졌다!

되새김

과거와 미래에서 살기

우리는 사랑·자비·지혜를 무한정으로 발전시킬 잠재력을 가진 귀중한 인간으로서의 삶을 살고 있다. 그 잠재력을 어떻게 사용해야 할까? 우리 마음에 가장 많은 시간을 차지하고 있는 것은 뭘까? 우리 마음을 관찰해 보면, 많은 시간이 과거와 미래를 되새기는 데 소모되고 있다는 것을 알 수 있다. 생각과 감정이 빙빙 돌고 도는데, 겉으로는 저절로 그러는 것 같다. 그러나 때때로 우리는, 그 생각들이란 우리 자신이 휘저어 거품을 일으킨 것임을 인정해야 한다. 그렇지 않으면, 최소한 그것들을 막아보려는 노력조차 하지 않았다는 것을 인정해야 한다. 우리가 되새기는 것은 무엇이고, 그것은 우리 인생에 어떤 영향을 미칠까?

과거

되새김의 커다란 주제 중 하나는 과거의 상처다. "남편이 나에게 멍청하다고 말했을 때 나 엄청 상처 받았어", "회사를 위해 열심히 일했지. 그러나 알아주지 않더군", "부모들은 내 입장을 비난해"……. 우리는 다른 사람들이 우리를 방해하고 실망시킨 기억들을 늘 훌륭하게 기억한다. 그리고 그 상처들을 몇 시간씩 곰곰 생각하기도 한다. 고통스러운 상황을 마음속에서 반복해 여러 번 재현한다. 그 결과는 뭘까? 우리는 자기 연민과 우울 속에 처박혀 있을 뿐이다.

또 다른 주제는 과거의 화난 기억이다. 우리는 반복해서 그때 싸우는 혼란 속에서 누가 무슨 말을 했는지 되짚어본다. 모든 세부 사항들을 분석하면서, 그걸 깊이 생각하면 할수록 점점 더 안절부절 못한다. 명상을 위해 앉아 있어도 명상의 주제에 집중하는 것이 어렵다. 하지만 말싸움을 떠올리면 우리의 집중은 대단해진다! 우리는 완벽한 명상 자세로 앉아 있을 수 있다. 겉으로는 평화롭게 보일 수 있다. 그러나 안에서는 화가 불타오른다. 과거의 한 점에 집중해서 그때의 상황을 생각하면 단 1분도 마음이 흐트러지지 않는다. 명상의 시간이 끝났음을 알리는 벨이 울리면, 우리는 눈을 뜨고서 지난 30분 동안 곰곰 생각하면서 보낸 사건이 지금 여기서 일어난 것이 아니라는 걸 발견한다. 정말 우리는 멋있는 사람들과 안전한 곳에 있었던 것이다. 화에 대해 되새겨보는 효과는 뭘까? 분명히 그것은 더 많은 화와 불쾌감이다.

오해 받았던 느낌을 되새겨보면 그것은 마치 만트라(주문)를 암송하는 것 같다. "내 친구는 날 이해 못해. 내 친구는 날 이해 못해." 그 감정이 확실해지고, 그 상황은 희망이 없어 보인다. 그 결과는 소외감을 느끼고, 가까워지고 싶은 사람에게서 불필요하게 물러서게 되는 것이다. 그들이 결코 우리를 이해하지 않을 것이라고 확신하기 때문이다. 아니면 우리는 우리가 이해 받기를 원하는 식으로 그가 우리를 이해하도록 만들기 위한 시도로, 다른 사람 모두에게 우리의 빈궁함을 폭로할지도 모른다.

그러나 되새김이 모두 불쾌한 것은 아니다. 우리는 과거의 즐거웠던 일을 떠올리면서 시간을 보낼 수도 있다. "나를 좋아하는 이 멋진 사람과 해변에 누워 있던 게 생각나." 우리는 멋진 환상을 계속한다. "보너스를 받고 내가 원하는 승진을 했을 때 매우 좋았어." 실제 삶이 우리의 개념적 마음에 영화처럼 나타난다. "나는 운동을 잘하고 건강했어. 아무도 나처럼 공을 던질 수 없었지. 내가 아니었다면 아무도 그 패스를 잡아낼 수 없었을 거야." 그리고 과거의 승리했던 게임에 대한 행복한 기억이 마음 위로 미끄러져간다. 결국 우리는 멀리 가버린 과거의 향수라는 희미한 빛깔을 느낄 뿐이다. 아니면, 불만족스러워하고 갈망하면서 우리는 미래에서 이런 사건들을 다시 만들려고 한다. 그것은 좌절에 이를 뿐이다. 상황이 바뀌었기 때문이다.

명상하는 사람도 예외가 아니다. 우리는 명상 속에서 멋있는 경험에 사로잡힌다. 그리고 다음 명상 시간에 그걸 다시 떠올리려고 시도한다. 그러는 동안, 그것은 우리를 교묘히 피해 나간다. 우리는 잘 이해하고 있다고 기억하는데, 이후에 그것이 재현되지 않기 때문에 절망을 느낀다. 그것에 집착하지 않으면서 그 경험을 받아들이는 것은 어렵다. 우리는 이전에 세상의 일에 매달렸던 것과 같은 방식으로 영적 경험에 매달린다.

미래

우리는 또 많은 시간을 미래를 되새기면서 보낸다. 우리는 몇 시간이라도 일들을 계획하면서 보낼 수 있다. "먼저 이 일을, 그런 다음 저것을, 마지막으로 세 번째 것을 해야겠다. 아니면, 반대 순서로 하는 게 더 빠를까? 아니면 다른 날 해야 할지도 몰라." 왔다갔다 마음이 흔들린다. 뭘 해야 할지 결정을 내려야 하는데 말이다. "이 학교에 가야겠다. 거기서 대학원 공부를 해야겠다. 그런 다음 내가 늘 원하던 직업에 안착하기 위해 이력서를 보내야겠다." 아니면 부처의 가르침의 수행자라면 집중 수행 기간인 안거 생활 동안 우리 앞에 놓여 있는 모든 수행의 기회를 꼽아보면서 헛된 꿈을 꾼다. "이 스승은 이 산에서 안거를 지도하고 있다. 거기 가면 이런 깊은 수행을 배울 수 있을 거야. 그런 다음 다른 참선 도량으로 가서 긴 안거를 해야겠다. 그걸 마치고 나면 개인 암자를 준비해야겠다." 아무런 수행도 지금 이뤄지지 않았다. 앞으로 받으려고 하는 온갖 놀라운 가르침과 앞으로 하려는 온갖 놀라운 집중 수행들을 계획하느라 바쁘기 때문이다.

미래를 상상하면서 우리는 이상적인 꿈을 만들어낸다. "정의의 남자/여자가 나타날 거야. 그/그녀는 나를 완벽하게 이해할 거야, 그러면 나는 완벽해졌다는 걸 느낄 거야", "이 일은 나를 완벽하게 만족시킬 거야. 빨리 성공해서 내 분야에서 뛰어난 실력자로 전국에 알려져야지", "나는 보리심과 비어 있음을 깨달을 거야. 그래서 나를 사랑하는 수많은 제자들을 거느린 위대한 스승이 될 거야"……. 결과적으로 우리의 집착은 무모해진다. 비현실적인 기대만 키운다. 그것 때문에 현실에 실망하게 된다. 더구나 우리는 우리가 상상하는 것을 할 수 있는 원인을 만들지 않는다. 우리 머리를 상상하는 데에만 고정시켜 두기 때문이다.

우리는 걱정을 되새기며 미래를 맴돌 수도 있다. "부모님이 아프면 어떻게 하지?", "직장을 잃으면 어떻게 하지?", "아이에게 문제가 있으면 어떻게 하지?"……. 학교에서 우리는 창의적인 글쓰기를 잘하지 못했을 수도 있다. 그러나 머릿속으로는 멋진 드라마나 공포 소설을 꿈꾼다. 이것은 스트레스 수치를 점점 높은 단계로 이끈다. 잘 일어나지 않는 비극을 걱정하고 예감하면서 .

우리의 걱정은 세계 여러 나라들을 이리저리 붕붕거리며 날아다닐 수 있다. "경제가 수직으로 추락하면 어떤 일이 벌어질까? 오존층이 점점 두터워지면 어떻게 될까? 탄저균의 공격이 점점 많아지면? 테러리스트들이 우리나라를 점거할까? 테러리즘과 싸울 시민의 자유를 잃는다면?" 여기서 또 우리의 창의적인 글쓰기 능력이 멋진 시나리오를 만들어낸다. 일어날지도 모르고, 일어나지 않을지도 모르는 시나리오다. 그러나 여하튼 우리는 전례 없는 실망 상태에서 그럭저럭 해나간다.

다음 단계는 현재의 권력층에 대한 분노로 연결된다. 아니면 오히려 냉담해져서 모든 것이 썩었기 때문에 뭘 하든 아무 소용 없다는 단순한 생각으로 연결된다. 이렇거나 저렇거나 두 경우 모두 우리는 매우 우울해져서, 어려움을 해결하고 선한 일을 만들어내는 건설적인 행동을 게을리한다.

현재

우리가 살아야 할 유일한 시간은 지금이다. 영적 수행이 실천되는 유일한 시간은 지금이다. 우리가 사랑과 자비의 마음을 키우려고 한다면 현재에서 해야 한다. 우리는 다른 순간을 살고 있는 게 아니기 때문이다. 현재가 끊임없이 바뀌고 있긴 하지만, 그것이 우리가 갖고 있는 전부이다. 삶은 지금 전개되고 있다. 우리의 과거의 영광은 그저 과거일 뿐이다. 과거의 상처는 현재 상황이 아니다. 미래의 꿈은 그저 미래의 꿈일 뿐이다. 우리가 만들어낸 미래의 비극은 지금은 존재하지 않는다.

영적인 수행자들은 이전에 깨우쳐가던 순간들을 기억하면서 완전히 깨달은 스승과 환희의 통찰력으로 가득 찬 미래의 색다른 상황들을 꿈꿀지도 모른다. 그러나 사실 수행은 지금 실천할 수 있을 뿐이다. 이 순간에는 우리 앞에 있는 이 사람이 감각이 있는 모든 존재를 대표한다. 만약 우리가 감각이 있는 모든 것들의 이로움을 위해 일할 것이라면, 우리는 우리 앞에 있는 이 사람으로부터, 우리의 일상

속에 있는 보통의 존재인 이 사람으로부터 시작해야 한다. 우리 앞에 누가 있든지 그에게 마음을 여는 것은 수련과 노력이 필요하다. 우리 앞에 있는 사람과 연결되려면 완전한 현재 상황이 필요하다. 먼 과거나 미래는 필요하지 않다.

부처의 가르침을 실천한다는 것은, 지금 이 순간 우리 마음속에 일어나고 있는 것들을 다룬다는 의미이다. 미래의 집착을 정복하려고 꿈꾸는 대신에 지금 우리가 가지고 있는 갈망을 다뤄보자. 미래의 두려움에 빠져 허우적대기보다는 지금 일어나는 두려움을 알아보자. 그리고 그것을 꼼꼼히 살펴보자.

반동의 힘

달라이 라마께서 감정을 방해하는 〈반동의 힘〉에 대해 말한 적이 있다. 이 〈반동의 힘〉은 미현실적이거나 이롭지 않은 사람에게 대항하기 위해 우리가 기르는 특별한 정신적 상태이다. 덧없음이나 피할 수 없는 죽음에 대한 깊은 생각은, 걱정과 갈망에 대한 훌륭한 반작용의 힘이다. 우리가 덧없음과 피할 수 없는 죽음에 대해 깊이 생각하면 우리의 우선 순위는 더 명확해진다. 죽음이란 확실한 것이지만 그 시간은 확실하지 않다는 것을 알기 때문에, 우리는 현재에서 긍정적 정신 상태를 갖는 것이 가장 중요하다는 것을 깨닫는다. 걱정은 우리가 가지고 있는 것, 하고 있는 것, 있는 그대로 존재하고 있는 것들에 만족하는 마음에서는 생겨날 수가 없다. 만물이 무상하다는 것을 알면, 우리는 그것에 갈망하고 매달리지 않게 된다. 행복한 기억과 즐거운 공상을 하지 않게 된다.

과거의 고통과 미래에 대한 열광적인 시들이 우리 마음의 투영이라는 사실을 알게 되면, 우리는 그것에 집착하지 않게 된다. 거울 속의 얼굴이 우리의 진짜 얼굴이 아니듯이, 우리가 기억하는 대상들과 공상들 역시 비현실이다. 그것들은 지금 일어나고 있지 않다. 그저 마음속에서 나풀거리는 정신적인 이미지일 따름이다.

우리가 살고 있는 귀중한 인간으로서의 삶의 가치를 깊이 생각해 보는 것도 되새기는 버릇을 줄여준다. 우리의 놀라운 잠재력이 명확해지고, 희귀하고 가치 있는 현재의 기회가 앞을 밝혀준다. 현재에서 영적으로 아주 많이 착한 일을 할 수 있고 진보를 이룰 수 있는데, 과거와 미래를 되새기고 싶어하는 사람이 누가 있겠는가?

반동의 힘이 잘 작동하면, 이 모든 되새김 작용이 '나'를 우주의 중심으로 만든다는 것을 그 힘은 알고 있다. 모든 소설들, 비극들, 코미디들, 드라마들은 한 사람 주위를 돌고 있다. 그는 모든 존재 중에서 가장 중요한 사람인 '나'이다. '나' 안에 우주를 압축할 수 있는 마음의 힘을 알게 되면, 되새기는 짓이 바보스럽다는 사실이 드러난다. 거대한 우주가 그 안에 있는 셀 수 없는 감각과 함께 존재한다. 그들 각각은 행복을 원한다. 고통을 원치 않는다. 우리처럼 강렬하게 원한다. 하지만 우리의 자기 중심적 마음은 그걸 잊어버리고 '나'에게만 초점을 맞춘다. 우리가 이 작동 원리를 깨달으면, 우리의 자기 중심주의는 사라져버린다. 그 많은 살아 있는 존재들이 이 우주 안에 존재할 때, 우리 자신에 대해서만 걱정하는 것을 정당화할 수 없기 때문이다.

　가장 강력한 반동이 힘은, 모든 것의 기초가 되는 구체적인 '나'가 없다는 것을 깨닫는 지혜이다. 이것은 더 자세히 알아보고 싶은 호기심을 자극한다. 이 모든 생각의 주인공인 '나'는 누구인가? 누가 이 모든 되새김질을 하고 있는가? 찾아보면, 우리는 진실로 존재하는 '나'를 어디서도 찾을 수 없다. 이 카펫 위에서 찾을 수 있는 구체적인 '나'가 없는 것처럼, 이 몸과 마음속에서 발견할 수 있는 구체적인 '나'도 없다. 이 둘 모두 반동의 힘 아래에 있는 진실로 존재하는 사람의 〈비어 있음〉이다.

　이것을 이해하면 마음을 놓을 수 있다. 되새김이 멈춘다. 그리고 몸과 마음에 의지해서 단순히 꼬리표 때문에 존재하고 있는 〈나〉는 지혜와 자비로 세상에 기쁨을 전파할 수 있다.

자기 인생 책임지기

재소자로부터 얻은 교훈

남을 비난하는 것은 우리가 즐기는 오락 중의 하나이다. 특히 살아 가면서 복잡한 상황이나 혼란스러운 감정을 책임져야 할 때 그렇다. "나도 모르게 나쁜 결혼에 걸려들었어, 상대가 속였기 때문이야", "가족들이 얼마나 나를 애 취급하는지, 그것 때문에 바보 같은 결정 을 하게 되는 정서적인 문제들이 있어", "경제 사정 때문에 버젓한 직업을 찾을 수가 없군", "나는 사람들이 확실히 성공할 거라고 해서 그 분야로 뛰어들었는데, 내가 졸업하기도 전에 시장이 넘쳐나서 일 자리를 찾을 수 없었어"…….

우리 마음은 이상한 방식으로 움직인다. 우리는 실수를 했을 때 그 것이 다른 사람들 탓이라고 생각한다. 우리는 실수를 했을 때 그들 이 나쁜 사람들이기 때문이었다고 믿는다. 우리는 자신에 대해 꽤 많이 공감한다. 그리고 우리를 좋아하는 사람에게도 그렇다. 그리고 사회가 추방했다고 선언한 사람들—예를 들면 죄수들—에게는 거의 그렇지 못하다.

우리가 편견 · 굶주림 · 압박과 같은 외부 환경의 힘을 부정하지 않는 한, 우리는 여전히 그런 힘들의 핑계를 대며, 우리가 한 선택의 원인을 잘 파악할 것이다. 우리의 인생이 어떤 것인지 밝혀내는 데에 우리가 한 역할은 무엇이었을까? 우리는 모든 것들이 우리가 원하는 식으로는 되지 않는다고 슬퍼하지 않고, 우리 자신을 비난하는 극단에 떨어지지 않고, 우리 인생에 대해 책임질 수 있다.

최근에 내가 편지를 주고받는 죄수들 중 한 사람이 나에게 그의 가정 교육에 대해 얘기해 주었다. 어렸을 때 그는, 사람들이 세상을 살면서 만나기 어려운 장애물에 부닥쳤다. 나중에 그는 마약상이 되었다. 그리고 나이 서른두 살에 체포되어 20년 형을 받았다. 그는 14년째 감옥에서 살고 있었다. 그는 그의 감옥형과 감옥에서 그가 겪는 계속되는 고통을 모두 그의 어린 시절 탓으로 돌릴 수 있었다. 그러나 그는 그렇게 하지 않았다. 내가 이해와 공감으로 가득 찬, 그러나 동정은 아닌, 그의 어린 시절에 대한 편지에 답장을 썼을 때, 그는 다음과 같이 답장을 했다.

저는 개인적인 변화에 대해 생각해 왔습니다. 감옥에서 14년이 지난 다음, 그리고 많은 영혼의 탐색을 한 다음, 저는 확신을 갖고 '나는 더 좋은 사람으로 바뀌었다'고 말할 수 있었습니다. 이전의 나였던 사람은 가버렸습니다. 그를 오늘 만난다면 저는 그리 좋아하지 않을 것입니다.

감옥, 인생과 자유의 중요한 부분을 빼앗기는 것, 이 두 가지는 매우 우울한 경험일 수 있습니다. 인생의 15년이나 20년을 지불해야 하는 행위를 어떤 사람이 했다면, 그는 잘못된 일을 하고 있었던 것이고, 변화가 필요했다…… 진정으로 약삭빠른 사람은 그 두 가지 경험을 했다 해서 그렇게 생각하지 않습니다. 어떤 사람은 장기형을 받고 교도소에 옵니다. 그리고 그의 인생은 점점 좋은 것으로 변합니다. 어떤 변화는 더 나쁜 것이기도 합니다. 그러나 아무도 변화하지 않고 감옥에 남아 있지는 않습니다. 저는 다행히 제 인생에서 긍정적이고 장기적인 변화를 할 수 있게 되었습니다.

비록 저는 이상적이지 못한 환경에서 자랐지만, 부모들에게 제 인생을 망쳐버린 그 과정에 대해 책임지라고 주장하지 않습니다. 그들은 그들의 일을 했고, 옳건 그르건 지금 그것은 문제가 되지 않습니다. 저는 저에 대해 책임을 져야 할 유일한 사람입니다. 아마 제가 다른 환경에서 자랐다면 다른 사람이 되었을 것입니다. 그러나 아무것도 문제가 되지 않습니다. 그것은 모두 짐작일 따름입니다. "이랬더라면 어땠을까"라고 묻는 것은 시간과 에너지의 소모일 뿐입니다. 저의 길은 저의 길입니다. 제 인생의 이전의 모든 날들의 축적 그리고 그 시절을 점유하고 있던 모든 사람들, 장소들, 사물들의 축적된 총체가 지금의 저로 결론 지어진 것입니다.

저는 더 이상 누구도, 무엇도 시기하지 않습니다. 저도 그렇게 하곤 했었습니다. 그 모든 부정적인 생각이 저에게서 에너지와 삶의 힘을 빼앗아간다는 것을 배울 때까지는……. 때때로 저는 여전히 '그때 이랬더라면 어땠을까' 하고 궁금해 하는 기분에 빠져들기도 합니다. 그러나 제 존재의 중심에서 45년 동안 저 자신으로 살았던 인생의 결과가 제 배움과 다양한 경험의 결과라는 것을 저는 알고 있습니다.

어린 시절 이후 제가 선택했던 결정들은, 때가 되어 이 지점에 저를 데려다 놓는 결과를 만들어왔습니다. 제 선택, 제 결과, 제 인생, 제 길……. 제 부모들과 조부모들, 형제자매들, 조카들, 친구들, 선생들, 그리고 다른 모든 사람들이 제 인생의 스토리 안에서 행했던 것은 부차적인 것입니다. 결국 저는 제 인생에 책임 있는 유일한 사람입니다. 저는 제가 간 길의 방향에 대해 아무도 탓하지 않습니다.

때때로 소망스럽지 않고 어렵기는 하지만, 이 길은 좋은 길이었다는 게 밝혀지고 있다고 저는 생각하고 있습니다. 저는 제 재신과 힘이라고 할 수 있는 독특한 시각을 갖고 있습니다. 이 시각과 지식의 저수지는 제 자신이라고 할 수 있습니다. 저는 이 시각과 지식으로, 이 인생의 남은 부분을 이전에 제가 그랬던 것보다 더 긍정적으로 살 것입니다. 저는 인간이라는 종에 대한 자산─문제의 일부분이 아닌 해결책의 일부분─이 되기를 희망합니다. 이제 인생의 이 단계에서 저는 마침내 감사할 수 있게 되었습니다!

그가 한 말은 나를 깊이 감동시켰다. 자신의 결정에 대한 책임을 받아들인 사람은, 자신의 인생에 위대한 변화를 가져올 수 있는 위치에 있다. 반면에 자신의 실수와 혼란을 다른 사람에게 줄곧 떠넘기는 사람은 자신을 위한 구덩이를 판다. 만약 우리가 자신을 다른 사람들이 우리에게 지운 환경의 희생물로 생각한다면, 우리는 덫에 걸린 것이다. 그러면 다른 사람을 바꾸지 않고서는, 과거를 풀지 않고서는 우리 상황을 바꿀 방법이 없다. 우리 마음도 제대로 다루지 못하는데, 우리가 어떻게 다른 사람을 제어해서 그들을 변하게 만들 수 있다고 생각할 수 있을까?

그러나 우리가 우리 결정들—우리가 어리고 무지할 때 내린 결정이더라도, 비록 그 결정들이 최적의 상황이 아닌 상황에서 내려졌더라도—에 대한 책임을 지면, 그때 우리는 자신에게 변화할 힘을 스스로 주게 된다. 우리는 과거에 매몰되는 것을 멈추고, 대신 자신과 다른 사람들을 용서한다. 우리는 자신의 실수에서 배우고, 우리의 현재의 감정적 버릇이나 행동 패턴에 대한 다른 대안들을 깊이 생각하기 시작할 것이다. 우리는 우리 마음을 조종하기 시작한다. 사랑, 자비, 지혜와 같은 놀라운 자질들을 보여주면서…….

한번 시도해 보자!

유익한 버릇 키우기

일상생활에서 진리 실천하기

　많은 사람들이 영적인 생활이나 종교적인 생활은 저 높은 하늘 어딘가―에테르의 세계나 신비스러운 현실―에 있다고 오해하고 있다. 그리고 우리의 일상생활은 너무 평범한 세속적인 것이고, 그리 좋지 않다고 오해하고 있다. 종종 사람들은 영적인 사람이 되는 것은, 일상생활을 무시하고 게을리하며 또 다른 특별한 영역으로 들어가야 한다고 생각하고 있다. 내게 있어 영적인 사람이 되는 것은 〈진짜로 사람이 되는 것〉이라는 뜻이다. 유명한 베트남 스님인 틱 낫 한 스님은 말했다.

　우리가 물 위를 걷는다든지 하늘을 걷는다든지 하는 건 그리 중요하지 않습니다. 진정한 기적은 땅 위를 걷는 것입니다.

이것은 사실이다. 다른 말로 하면, 친절한 인간이 되는 것은, 아마 우리가 해낼 수 있는 가장 위대한 기적일 것이다. 그리고 이것은 새로운 정신적·감정적 버릇을 만드는 데 달려 있다.

언젠가 나는 홍콩의 학교에서 어린이들 그룹에게 이야기를 해준 적이 있다. 한 아이가 물었다. "스님은 마음만으로 스푼을 구부릴 수 있나요?" 다른 아이가 물었다. "신이 스님께 얘기를 한 적이 있나요?" 내가 "아니"라고 대답하자 그 애들은 매우 실망했다. 나는 계속 설명해 나갔다. 나에게 진짜 기적은 친절한 사람이 되는 것이라고. 어떤 사람이 초능력을 갖고 있다고 해도 친절한 마음씨가 없다면 그 힘은 아무 소용이 없다. 실제로 그들은 형편이 나빠질 수도 있다. 사람들이 매우 당황할지도 모르니까. 그들이 스푼을 모두 구부려버렸다는 걸 알면 말이다.

동기 설정하기

친절한 마음은 어떻게 키워나갈까? 우리 자신에게 좋은 사람이 되자고 다짐하는 것으로는 충분하지 않다. 자신에게 뭐가 되어야 한다, 뭘 느껴야 한다, 뭘 해야 한다, 또는 뭐가 되지 말아야 한다, 뭘 느끼지 말아야 한다, 뭘 하지 말아야 한다고 말한다고 해서 우리가 그렇게 되지는 않는다. 자신을 '해야 한다'로 가득 채우는 것은 죄책감을 느끼게 할 뿐이다. 아직 우리는 되어야 한다고 생각하는 존재가 결코 아니기 때문이다. 우리는 우리 마음을 어떻게 바꿀지 그 방법을 알 필요가 있다. 다른 말로 하면, 우리는 자기 중심적이 되는 것이 불리하다는 것을 깨달아야 한다. 우리는 친절한 마음을 갖게 되기를 진정으로 원해야 한다. 그저 친절한 마음을 '가져야 한다'고 생각하는 것만으로는 안 된다.

아침에 일어나면 맨 먼저, 침대에서 나오기 전에 '아침으로 뭘 먹을까' 또는 '회사에서 어떤 기분 나쁜 사람을 만나게 될까' 생각하기 전에, 우리는 이렇게 생각하면서 그날을 시작할 수 있다. "오늘 가능한 한 나는 아무에게도 해를 끼치지 않겠다. 오늘 가능한 한 나는 다른 사람에게 도움을 주고 이로움을 주겠다. 오늘 나는 모든 행동을 다 동원해서 모든 감각 있는 존재들의 이로움을 위해 사는 부처가 되겠다."

아침에 긍정적인 동기를 설정하는 일을 첫번째 일로 정해 놓으면 지극히 이롭다. 아침에 일어났을 때 우리 마음은 미묘하고 섬세하다. 만약 그때 강한 긍정적 동기를 설정해 놓으면, 그것이 하루 종일 우리에게 영향을 미치는 위대한 기회가 된다. 긍정적인 동기를 민든 다음에는 침대에서 나와 몸을 씻고, 커피를 마시고, 명상을 하고, 기도문을 암송하고, 불경을 읽는다. 이런 식으로 아침을 시작하면 우리는 내면의 자신을 만나게 될 것이다. 좋은 자질을 찾아내서 키워나가 자기 자신의 친구가 될 것이다.

때로는 매일 명상할 시간을 갖는다는 것이 어렵다. 하지만 우리는 늘 텔레비전을 볼 시간이 있다. 늘 쇼핑하러 갈 시간이 있다. 늘 냉장고에서 군것질거리를 꺼내다 먹을 시간이 있다. 명상할 시간이 되었는데, 그 24시간이 다 없어져버린 것은 무슨 이유에서일까? 영적 수

런의 가치와 효과를 이해하게 되면, 명상은 우리 인생에서 최우선이 될 것이다. 어떤 일이 중요하다면 우리는 그것을 할 시간을 찾아낼 것이다. 아침에 15분, 30분, 또는 60분의 명상 시간을 매일 정해 놓는 것은 좋은 일이다. 그것을 실행하고자 조금 빨리 잠들기 위해 전날 밤에 텔레비전 볼 시간을 15분 또는 30분 희생시켜야 할지도 모른다. 그러나 부처의 가르침을 수행하는 이익과 비교해 보면 텔레비전을 놓치는 것이 그리 큰일은 아니다. 음식이 몸을 살지게 해주기 때문에 늘 먹을 시간을 갖는 것과 같이, 우리는 명상하고 기도문을 암송할 시간을 찾을 것이다. 그것들이 우리를 영적으로 살지게 하기 때문이다. 우리가 자신을 영적으로 존중할 때, 우리는 자신을 인간으로 존중하게 된다. 자신을 영적으로 살지게 하는 것은, 그때는 가장 중요한 우선 사항이 된다. 그렇게 되면 그것을 위해 시간을 갖는 것은 쉽다.

아침에는 몇 구절의 기도문이나 경전을 암송하면서 다른 사람을 이롭게 하겠다는 이타적인 의도를 키우는 명상을 하는 게 좋다. 그런 다음 잠시 동안 호흡 명상을 한다. 조용히 앉아서 숨이 들어가고 나가는 것을 의식한다. 그리고 숨이 자신을 살지게 하는 것을 느껴본다. 숨과 함께 바로 지금 이 순간에 존재하는 것을 느끼는 것이다. 그리고 산만한 생각들과 걱정거리들을 지워버린다. 관세음보살의 주문—옴 마니 팟메 훔—또는 부처의 만트라—무니무니 마하 무니 예 소하—를 읊고 싶을지도 모른다. 만트라(주문)를 암송하는 동안 부처의 특성을 떠올린다. 그것이 우리에게 영감을 주어 부처의 친절, 지혜, 능숙함을 일상의 활동에서 펼치게 할 것이기 때문이다. 또는 이 책의 앞쪽에 기술된 주제에 대한 분석적 명상을 할 수도 있다. 부처가 준 특별한 가르침의 뜻을 생각하면서, 그것을 자신의 생활에 대입해 보는 것이다. 이것 역시 우리의 에너지를 긍정적인 방향으로 이끄는 아침의 첫번째 일이다.

어떤 사람들은 이렇게 말한다. "난 애가 있어요. 애들을 돌봐줘야 하는데 어떻게 아침에 명상하거나 기도문을 외울 시간이 있겠어요?" 한 가지 방법은 애들보다 먼저 일어나는 것이다. 다른 아이디어는 아이들을 명상에 초대하는 것이다. 또는 기도문을 함께 외우자고 초대하는 것이다. 한때 나는 오빠의 가족과 함께 산 적이 있다. 아침에 일찍 일어나 명상을 하면, 내 조카가 그때 여섯 살이었는데, 내 방에 들어오곤 했다. 나는 그 애에게 설명했다. 이건 내가 조용히 앉아 있는 시간이고 방해 받기를 원치 않는 시간이라고. 그러면 내 곁에 앉아서 조용히 숨을 쉬었다. 때때로 내 무릎에 앉았다. 노래를 불러 달라고 하면 나는 기도문이나 주문을 읊었다. 그 애는 그걸 정말 좋아했다. 그리고 나를 전혀 방해하지 않았다.

부모들이 움직이지 않고 조용히 앉아 있는 걸 보는 건 아이들에게 매우 좋은 일이다. 아이들도 똑같이 하고 싶다는 생각이 들게 한다. 엄마 아빠가 늘 바빠서 이리저리 뛰어다니다가 전화로 싸우더니 스트레스 받아 텔레비전 앞에서 무너진다면, 아이들 역시 그렇게 될 것이다. 나는 이것이 부모가 아이들에게 바라는 모습이라고 생각하지 않는다. 그래서 아이들이 특별한 태도나 행동을 배우기 원하면, 부모들은 자신을 가꿔나가야 한다. 그렇지 않으면 아이들이 어떻게 배울 것인가? 만약에 우리가 아이들을 걱정한다면 자신을 먼저 걱정해야 한다. 우리는 정신을 차리고 있어야 하고, 건강하고 균형 잡힌 삶을 살아야 한다. 아이들을 이롭게 하기 위해서, 또 자신을 이롭게 하기 위해서…….

우리는 또, 부처에게 어떻게 공양하는지 아이들에게 가르쳐도 좋다. 간단한 기도와 주문 암송하는 법을 가르쳐도 좋다. 한때 나는 친구와 그녀의 세 살 난 딸을 방문한 적이 있는데, 매일 아침 우리는 잠에서 깨면 부처께 세 번 절을 했다. 그런 다음, 그 작은 소녀가 부처 앞에 선물—과자나 과일—을 바쳤다. 그리고 부처 역시 그녀에게 선물을 주었다. 사탕이나 크래커였다. 이것은 아이에게 매우 좋은 것이다. 세 살의 나이에 그 소녀는 부처와 좋은 관계를 맺고 있기 때문이다. 동시에 마음이 넉넉해지는 것과 나누는 것을 배우고 있었다. 내 친구가 집안을 청소하고 허드렛일을 하고 딸아이와 여기저기 산책을 할 때면 그들은 함께 주문을 읊었다. 그 작은 소녀는 주문의 멜로디를 좋아했다. 이것이 그녀에게 도움이 되었다. 그녀가 당황하거나 놀랄 때마다 자신을 고요하게 가라앉히기 위해 주문을 암송하면 된다는 것을 알았기 때문이었다.

다른 사람에게 인사하기

아침 명상 다음에는 아침을 먹는다. 아침에 가족에게 인사하는 것 역시 부처의 가르침을 수행하는 한 부분이다. 많은 사람들이 아침에는 기분이 가라앉아 있다. 그래서 신문을 들여다보거나 몇 번이고 거듭해서 시리얼 박스의 뒷면을 읽으면서 식탁에 앉아 있다. 맑은 눈망울의 아이들이 그들에게 인사하면 그들은 투덜투덜 대답한다. 쳐다보지도 않고 계속 읽으면서……. 파트너가 그들에게 질문하면 대답이 없다. 아니면 잠깐 흘깃 쳐다볼 뿐이다. "귀찮게 하지 마!"라고 말하는 듯한 표정으로. 나중에 그들은 가족 안에 왜 문제가 일어나는지 의아해 한다!

우리들 중 어떤 사람들은 아침에 피곤하다. 하지만 우리가 잠에서 깨어나 친절해야겠다는 동기를 일으키면, 투덜거리는 버릇을 극복하고 행운 속에서 즐거움이라는 새로운 버릇을 키워나가는 데 도움을 줄 것이다. "살아 있으니 얼마나 다행인가. 내가 소중하게 여기는 사람들과 함께 살고 있으니 얼마나 멋있는가. 오늘 먹을 음식이 있으니 얼마나 행운인가." 이런 식으로 생각하면 식구들에게 사랑으로 인사하는 것이 훨씬 쉽다. 마음속에 있는 순수한 애정으로 그들의 눈을 들여다보기가 훨씬 쉽다.

잠낀 동안 식구들과 아침에 따뜻히게 재잘대는 시간을 기지면, 우리 모두는 그날 하루를 즐겁게 출발할 수 있게 된다. 이렇게 해서 부모는 아이들을 알게 될 것이고, 단순한 훈련 교관 노릇에서 벗어날 것이다. 아이를 보고 명령을 짖어대기는 쉽다. "일어나!", "이 닭아!", "왜 그걸 입어? 보기 싫잖아! 바꿔 입어!", "왔다갔다 하지 말고 아침 먹어!", "학교 서둘러야지! 늦겠어!"……. 아이들이 이런 식으로 취급을 당하면 말 안 듣는 부하처럼 반응할 것이다. 그러나 아이에게 사랑으로 인사하고, 아침 일상의 모든 것을 혼자 해나가도록 확실하게 돕는다면 그들은 더 행복해질 것이다. 그리고 부모들도 그럴 것이다. 몇 분만 시간을 내어 아이의 관심사가 무엇인지 알아보자. 뭘 생각하는가? 무엇에 호기심을 느끼는가? 그들의 친구들에 대해 알아보자. 아이들이 어렸을 때 생활에 적절히 개입한다면, 우리는 그들 안에 좋은 가치를 스며들게 할 수 있을 것이다. 그러면 그들이 더 컸을 때 상황을 잘 처리할 수 있다는 것을 우리는 더욱 확신하게 될 것이다. 그리고 그리 많이 걱정하지 않게 될 것이다.

일하러 가기

일터나 학교로 가기 위해 문을 나서기 전에 잠깐 멈춰 서서 동기를 설정하자. 이렇게 생각하는 것이다. '나는 일하러 갈 것이다. 단순히 먹고 살기 위한 돈을 벌기 위해 가는 것이 아니라, 다른 사람을 이롭게 하기 위해 일하러 가는 것이다. 우리 회사에서 만들어내는 상품이나 서비스를 받는 사람들은 누구나 기분이 좋아지고 행복해지기를!' 당신의 친절한 마음을 상품이나 서비스에 부어넣어라. 그래서 그 노동의 결과물을 받는 사람들과 연결되는 느낌을 느껴보라.

동료들에게 친절한 마음을 가져라. '오늘 나는 같이 일하는 사람들에게 친절하고 협조적이 될 것이다. 나는 즐거운 작업 환경을 만들어서 그들을 이롭게 하기를 원한다.' 그런 다음 일터로 들어서라. 그리고 모두에게 말하라. "안녕!" 웃으면서 인사하라. 이것이 업무에 큰 차이를 만들어낼 것이다. 게다가 다른 사람들은, 시간이 지나면서 요구 사항이 더 많아질지도 모르는 불쾌한 불평꾼 대신에, 행복한 사람을 첫번째로 만나 일을 하게 되는 것이다.

거기에 더해서 이렇게 생각하라. '나는 오늘 업무를 진행하다가 일어나는 일은 어떤 것이든지 부처의 가르침을 수행하는 일로 활용할 것이다.' 그날 당신이 경험하는 것은 뭐든지 열려 있는 마음으로 유연하게 수용할 수 있는 동기를 만들어라. 누군가가 당신을 칭찬하면, 당신의 자질들이 스승들과 다른 사람들의 친절 때문에 만들어진 것이라는 사실을 기억하라. 오만해지는 걸 피하라. 누군가가 당신을 부당하게 비난하면 그가 불행하다는 걸 깨달아라. 그리고 개인적인 의견을 말하지 말고 그들의 고통을 돌봐주라. 반대로 누군가가 당신이 저지른 실수를 비난한다면 실수를 깨닫고, 사과하고, 실수에서 배워라. 방어적이 되거나 화를 낼 필요는 없다.

하루 종일 당신은 아무에게도 해를 끼치고 싶지 않다는 것, 그들에게 봉사하고 싶다는 것, 자신과 다른 사람의 궁극적 깨달음을 위해 할 수 있는 모든 행동을 다하겠다고 결심한 것을 명심하라. 이것을 잊지 않기 위해, 처음의 동기를 떠올리게 해줄 계기로 흔한 사건들을 이용할 수도 있다. '이 빨간 신호는 왜 이렇게 길어? 지각이군!' 하고 생각하는 대신에 '오늘은 다른 사람들에게 친절한 마음을 갖고 싶다' 라고 생각하라. 이렇게 생각하면 그 빨간 불은 친절한 마음을 기억하는 계기가 된다. 전화벨이 울리면 받으려고 달려가는 대신에 먼저 생각하라. '전화를 건 사람에게 내가 도움이 됐으면 좋겠네.' 그런 다음 전화를 받아라. 호출기가 울릴 때마다 차분하게 친절한 마음으로 돌아온 다음에 그 호출에 응답하라. 한 친구가 나에게 말하기를, 친절한 마음을 기억하게 하는 그녀의 방아쇠는 "엄마! 엄마!"하고 부르는 아이들의 소리라고 했다. 하루 종일 애들이 너무 자주 불러서 그녀는 친절한 마음을 유지하는 데 익숙해졌고, 아이들에게 더 많은 참을성을 갖게 됐다.

깨어 있는 마음 기르기

인생을 살아가면서 '살아지는 대로' 살지 말고, 당신이 생각하고 느끼고 말하는 것을 의식하면서 살려고 노력하라. 살아지는 대로 살 때는 사물에 수동적으로 반응하는 식으로 삶이 지나간다. 결코 인생을 진정으로 체험하지는 못한다. 이것이 왜 그렇게 많은 사람들이 자기 자신과 일치되는 느낌을 갖지 못하는지 설명해 주는 이유이다. 예를 들면 대부분의 사람들은 날마다 일을 하러 가기 위해 이동한다. 그들이 일터에 도착했을 때 누가 "30분 동안 운전하면서 뭘 생각했습니까?" 하고 묻는다면 아마 아무 대답도 할 수 없을 것이다. 우리들 대부분은 우리 내부에서 무슨 일이 일어나고 있는지 모른다. 하지만 꽤 많은 것들이 진행되고 있을 것이다. 이것은 자신에 대한 느낌, 다른 사람과 관계를 맺는 방법에 대해 영향을 준다.

살아지는 대로 사는 삶에 대한 교정 수단은, 깨어 있는 마음을 가꾸는 것이다. 깨어 있는 마음은 우리가 뭘 생각하고 느끼고 말하고 행하는지, 각각의 순간에 그것을 스스로 인식하는 것을 의미한다. 그것은 또 윤리 도덕적인 가치와 친절한 마음을 늘 염두에 두고 있다는 뜻이다. 그래서 일상생활 속에서 그것들을 기준으로 살 수 있다는 뜻이다. 이 인식, 이 깨달음을 키워나가면, 우리는 더 이상 그저 사물에 수동적으로 반응하는 식으로 살지 않게 될 것이다. 그때는 하루가 끝났을 때 왜 그렇게 혼란스럽고 지쳐 있는지 의아해 하는 일이 없게 될 것이다. 우리가 깨어 있으면 친절한 마음을 갖고 있는지 주의해서 보게 될 것이다. 그리고 친절한 마음을 더욱 넉넉하게 키워서 우리 행동이 그 마음에서 저절로 흘러나오게 할 것이다. 또는 우리가 당황하고 초조하고 화가 나 있다거나 누군가를 막 비난하려 하고 있다는 것을 깨닫게 되면, 우리는 호흡으로 돌아갈 수 있고 친절한 마음으로 돌아갈 수 있다. 세상에 부정적인 에너지를 흘리지 않고 말이다.

깨어 있는 마음은 또 우리가 환경에 어떻게 서로 영향을 주는지 더 잘 알게 해준다. 우리는 서로 의존해 있는 세상에 살고 있으며, 환경을 오염시키면 우리 자신, 우리 아이들, 다른 모든 살아 있는 존재들이 영향을 받는다는 걸 깨닫는다. 친절해야 한다는 걸 늘 염두에 두고 있기 때문에 우리는 환경을 오염시키는 방법들을 줄여나갈 것이다. 운전하는 차에 휘발유를 사용하는 대신에 일터나 학교로 갈 때 대중교통 수단이나 카풀을 이용할 것이다. 우리는 사용하는 물건들을 재활용할 것이다. 종이, 캔, 플라스틱 용기, 병, 유리단지, 신문, 골판지……. 이것들을 쓰레기통에 버리면 지구를 파괴하고, 부정적인 방법으로 다른 존재들에게 영향을 미친다는 걸 우리는 알고 있다. 그래서 슈퍼마켓에 갈 때 비닐봉지나 종이 쇼핑백을 다시 사용할 것이다. 또 집에 있지 않을 때는 에어컨이나 히터를 틀어놓지 않을 것이다. 그리고 생산 과정에서 공기 속으로 많은 오염 물질을 배출하는 스티로폼 같은 상품들을 사용하지 않을 것이다.

부처가 오늘날 살아 있다면, 나는 그가 재활용을 해야 하고 자원의 낭비를 피해야 한다는 계율을 만들었을 것이라고 생각한다. 많은 수행의 계율들이 만들어진 것은, 당시 일반 신도들이 수행자들의 행동을 보고 부처께 불평을 해댔기 때문이었다. 이런 일이 일어날 때마다 부처는 유해한 행동을 억제하기 위해 규율을 만들었다. 부처가 오늘날 살아 있다면 사람들은 그에게 불평을 해댔을 것이다. "이렇게 많은 불교 신자들이 캔, 유리 단지, 신문들을 버리고 있잖아요! 그 사람들은 버려도 되는 일회용 컵과 접시와 플라스틱 포크와 스푼을 사용하는데, 쓰레기를 더 많이 만들 뿐 아니라 수많은 나무를 파괴하고 있어요! 그 사람들은 환경도 신경 쓰지 않고, 그 안에 살고 있는 살아 있는 것들도 신경 쓰지 않는 것 같아요!" 부처는 그들이 말하는 것이 사실이라는 것을 알고, 불교도는 재활용을 해야 하고 소비를 줄여야 하다는 계율을 만들었을 것이다.

깨어 있는 마음은 또 우리가 일상생활에서 파괴적으로 행동하는지 알 수 있게 해준다. 깨어 있는 마음은 '화가 나고 있어' 또는 '몹시 탐을 내고 있어' 또는 '질투심이 일어나고 있는데'를 알 수 있다. 그러면 우리는 부처가 마음을 가라앉히는 데 도움이 되도록 가르쳐준 다양한 교정 방법을 적용할 수 있다. 예를 들면, 자신이 초조해져서 화가 끓어오르고 있다는 걸 발견하면, 멈춰 서서 다른 사람의 시각으로 그걸 바라봐야 한다. 다른 사람의 시각에서 바라보면, 우리는 그들이 행복해지고 싶어한다는 사실을 깨닫는다. 그들은 행복하지 않기 때문에 우리가 반대할 만한 그런 행동을 하고 있다는 것을 깨닫는다. 그러면 화가 나서 그들에게 해를 끼치는 대신에, 우리는 더 자비로워지게 될 것이고 더 잘 이해하게 될 것이다. 서로 도움이 되도록 의견을 일치시키기 위해 조정하며 그들과 함께 노력할 것이다.

싸움이 막 벌어지려 하고 있을 때, 또는 우리가 이미 싸움 한가운데에 휩싸여 있을 때에는 어떻게 해야 할까? 이런 상황에 대한 준비를 위해 명상 수행 중에 미리 수행을 해야 한다. 우리가 이전의 잔잔하고 평화로울 때 그것을 수행해 보지 않았다면, 상황의 한가운데에서 부처의 가르침을 기억해내기가 어렵다. 풋볼 팀이 규칙적인 기초 위에서 연습을 하는 것처럼, 그런 방식으로 참을성에 대한 명상을 하는 것이 필요하며, 잘 훈련되기 위해서는 매일 영감을 주는 구절들을 암송하는 것이 필요하다. 그러면 일상에서 어떤 상황을 만났을 때 그 가르침을 활용할 수 있을 것이다.

깨어 있는 마음을 키워나가고 동기를 잊지 않는 데 도움이 되는 또 다른 수행은, 먹기 전에 자기 음식을 제공하는 것이다. 만약 당신이 레스토랑에 앉아 있다면, 친구 또는 사업 협력자와 잡담을 계속하는 동안 당신은 아무도 모르게 정신적으로 부처에게 음식을 공양할 수 있다. 가족과 함께 있을 때는, 모든 사람이 동의한다면, 먹기 전에 음식 공양에 관한 경전이나 기도문의 구절을 읊는 것이 좋다. 한때 내가 어떤 가족과 함께 살던 때인데, 그 가족들은 모두들 합장을 하고 기도문 암송하는 것을 여섯 살 난 아들이 이끌었다. 매우 감동적이었다.

먹을 때도 깨어 있는 마음으로 먹어라. 다른 사람이 그 음식을 기르고, 옮기고, 준비하는 데 들인 노력을 깨달아라. 다른 살아 있는 존재와 당신과의 상호 의존성을 인식하라. 그리고 그들로부터 —우리가 먹는 음식과 같은 이익을— 당신이 받은 게 얼마나 많은지 깨달아라. 만약 당신이 먹기 전에 이런 식으로 깊이 생각한다면, 당신은 행복감과 고마움을 느끼고 더욱 깨어 있는 마음으로 먹게 될 것이다.

엄숙한 태도로 먹는 것은 중요한 일이다. 때때로 우리는 카페테리아에서 줄을 서 있다가 아직 음식 값을 지불하기도 전에 이미 포크질을 하고 있는 사람을 본다. 이것이 살아지는 대로 먹는 것이다. 그것은 그릇을 향해 달려가 음식을 쩝쩝거리는 개와 같다. 우리가 먹기 전에 깊이 생각하고 마음을 다해 부처에게 음식을 공양할 때, 우리는 더 천천히 먹고 더 편안하게 먹게 된다.

집에 돌아오기

집 안으로 들어가기 전에 잠깐 멈춰 서서 당신의 원래 동기로 돌아가자. '나는 이제 내가 걱정해 줘야 할 사람들을 보게 될 것이다. 나는 깨어 있는 마음으로 그들과 좋은 관계를 맺을 것이다. 나는 그들을 소중하게 생각하기 때문이다.' 그런 다음 문을 열고 집 안에 발을 들여놓아라. 배우자와 아이들이 있다면 애정이 넘치는 인사를 하라. 그들의 눈을 들여다보라. 그래서 당신이 그들을 마음에 담고 있다는 것을 그들이 알게 하라. 우리는 같이 사는 사람들을 너무 자주 당연하게 여겨왔다. 우리와 매우 가깝기 때문에 그들이 우리의 모습을 참아줘야 한다고 생각하고 있는 것이다. 이런 식의 사고 방식은 유해하다. 대신 가족과 따뜻한 마음을 서로 주고받으면 모든 사람이 더 행복해질 것이다. 그들과 서로 나누고 지원할 수 있을 것이다.

저녁에는 컴퓨터에 홀려 있거나 침대에 엎어져 잠드는 대신에 몇 분 동안 조용히 앉아 있어라. 그날 하루 동안 일어난 일을 곰곰 생각하라. 그날 하루를 돌아보고 스스로에게 물어보라. "잘된 건 뭐지? 나는 친절한 마음으로 행동했나?" 친절하게 행동하고 기뻐한 순간을 떠올려보라. 그 긍정적인 잠재력을 당신과 다른 사람의 깨달음을 위해 공양하라.

그날 하루를 돌아볼 때 화를 내고, 질투를 하고, 탐욕을 부렸던 일들을 발견할 수도 있다. 그때는 그것을 깨닫지 못했다. 그러나 나중에 생각해 보니 느꼈고, 생각했고, 말했고, 행동했던 것들에 대해 그리 좋은 느낌이 들지 않는 것이다. 이것을 정화하려면 참회를 하고, 몇 가지 정화를 위한 수행을 해야 한다. 그러면 자신을 용서할 수 있다. 그리고 부정적 에너지를 내보낼 수 있다. 이런 식으로 그날 하루 동인에 있었던 모든 판치 않온 감정 혹온 잘못된 행동을 해결하라.

이렇게 하면 우리는 더 평화롭게 잘 수 있다. 침대에 누웠을 때 부처의 가르침과 함께 하루를 더 살 수 있었다는 것을 기쁘게 생각하라. 다른 사람이 고통에서 해방되기를 기도하라. 또 행운을 갖게 되기를 기도하라. 잠들기 위한 동기에 친절에 대한 동기를 포함시켜라. "나는 이제 내 몸을 쉬기 위해 잘 것이다. 그래서 내일 나는 깨달음의 길을 계속 나아갈 수 있을 것이다. 어떤 식으로든, 크건 작건, 내가 할 수 있는 방법으로 감각이 있는 존재들을 계속 이롭게 할 수 있을 것이다." 베개를 베고서 부처의 모습을 그려보라. 머리를 부처의 무릎에 놓고 잠 속으로 들어가라. 부처로부터 당신 안으로 부드러운 빛이 흘러들어오는 상상을 해도 괜찮다. 이것은 매우 편안하게 잠들 수 있는 방법이다. 부처의 좋은 특성을 기억하고 더 나은 꿈을 꾸게 도와준다.

부처의 가르침을 수행하는 것은 어렵다거나 시간 소모적인 것이 아니다. 우리는 늘 시간을 갖고 있다. 하루에는 언제나 24시간이 있다. 우리가 우리 마음을 긍정적으로 끌고 간다면, 우리가 하는 행동은 어떤 행동이든지 깨달음으로 가는 길로 바꿀 수 있다. 이런 식으로 부처의 가르침은 우리 생활의 일부분이 될 수 있다. 아침에 일어나는 것이 부처의 가르침이며, 먹고 일하러 가는 것이 부처의 가르침이며, 자는 것이 부처의 가르침이다. 우리의 마음가짐을 일상의 활동 한가운데에서 계속 유지하면, 우리 생활은 엄청나게 의미가 깊어진다.

부처의 가르침의
전파

앞 부분에서 우리는 부처의 가르침의 핵심을 살폈고, 21세기의 우리 삶에 그것을 어떻게 적용할지 살펴보았다. 그러나 우리는 그 가르침의 기원이 뭔지 궁금할 수도 있다. 그것들이 오늘날에 이르기까지 순수한 형태로 어떻게 전해 내려왔는지 궁금할지도 모른다. 왜 수많은 불교의 종파들이 있으며, 그것들은 어떤 것들일까? 여러 나라에서 불교는 어떻게 실천되고 있을까? 이것들이 이 장에서 논의될 것이다.

부처의 생애

우리 모두를 위한 감화력

그는 영속하는 가치를 지닌 진리를 말했다. 그리고 인도의 것이
아닌 인류의 윤리를 반전시켰다. 부처는 이 세상에 보내진 윤리
적 자질을 지닌 위대한 인간 중의 하나였다.

—알베르트 슈바이처(프랑스 학사, 신학자, 철학자, 노벨상 수상자)

진정으로 비범한 사람의 삶은 사회를 엄청나게 개선한다. 그래서
우리는 그들이 살았다는 것을 고마워한다. 또 그들의 전기는 우리를
고무하고, 어떻게 하면 어려운 때를 이겨내고, 다른 사람을 도울 수
있는지를 보여준다. 부처의 살아온 이야기에서 우리는 우리와 동일
시할 수 있는 환경을 찾아낼 수 있다. 우리는 이것을 우리 삶과 더 나
은 인간이 되려는 우리 노력과 연관 지을 수 있다.

부처는 지금의 네팔에 위치한 카필라바스투 샤키아 왕국에서 기

원전 560년쯤에 싯다르타 왕자로 태어났다. 그의 어머니는 그를 낳기 전에 몇 개의 상서로운 꿈을 꾸었다. 그리고 갓 태어났을 때 그는 일곱 발자국을 걸은 다음 "이것이 나의 마지막 환생이 될 것이다"라고 외쳤다고 전해진다.

어떤 사람들은 부처의 탄생과 삶을 둘러싼 놀랄 만한 수많은 사건들, 그의 영적 성취를 보여주는 놀랄 만한 수많은 사건들을 듣고 대단한 기쁨을 얻는다. 다른 사람들은 이런 이야기들에 회의적이다. 그런 것들은 아직까지 과학적으로 설명되지 않았기 때문이다.

우리는 이런 것들에 대한 끝없는 논쟁을 할 수 있다. 그러나 그렇게 하는 것은 핵심을 놓치는 것이다. 중요한 것은, 우리가 올바른 길을 따라가서 우리 삶의 질을 개선하는 것이다. 다른 사람의 일생에 대한 이야기를 듣는 것이 우리 자신의 영적 성장에 영감과 모범이 될 수 있기 때문이다. 당신이 당신 삶에 감화를 주고 도움이 되는 놀라운 사건에 대한 이야기들을 발견한다면, 그것은 좋은 것이다. 그렇지 않았다고 해도 좋다. 당신에게 의미를 가지고 있는 일생의 이야기에 집중해 보자.

부처의 어머니는 그가 태어나고 나서 일주일 뒤에 죽었다. 그는 의붓어머니 프라자파티의 손에서 자랐다. 어떤 현자가 부처의 아버지인 카필라바스투의 왕에게 말했다. 이 아이는 예외적인 훌륭한 사람—정치적·경제적·사회적 힘을 가진 위대한 왕이거나, 사람들을 영적인 길로 이끌 지혜와 자비를 지닌 위대한 현인—이 될 것이라고 말했다.

왕은 그의 아들이 최고가 되기를 원했다. 그의 눈에는 '최고'라는 말이 사람들과 부를 지배할 힘을 갖는다는 의미였다. 그는 아이의 가치를 종교적이 되는 것으로 보지 않았다. 그래서 왕은 아이가 자라는 데 최고의 환경이라고 여겨지는 것을 만들었다. 그 안에서 그 아이 싯다르타는 돈으로 살 수 있는 모든 것을 가졌다. 불쾌한 것은 뭐든지 아이의 환경에서 배제되었다. 그는 궁전의 담 너머로 가는 게 허락되지 않았다. 거기서 그가 불쾌한 것들과 접촉할지도 모르기 때문이었다.

아이였을 때 싯다르타는 매우 자비롭고 지적인 공부나 스포츠에도 능했다. 그는 결혼을 해서 아이를 가졌다. 모든 면에서 가족과 사회의 기대를 만족시켰다. 그리고 사람들이 '성공'이라고 부르는 걸 이루었다.

어느 날 싯다르타는 마차를 타고 궁전이라는 보호된 환경 너머로 과감히 나가보았다. 거기서 그는 노인—주름지고 쇠약해지고 구부러지고 고통에 찬—을 보았다. 보호 받고 있는 왕자에게 이것은 처음 보는 모습이었다. 노인은 궁전으로 늘어오는 것이 금지되어 있었기 때문이었다. 그는 이 사람에 대해 마부에게 물어보았다. 그때 나이 드는 과정이 선택의 여지가 없이 우리 모두에게 벌어진다는 것을 알았다. 그는 궁전으로 달려갔다. 그는 우울해졌다. 완벽한 세속의 행복이라는 꿈의 거품은 이 첫 바늘에 콕 찔려 터지고 말았다.

다른 날 그는 마차를 타고 또 외출을 감행했다. 이번에는 길에서 병든 사람을 보았다. 다시 그는 물었고, 원하지 않더라도 우리 모두 병들기 쉽다는 것을 알았다.

세 번째 나갔을 때 그는 시체를 보았다. 마부가 죽음은 피할 수 없

으며, 우리 모두 반드시 몸·쾌락·사랑하는 사람을 떠나야 한다고
설명했다. 왕자는 공포에 싸였다. 그는 삶이 도대체 뭔지 생각하기
시작했다. 선택의 여지가 없이 나이 들고, 아프고, 죽는 걸 경험한다
는 걸 깊이 생각했다. 그의 아름다운 소유물들은 무슨 소용이며, 그
의 권력과 특권은 무슨 소용인가? 그것들이 이런 것들을 막을 수 없
다면? 그는 그의 가족과 친구까지도, 비록 그를 대단히 사랑하긴 하
지만, 그의 병과 노쇠와 죽음을 막을 수 없다는 걸 알았다. 그들 자신
들의 것도 말이다.

궁전 담 밖으로 나간 네 번째 소풍에서 싯다르타는, 간단한 옷을
걸치고 가진 것이라고는 거의 없는 탁발승을 보았다. 마부는 그것이
가족 생활의 산란함을 뒤로 하고 인생의 의미와 인생 문제의 해결책
을 찾고 있는 사람이라고 설명했다.

파티가 끝난 어느 날 저녁, 무희들이 머리를 흐트러뜨린 채 잠들어
코를 골고 있을 때, 그는 삶의 만족스럽지 않은 본질에 대한 해결책
을 찾아야겠다고 결심했다. 인간으로서의 잠재력을 모두 실현해 보
지 못하고 어느 날 죽어서 모든 것을 남겨두어야 한다면, 그의 인생
을 감각의 즐거움에 바치는 것은 아무런 의미가 없다고 보았다.

그는 잠들어 있는 아내와 아이들에게 작별의 입맞춤을 하고 마부
와 함께 궁전을 떠났다. 대단히 아름다운 왕족의 옷과 보석을 버리
고 그는 간단한 옷을 걸치고 머리를 잘랐다. 인생의 미스터리에 대
한 대답을 배우려고 그는 스승을 찾아나섰다.

몇 년 동안 그는 그 시대의 가장 유명한 명상의 대가들과 함께 공
부해서 그들이 가르치는 모든 것을 완벽하게 달성했다. 그러나 아직

도 그의 마음은 집착·화·무지에서 벗어나지 못했다. 이것을 바꾸기 위해 그는 극단적인 고행의 수행을 하기로 결정했다. 다섯 동료와 함께 그는 6년 동안 명상을 했다. 하루에 쌀 한 톨만 먹었다. 그는 사마디(samadhi 마음을 한 곳에 집중시킨 고요한 상태 : 삼매)의 높은 경지를 이루었지만, 그의 마음은 여전히 완전하게 자유롭지 않았다. 몸을 괴롭히는 것이 영적 깨달음의 근원은 아니라는 것을 그는 그의 경험을 통해서 알았다.

깨달음

극단적인 고행을 포기하고 육체적 건강을 회복한 뒤, 그는 인도의 북쪽에 있는 보드가야로 갔다. 거기서 보리나무 아래 앉아 완벽한 깨달음을 얻을 때까지 일어나지 않겠다고 맹세했다.

그때 '마라' 라고 하는 마귀의 우두머리가 그의 군대를 보내어 싯다르타의 명상을 방해했다고 전한다. 우리는 마라를 방해를 만들어내는 외부의 존재로 여길 수도 있다. 또는 아직 혼란스럽고, 집착하고, 맑지 못한 우리 마음의 일부분으로 여길 수도 있다. 계속되는 전투 스토리는 우리에게 많은 메시지를 준다.

마라는 처음에 싯다르타를 방해하기 위해 공격적인 전사들을 보냈다. 그러나 이 명상가는 그들의 무기를 꽃의 비로 바꿔버렸다. 우리 마음의 두려움과 화는 사랑에 의해 정복될 수 있는 것이다.

그러자 마라는 육감적이고 매력적인 그의 딸들을 보내 싯다르타의 굳은 마음에서 보리살타(보살, 즉 깨달음의 상태 또는 그 상태에 이른 수행자)를 유인해 내어 집중을 방해하려고 했다. 그러나 싯다르타는 그들을 못생긴 할머니로 만들어버렸다. 그들은 부끄러워서 도망가 버렸다. 우리의 욕망은 우리가 집착하는 겉모습 너머를 바라볼 때 힘을 잃는다.

마지막으로 마라는 싯다르타의 마음속에 있을 보리살타의 권리에 도전했다. 그가 충분한 긍정적 잠재력을 가졌는지 물었다. 싯다르타는 땅을 툭 쳤다. 그러자 땅의 여신이 나타나서 긍정적 잠재력이 대단히 많이 쌓였다는 것을 증명했다. 우리의 의심은 우리가 현실에 굳게 뿌리내릴 때 사라진다. 마라는 패배해서 떠났다.

그날 밤 동안 보리살타 상태의 싯다르타는 명상을 계속했다. 무지와 이기심의 오점을 마지막 흔적까지 하나하나 제거했다. 새벽에 그는 완전히 깨달은 부처가 되었다. 마음에서 더러움을 모두 씻어낸 사람이 되었다. 모든 좋은 자질들을 완벽하게 개발한 사람이 되었다.

깨달음의 진리 가르치기

처음에는 부처가 가르치기를 망설이는 것처럼 보였다. 그가 깨달은 것들이 너무 특별해서 이해할 사람이 있을까 걱정이 되었던 것이다. 그때 위대한 천상의 존재가 브라마의 인도를 받아 그에게 와서 깨달음의 진리를 가르치라고 청했다. 지혜에 찬 눈에 티끌이 거의 없으며, 이로움을 줄 수 있는 사람들이 세상에는 분명히 있으니 그들을 가르치라고 말했다.

부처는 사르나트로 여행했다. 거기서 그는 다섯 동반자들이 머물고 있다는 것을 알게 되었다. 고행자들이었다. 그를 보자 그들은 그가 고행을 포기한 것을 불쾌하게 생각했다. 그래서 그를 무시하기로 했다. 그러나 부처가 가까이 올수록 그들의 선입관과 화는 그의 빛나는 자비심과 지혜의 얼굴을 보고 풀려버렸다. 그들은 그를 환영했다. 그는 그들에게 첫 가르침을 주었다.

이 첫번째 설법의 내용이 〈네 가지 고귀한 진리(사성제)〉이다. 그 고행자들은 그것을 이해하여 아라한(사성제의 이치를 깨닫고 모든 번뇌를 버린 자)이 되었으며, 그에게 제자로 삼아 달라고 요청했다. 이런 식으로 승가 사회가 형성되었다.

45년 동안 부처는 가르치고 조언하면서 인도 북부를 여행했다. 모든 계급의 사람들이 그의 제자가 되었다. 그리고 그가 가르친 것을 실행하여 엄청난 이로움을 얻었다. 한때 그는 카필라바스투로 돌아와서 가족들에게 깨달음의 진리를 가르쳤다. 그때는 그의 아버지도 아들의 영적 수행의 이로움을 이해하고 그를 기쁘게 맞아 가르침을 들었다. 그의 아들은 승려가 되었다.

그의 아버지가 세상을 뜬 뒤 부처의 의붓어머니는 5백 명의 샤키아족 여자들과 함께 그에게 입문을 청했다. 처음에 부처는 거절했다. 의붓어머니가 남편을 잃은 슬픔 때문에 그런 결정을 내리기를 원치 않았기 때문이었을 것이다.

프라자파티는 그러나 결정했다. 그녀는 5백 명의 여자들과 함께 바이샬리까지 먼 길을 부처를 따라가서 머리를 깎고, 자신들의 신심을 보여주기 위해 노란색 옷을 걸쳤다. 부처의 시중을 들던 아난다는 부처에게 여자들은 아라한이 될 수 없는지 물었다. 부처는 될 수 있다고 대답했다. 부처는 그들에게 입문을 허용하여 제자로 삼기로 결정했다. 그래서 여자 수행자의 집단이 형성되었다. 부처의 아내 역시 나중에 여자 수행자가 되었다.

여러 가지 의미로 부처는 그 시대의 사회 혁명가였다. 그는 의식 자체를 위한 의식을 강하게 반대했다. 그래서 사람들에게 그들이 벌이는 브라만 의식의 목적을 다시 생각해 보라고 했다. 그는 또 신분 차별 역시 반대했다. 카스트 제도의 편견을 반대했다. 그리고 승가 사회에서는 그것을 허용하지 않았다. 그는 모든 사람이 평등하게 대접 받아야 한다고 주장했다. 존경은 먼저 제자가 된 사람과 먼저 깨달은 사람에게 돌아갔다. 특정한 계급을 타고났기 때문에 존중하지 않았다.

고대 인도 사회에서는 여자를 열등한 위치로 여겼는데, 부처는 여성의 영적 능력을 인정해서 많은 사람들에게 충격을 주었다. 그는 여자들이 수행을 위해 집을 떠나는 것(출가)을 허용했다. 집은 사회의 관습에 따라 여성들이 늘 남자의 보호와 관리 아래 있던 곳이었다. 맨 처음에는 아버지의, 그 다음에는 남편의, 그리고 나이 들어서는 아들의 보호와 관리 아래 있었다.

아라한의 경지에 이른 뛰어난 여자 수행자들이 많았다. 그들의 가르침은 『테리가타』라는 경전에 있다. 어떤 사람들은 부처가 처음에는 여자에게 입문을 거절했으며, 그런 다음에 마지못해 마음을 바꿨는데, 아마 그것은 실수로 그런 것 같다는 암시였다고 말하는 사람들이 있다. 그러나 부처는 처음에는 자신의 깨달음의 진리를 가르치는 것 역시 거절했다. 그리고 나중에 마음을 바꿨다. 그가 그렇게 했다고 해서 실수를 한 것이라고 말하는 사람은 없다!

또한 부처는 그때 인도에 존재하고 있던 권위적인 정부에 반대하여 더욱 공화적이고 민주적인 시스템을 선택했다. 그는 그것을 승가 사회 안에 건설했다. 수도자는 제자가 된 뒤 10년 동안 수행을 하고, 수행이 안정되었다고 여겨지면 '장로'로 지명되었다. 장로들은 함께 모여 승가 사회의 정책들을 토론하고, 만들고, 강화해 나갔다.

승가 사회의 '법률'은 부처에 의해 설정된 남자 수행자와 여자 수행자의 계율이었다. 첫 제자들이 입문했을 때 그들은 특별한 서원을 하지 않았다. 아직 계율이 없을 때이니 수계의 절차가 없었다. 계율들은 남녀 수행자들이 자신이나 다른 사람을 해치는 행동을 하거나 다른 사람을 모욕하는 행동을 하게 되자 생겨나게 되었다. 그런 상황이 부처의 관심을 끌게 되어, 그때 그는 앞으로는 그의 계율을 받은 제자들은 그런 행동을 삼가야 한다고 밀했다.

기본 계율은 사람을 죽이지 않는 것, 훔치지 않는 것, 개인의 영적인 성취에 대해 거짓말을 하지 않는 것, 성적 관계를 갖지 않는 것 등이다. 다른 서원은 수행자의 겉모습과 복장, 다른 수행자에 대한 행동, 예절을 규정하고 있다. 그리고 어떤 종류든지 중독성 물질을 섭취하면 안 되었다.

부처에게는 수행자 사회인 승가 외에도 모든 계급 출신의 수많은 일반 신도 제자들이 있었다. 수계를 한 승가와 일반 신도 사이의 관계는 서로에게 이롭고 서로 존중하는 관계였다. 승가—수행자—의

'일'은 할 수 있는 최대한 가르침을 실천하는 것, 다른 사람들에게 영감을 줄 만한 본보기가 되는 것, 다른 사람들을 가르치고 지도하는 것이었다. 이것을 실천하기 위해 그들은 단순한 삶을 살아야 했다. 그들은 생계를 위해 농업이나 상업에 종사하지 않았다. 이런 직업들은 공부하고 명상하는 데 들일 시간을 많이 포기해야 했다. 그리고 집착을 일으킬 수 있었다.

그러므로 아침마다 수행자들은 일반 신도의 집에서 그들의 하루 먹을 음식을 모으기 위해 보시를 받으러 나갔다. 이것이 때로는 '구걸'로 번역되기도 하는데, 구걸은 아니다. 승가는 음식을 요구하지 않는다. 그리고 그들에게 음식을 주라고 강요하는 사람은 아무도 없다. 그들은 조용히 집들을 지나간다. 그러면 승가의 영적 수행에서 가치 있는 것들을 발견하고, 그들을 돕기 원하는 사람들이 즐겁게 그들에게 준다.

계를 받고 입문한 사람들은 사회에 기생해서 사는 자들이 아니었다. 그들은 사회에서 할 중요한 역할이 있었다. 그들은 부처의 가르침을 실천했다. 그들은 마음의 흐름에 부처의 가르침을 적용해 자신들의 행동을 개선하고, 자신들의 지혜를 쌓아갔다. 그래서 일반 신도들에게 이런 방법들을 가르치는 것이 그들의 역할이었다. 뿐만 아니라 그들은 더 평화롭고, 더 자비롭고, 더 열려 있는 사람이 되는 것이 가능하다는 것을 보여줄 수 있었다.

물론 계를 받았다고 해서 행동에 자동적으로 결함이 없어지는 것은 아니다. 그들은 훈련을 하고 있다. 대부분의 불교도들은—그들이 승가이건 일반 신도건— 아직은 부처가 아니다! 그들은 깨달으려고 노력하는 중이다. 비록 부처가 설명한 수행의 길이 완벽한 방법이라 하더라도, 그것을 실행하는 인간은 늘 그 길 위에 서 있지 않다.

부처는 80세가 되어, 다른 사람을 가르치고 지도한 지 45년이 지난 때, 쿠시나가르에서 숨을 거두었다. 이것을 부처의 '열반'이라고 한다. 후계자를 세우고 승가 계급 제도를 세우는 대신 부처는 추종자들에게 법—그가 주었던 가르침—을 그들의 지도자로 삼으라고 했다. 이렇게 해서 그는 각 개인의 신심 있는 수행의 중요성을 강조하고, 승가들이 민주적으로 함께 살라는 그의 바람을 표현했다.

불교의 종파

우리에게 맞는 것 찾기

열반에 드신 후 첫 우기 때 '첫 회의' — '1차 결집'이라고 한다—가 라자그리하에서 열렸다. 5백 명의 아라한들이 모여서 경전—부처가 준 가르침—을 암송하고 편집했다. 몇 백 년 동안 경전은 기억되어 대를 이어 입에서 입으로 전수되었다.

부처는 사회적, 교육적, 종교적 배경이 다른 폭넓은 범위의 사람들을 가르쳤다. 그의 제자들은 출신 성분, 관심, 성향이 다양했다. 그래서 부처는 적절한 말과 개념을 사용하여, 각각의 설법에 참석한 그룹들의 특성에 맞추어 가르쳤다.

그가 준 다양한 가르침이 나중에 두 개의 주요 종파로 발전했다. 〈테라바다(소승)〉와 〈마하야나(대승)〉이다. 테라바다는 윤회의 삶에서 해방되어 해탈을 얻는 데 관심이 있는 사람들에게 부처가 말해 준 가르침을 담고 있다. 이들의 경전은 기원전 첫 세기까지 구전으로 전해 내려왔다. 그때 실론에서 기록되어 『팔리어 경전』으로 알려져 있는 경전이 되었다. 마하야나 가르침은 깨달음으로 가는 보리살타의 길에 강한 관심이 있는 청중에게 주었다. 부처가 열반한 뒤, 마하야나 가르침은 공공연하게 수행되지는 않았지만, 스승에게서 제자에게 개인적으로 전수되었다. 몇몇 마하야나 경전은 다른 장소로 옮겨져 세상에 널리 보급할 만큼 상황이 좋아질 때까지 숨겨두었다는 종파가 있다. 기원전 첫 세기가 시작되면서 마하야나 경전은 일반에게 나타나기 시작했다. 이 수행 방법은 더 널리 알려지게 되었다.

불교는 외형적으로는 눈에 띄게 유연한 형태를 취하고 있다. 그래서 불교가 뿌리를 내린 각 나라에서는 불교가 그곳 문화를 받아들였다. 불교의 각 종파는 주로 의지하는 텍스트, 강조하는 수행, 수행의 외부적 모습 등 여러 면이 각각 다르지만, 그것들은 하나로 묶일 수 있다. 모두가 매우 능란하고 현명한 선생인 부처의 가르침이라는 사실이다.

다양한 종파들은 부처의 교리의 순수성을 유지하고 있다. 이것이 중요하다. 올바르게 따라야 할 길을 따라서 나아가야 하기 때문이다. 가르침을 변형시키면 매우 해로워질 것이다. 이미 깨달음을 얻은 사람의 지도를 따르는 것이 아니라, 깨달음으로 가는 자신만의 길을 만드는 결과가 되기 때문이다.

불교를 처음 만나게 되면, 많은 사람들이 종파의 다양함에 당황하게 된다. 다음 몇 개의 장에서는 오늘날 존재하는 주요 종파들을 살펴볼 것이다. 그리고 역사적으로 어떻게 발전해 왔는지 살펴볼 것이다. 아주 방대한 주제이기 때문에 가장 눈에 띄는 종파들만 거론했다. 테라바다(소승의 남전 상좌부), 정토종, 선불교, 티벳 불교들이다.

　우리는 개인적으로 한 전통에 더 끌릴 수도 있다. 그래서 그것에 열중할 수 있다. 하지만 이 종파가 다른 종파보다 낫다거나, 이것이 모든 사람에게 가장 적합하다고 말할 수는 없다. 이런 분파주의는 극단적으로 해롭다. 대신 우리는 종파의 다양성이 모든 이들의 다양한 성향, 관심, 문화를 이해하고 받아들일 수 있는 토양이기 때문에 더욱더 감사해야 할 것이다.

테라바다

스리랑카와 동남아시아의 불교

노란색 옷을 걸친 승려, 사원의 향기로운 꽃 공양, 가락이 아름다운 팔리어 노랫소리, 고요한 명상의 깊은 평화……이것들은 테라바다 종파를 생각나게 해주는 이미지들이다.

테라바다 종파는 부처의 열반 뒤에 인도에서 널리 수행되었디. 기원전 3세기까지 오늘날의 파키스탄과 아프가니스탄에 자리를 잡았다. 이것의 뿌리는 이른 시기의 중앙아시아에 있다. 그러나 12~3세기 무슬림의 침입으로 인도 대륙과 중앙아시아에서는 불교가 실제적으로 사라졌다.

기원전 3세기에 인도의 아쇼카 왕은 실론(지금의 스리랑카)에 포교사를 보냈다. 그것으로 그곳은 불교가 확고하게 자리잡게 되었다. 테라바다 종파는 아직도 그곳에서 꽃을 피우고 있다. 테라바다는 인도와 실론으로부터 동남아시아로 퍼져서 태국, 캄보디아, 라오스,

버마에서 세력이 강해졌다. 그 지역에 있는 몇 나라들은 공산 정권이 불교를 탄압하고 있지만 말이다. 최근에는 테라바다 종파가 말레이시아와 싱가포르에서 더 널리 수행되고 있다.

19세기에 서양의 지식인들은 테라바다 종파에 관심을 가졌다. 지금은 모든 계층의 사람들이 관심을 보이고 있다. 테라바다 종파는 네 가지 고귀한 진리(사성제), 세 가지 높은 수행(삼학), 고귀한 여덟 가지 수행(팔정도)을 설명하는 것으로 부처의 가르침을 시작한다. 이것들은 앞에서 논의된 것들이다.

테라바다 종파는 모든 존재들—남자와 여자—이 아라한이 될 수 있는 반면, 비교적 적은 숫자만 진리의 바퀴를 돌릴 부처—그것은 불교가 아직 나타나지 않았던 세상에 가르침을 준 존재들이다—가 될 것이라고 말하고 있다. 무한히 긴 시간 속에서 다르마의 바퀴를 돌리는 1천 명의 부처가 있게 될 것이고, 석가모니 부처는 그중에서 네 번째이다. 부처가 될 나머지 996명은 지금은 보리살타의 단계에 있다. 그래서 나머지 우리들은 부처가 될 수 없기 때문에 아라한이 되는 것을 목표로 삼아야 한다. 아라한은 윤회의 삶에서 해방된 존재이고, 열반을 얻은 존재이다(부처와 아라한의 차이는 〈네 가지 고귀한 진리〉에 설명되어 있다).

열반을 얻기 원하는 사람은 삼보에 귀의해서 다섯 가지 일반 신도의 계율인 오계를 택할 수 있다. 그들 역시 수행의 서원을 할 수 있다. 승가들의 수행 등급은 다양한데, 그것은 열반을 얻기 위한 중요한 조건으로 여긴다.

테라바다 종파를 믿는 아시아의 나라에서는, 다르마 수행의 방법에서 수행자와 일반 신도 사이에 상당한 차이가 있다. 승려는 그들의 계율을 순수하게 지키고, 공부하고, 명상하고, 그들이 일으킨 긍정적 잠재력을 모든 사람의 행복을 위해 바친다. 승가의 수행은 전체 사회에 이로워야 하기 때문이다. 일반 신도는 즐거운 마음으로 일상적인 필수품들—음식, 옷, 잠자리, 약—을 수행자에게 제공한다.

　승가와 일반 신도의 역할에 대한 이런 관점은 테라바다 전통이 서양에 뿌리를 내리면서 달라지고 있다. 대부분 서양의 일반 불교도들은 명상에 관심을 가지고 있다. 그리고 일하러 가기 전과 후에 매일 명상을 한다. 휴가 기간 동안에는 다르마 센터에 간다. 어떤 사람은 긴 안거 수행에 들어가려고 몇 달씩 직장을 떠나기도 한다. 서양에서 가르침의 스승은 승려와 일반 신도, 남자와 여자 누구라도 될 수 있다.

테라바다 수행법

　나는 사티파타나(명상)를 공부하면 할수록, 마음 훈련 시스템으로서 그것에 더욱 강한 인상을 받게 된다. 그것은 편견 없고, 객관적이고, 분석적인 서양 과학의 '마음'에 대한 태도와 같은 계열이다. 그것은 개인의 직접 경험에 의해 실행된다. 어떤 사람의 명상도 아이디어나 의견으로 해결되지 않는다…… 그것은 자기 자신, 편견, 진부한 사상, 무지, 고집의 틀과 얽매임에서 당신을 꺼내, 진정한 세상을 바라보고 증명할 수 있게 해방시켜 준다.

－E. 그래엄 호우 (영국의 저명한 의학박사)

　모든 불교 종파에서는, 명상에서 두 개의 주요 특질을 발전시켜 왔다. 명상적 침묵과 특별한 통찰력이다. 일반적으로 〈명상적 침묵〉은 정신적인 잡담으로부터 마음을 해방시키고, 집중력을 개발하기 위해 먼저 수행한다. 테라바다 종파에서는 호흡을 명상의 대상으로 삼는다. 사람들은 마음이 늘 깨어 있도록 훈련하기 위해 매순간 호흡의 감지에 초점을 맞춘다.

　처음에는 집중하려고 해도 정신적인 소음 때문에 혼란스럽다. 마치 모두 다른 방송을 하고 있는 열다섯 개의 라디오가 있는 방 안에 갇혀 있는 것 같다. 이 문제를 해결하기 위해 몇 개의 기술들이 적용된다. 몸의 각 부분을 이완시키는 것도 한 방법이 될 수 있다. 그렇게 하는 동안 흐트러진 생각들이 제거된다. 다른 테크닉은 마음속에서 일어나는 생각과 감정의 존재를 그냥 인정하는 것이다. 그러나 그것들에 관심을 쏟거나 에너지를 쏟아서는 안 된다. 이 방법을 쓰면 그것들이 저절로 안정이 된다. 다른 방법은 집중하는 데 도움을 얻기 위해 호흡을 들이쉬고 내쉬는 데 따라 '부, 다'라는 음절을 암송하라고 가르친다.

　정식으로 앉아서 하는 명상과는 달리 걸으면서 명상을 하기도 한다. 천천히 걸으면서 발을 들어올리고 움직이고 내려놓는 근육의 움직임과 감각에 집중한다. 실제로 모든 일상의 행동들－앉고, 서고, 눕고, 말하고, 기타 모든 것들－에서 각 순간의 행동들과 사건을 인식하려고 노력하는 것이다.

앉아서 하는 명상에서는 호흡의 감각에, 걸으면서 하는 명상에서는 몸의 각 부분의 움직임에 마음의 초점을 맞추면, 현재의 순간을 더욱 풍부하게 느낄 수 있다. 더욱이 마음을 집중하면, 고통을 만들어내는 공상과 생각의 포화로부터 벗어나게 된다. 마음이 고요해져서 생활 속의 모든 일을 완벽하게 느낄 수 있다.

〈특별한 통찰력 훈련(비파싸나)〉은 마음이 정확하게 지각하고 식별할 수 있는 상태를 만들어준다. 궁극적인 진실, 무아의 경지, 확실한 자기 존재 의식의 소멸을 직접 지각할 수 있는 상태이다. 테라바다 수행에서는 이것이 깨어 있는 마음의 네 가지 기초 수단으로 행해진다. 몸, 감정, 마음, 현상의 깨어 있음이 그 네 가지 기초이다.

이 네 가지를 자세히 관찰하면 세 가지 특성을 알 수 있게 된다. 그것들의 덧없음, 문제 있는 또는 고통스러운 본성, 확실한 자기 존재 인식의 부족들이다. 호흡, 육체적이고 정신적인 감정들, 다양한 의식, 매순간의 정신적 요소를 관찰하고 조사하면, 그 쇼를 진행하고 있는 조그만 인간이 머릿속 어딘가에 있지 않다는 것을 알게 된다. 기분을 즐겁게 해주고 보호 받을 필요가 있는 확실한 자기 존재에 대한 인식이 없어지면, 우리는 무아의 경지에 이른다.

특별한 통찰력은 정식으로 앉아서 하는 좌선을 통하지 않고서도 얻을 수 있다. 행동·감정·생각을 정확하게 인식하면서, 이런 것들을 누가 하고 누가 경험하는지 살핀다. 자신을 지배하는 구체적인 개인이나 자아에 대한 느낌 없이, 정신적·육체적 사건들의 계속되는 흐름만 찾아가면 무아의 경지를 이해할 수 있다.

명상적 고요함의 집중과 특별한 통찰력이 결합하면 마음의 흐름에서 모든 고통, 고통의 원인이 되는 업을 제거할 수 있다. 이 해방을 얻으면 아라한이 된다.

사랑으로 가득한 따뜻한 마음 또는 친절에 대한 명상 역시 테라바다 종파에서 널리 행하고 있다. '나는 행복해지고 싶다' 라는 생각으로 시작한다. 그런 다음 점점 이 좋은 기분을 친구들에게, 낯선 이들에게, 적들에게 퍼뜨려나간다. 차례대로 한 사람씩 생각하면서, '그들이 행복해졌으면 좋겠다' 고 생각한다. 마음속에서 이 말들이 울리도록 해야 한다. 그래서 그것들이 자신의 마음가짐이 되어야 한다. 명상적 고요함은, 사랑에 찬 따뜻한 마음에 대한 명상을 통해서 얻을 수 있다.

서양에서는 제어되지 않는 생각과 감정을 잔잔하게 잠재우기를 원하고, 긍정적 태도에 초점을 맞추기를 원하는 사람들에게 테라바다 수행이 인기 있다. 비즈니스 계통의 많은 사람들은 호흡 명상이 이런 면에서 대단한 도움이 된다는 것을 알았다. 사랑 가득한 따뜻한 마음 또는 친절에 대한 명상은, 가족·동료들과의 관계를 개선하는 데 도움이 된다. 2,500년된 이 전통은 확실히 오늘날에도 적용할 수 있고, 도움이 되는 것이다!

마하야나, 정토종, 선종

동북아시아의 불교

기원후 첫 세기에 중앙아시아에서 중국으로 불교가 처음 들어왔다. 나중에는 인도로부터 바닷길과 뭍길 양쪽으로 전해졌다. 4세기쯤에 비구와 비구니 수계의 법통이 중국에 세워졌다. 다음 세기에는 중국인 순례자들이 인도에서 중국으로 불교 경전을 풍부하게 가져오기 시작했다.

불교 이전의 중국은 유교와 도교의 토착 철학 영향 아래 있었다. 그런 중국에 들어가자 불교는 이미 존재하고 있던 문화에 그 외형을 유연하게 적용시켰다. 예를 들어 유교는 예절, 나이든 이들과 스승에 대한 존경, 자식의 효성, 품위 있는 행동을 강조했다. 불교가 중국에 들어왔을 때, 수행자들은 부모에 대한 친절을 말한 경전을 강조했다. 이것이 중국 문화에서 중요한 몇 가지 가치들을 보완했다. 마찬가지로, 예의와 정중한 의식의 절차 역시 불교 사원에서 강조되었다.

도교의 수행에는 몸의 미묘한 에너지를 개발하기 위한 호흡 훈련과 기술이 있었다. 몸 안에 있는 에너지를 움직이는 훈련 체계인 기공 역시 수세기 동안 중국에 존재했었다. 불교 역시 몸의 미묘한 에너지를 제어하기 위해 호흡 훈련과 명상을 가르쳤다.

그래서 인도 명상의 대가 보리달마가 중국에 갔을 때, 그는 거기에 이미 존재하던 수련법들을 개선하여, 수행자의 건강을 위해 체계적인 훈련법을 개발했다. 이런 식으로 불교 사원에서 무술 훈련을 수련하게 되었다. 그러나 대중 영화와는 반대로, 불교의 수행자들은 적대자들을 어깨 너머로 던져버리면서 시간을 소모하지는 않았다! 그들은 주로 부처의 가르침에 대한 연구와 실천에 집중했다.

인도의 포교자들과 중국의 순례자들이 중국으로 가져온 불교 경전은, 처음에는 체계적이지 않았다. 시간이 지나면서 사람들은 경전들 사이에 모순되는 것처럼 보이는 점들을 어떻게 해결해야 할지, 그리고 이 방대한 문학적 보물 속에 들어 있는 가르침을 어떻게 실천해야 할지 자신이 없어지기 시작했다.

그래서 7세기에 부처의 가르침을 체계화하기 위한 자발적인 시도가 있었다. 다양한 수행자들이 그룹을 이뤄 성장했는데, 그들 각각은 연구와 수행의 중심으로 특정 경전 또는 특정 계열의 경전들을 선택했다. 이 수행자 그룹들은 나중에 불교의 종파로 발전했다. 그 각각은 자신들의 스승의 계열을 따라 전수되어 내려갔다. 8개의 주요 종파가 중국에서 발전했다. 뿐만 아니라 몇 개의 소수 종파도 중국에서 발전했다. 8개의 중요 종파는 다음과 같다.

- 삼론종 : 인도 불교의 마드야마카(중도) 철학파를 따랐다.

- 법상종 : 인도 불교의 요가차라(유심) 철학파를 따랐다.

- 구사종 : 테라바다 종파

- 화엄종 : 『화엄경』에 기초를 두고, 명상을 위한 형이상학적 개념의 체계를 다뤘다.

- 천태종 : 『법화경』을 최고로 삼는다. 명상, 철학적 연구, 선행 사이의 균형을 보여준다.

- 율종 : 수행자의 규율과 자선 행위의 엄격한 준수에 기초한, 정화를 위한 방법.

- 선종 : 명상을 강조하고 『능엄경』을 강조한다.

- 정토종 : 수행자들이 아미타 부처 또는 미륵 부처의 청정한 세계에서 다시 태어나기를 갈망한다.

이 여덟 가지 주요 종파 외에 〈진언종〉이 있는데, 탄트라적 종파로 8~9세기 중국에 있었다.

당나라의 불교 대박해시절(842 ·5)에 불교는 중국에서 심각히게 억압 당했다. 선종과 정토종을 제외한 모든 종파들이 철저하게 파괴되었다. 비록 그들의 영향력은 남아 있고, 오늘날에도 그들에 대한 관심이 있긴 하지만 말이다. 845년 이후 선종과 정토종은 중국의 주요 종파가 되었다. 둘 다 〈중도〉와 〈유심〉 철학을 연구했다. 16세기 이래 선종과 정토종의 수행법은 많은 중국 사원에서 서로 섞였다.

중국에서 마하야나 종파가 2세기초에 베트남으로 퍼져갔고, 4세기에 한국으로 퍼져갔다. 선불교는 이 두 곳에서 널리 보급되었다. 베트남에서는 정토종과 테라바다 종파 역시 유행이 되었다.

6세기에는 대부분의 중국 불교 종파가 한국을 거쳐 일본으로 들어 갔다. 12~13세기에는 일본에 수많은 새로운 종파들이 급격히 늘어났다. 부처의 가르침이 방대하여 일본 사람들은 당황한 나머지 효과적인 수행법 하나를 정해 각자 열중하기로 했기 때문이었다.

이 시기에 천태종에서 두 개의 정토종파가 분리되었다. 이것들 중에서 〈정토진파〉는 종교 생활의 중심으로 가족을 강조하고 있다. 이것이 결혼하는 승려의 시작이었다. 그들은 서원을 하고, 절에서 종교적 수행을 이끌었다. 서원은 아버지에게서 큰아들에게 물려졌다.

선불교는 7세기 초에 일본에 전해졌으나 12세기에는 이미 대중적이 되었다. 많은 선종파가 있었으나 〈임재종〉과 〈조동종〉이 가장 많이 알려졌다.

13세기에 『법화경(묘법연화경)』을 기초로 한 니치렌日蓮 종파가 나타났다. 〈신공파〉는 일본의 진언종파로 이 시기에 부흥했다.

1868년 메이지 유신 때 일본 정부는 모든 불교 수행자들에게 결혼을 허용한다는 법령을 발표했다. 20세기초 한국에도 일본 점령 시기에는 결혼하는 승려(대처승) 제도가 도입되었다. 그러나 지금 한국의 승가는 남녀 수행자 모두 수계 서원을 따르는데, 거기에 독신은 필수적으로 포함된다.

전후 일본은 많은 작은 그룹들이 일어나는 양상을 보였다. 각각은 나름의 수행법을 가지고 있다. 어떤 그룹은 그들의 체계 안에 불교 도래 이전의 〈신도神道〉 신앙을 융합시켰다. 다른 그룹은 기독교적 경향을 채용했다. 만약 우리가 불교 수행법에 관심이 있다면, 그들의 해석이 부처의 가르침을 믿는 것인지 판단하기 위해서는, 이들

그룹의 가르침들을 자세히 살펴보아야 할 것이다.

특히 일본으로부터 선종과 니치렌 쇼슈가 서구 사회에 퍼졌다. 선종은 서양에서 매우 인기를 모았다. 사람들은 명상 시간에 참석해서 묵상을 했다. 어떤 선 센터는 사회 복지 프로그램을 시작하기도 했다. 말기 환자나 에이즈AIDS 환자를 돕기 위한 호스피스였다.

동아시아의 불교 발전을 알아보기 위해 그곳의 가장 우뚝한 두 개의 종파를 살펴보자. 선종과 정토종이다.

정토종

"나무아미타불(아미타 부처님께 귀의합니다)."

가락이 아름답고 부드러운 이 주문은 많은 중국의 사찰과 집에서 들을 수 있다. 아미타 부처상은 두 명의 우두머리 수행원인 관음보살과 대세지보살을 거느리고서 많은 사람늘에게 감화를 주고 있다. 수세기 동안 정토종파 수행은 아미타 부처의 이름을 부르면 되는 단순한 것이어서, 사회의 모든 계층으로부터 열렬하게 귀의자들을 끌어들였다.

정토종은 아미타 부처(영원한 생명)에 뿌리를 두고 있다. 또 아미타 부처의 순결한 땅인 서방정토(환희에 가득찬 순수의 땅)에 다시 태어나는 방법을 기술한 다른 몇 가지 경전에도 뿌리를 두고 있다. 아미타불 수행은 인도에 있는데, 동아시아에서처럼 대단하지는 않다. 2세기에 『수카바티비우하 수트라』가 중국에서 『아미타경』으로 번역되어 6세기초에는 매우 대중화되었다.

이 수행은 중국 문화와 매우 잘 들어맞다. 도교의 수행은 장수를 얻는 것을 중심으로 돌아간다. 그리고 아미타 부처는 영원한 생명의 부처인 아미타유와 같기 때문에, 사람들은 정토 수행에 관심을 갖게 되었다.

마찬가지로 장수와 관계된 도교는, 아미타 부처의 정토에서 다시 태어나는 것을 추구하는 것으로 변형되었다. 다라니(효능이 있는 주문들)를 암송하는 수행은 이미 북부 중국에서 유행하고 있었다. 그것은 아미타불의 이름을 노래하는 것으로 쉽게 대체되었다.

이 상황은 사람들이 쉽게 정토종의 수행을 받아들일 분위기가 되었다. 게다가 중국에 어려운 시기가 닥치자 사람들은 간단하고 직접적인 방법을 환영했다. 정토는 엘리트들의 수행법에는 나타나지 않았다. 그러나 모든 사람들이, 글을 모르는 사람뿐 아니라 학식이 있는 자들까지 참여할 수 있는 수행법이었다.

이 수행법의 장기적인 목적은, 모든 사람의 이로움을 위해 깨달음을 얻는 것이다. 당면한 목적은, 환희의 정토에서 다음 생에 다시 태어나는 것이다. 이 정토는 윤회의 삶의 여섯 영역에 포함되지 않는다. 일단 존재들이 그곳에서 태어나면, 그들은 결정적으로 깨달음을 얻어 윤회의 삶 속에 다시 태어나지 않기 때문이다. 물론 정토에서 부처가 되면, 그들은 다른 사람들을 깨달음으로 인도하기 위해 우리 세계에 헌신할 것이다.

왜 정토에서 다시 태어나는 것이 바람직할까? 인간 세상에서는 수행자가 자주 많은 장애를 만난다. 오랜 시간 일하지 않을 수 없기 때문에 집중된 수행을 할 시간이 부족하다. 또 사회에는 범죄와 화를 일으키는 일들이 많이 있다. 사람들은 가족을 부양하기 위해 돈 걱정을 해야 한다. 미디어에서 오는 마음의 흐트러짐이 수행의 집중력을 유혹한다.

서방정토 같은 정토에서는 이런 방해들이 존재하지 않는다. 모든 사람이 부처의 가르침을 수행한다. 그리고 모든 상황이─육체적, 사회적, 경제적 등등이─ 깨달음의 길을 알아내는 데 도움이 된다. 거기서는 깨달음을 얻는 것이 쉽기 때문에 정토에서 환생하는 것은 바람직하다. 더구나 서방정토는 많은 정토 중에서도 특별하다. 그곳은 가기 쉽기 때문이다. 비어 있음의 직설적 개념도 갖고 있지 않을 뿐만 아니라 완전히 성숙한 이타적인 의도도 갖지 않은, 평범한 존재들은 그곳에서 환생할 수 없지만 말이다.

서방정토는 〈다르마카라〉라는 보살의 수행 결과로서 생긴 곳이다. 그는 많은 영겁 전에 다른 존재들이 쉽게 부처의 가르침을 실천할 수 있는 곳을 만들려는 바람을 깃고 있었다. 그는 몇 가지 시약을 했다. 그 서약에서 그는 그가 부처가 되었을 때 이 정토를 세우기로 약속했다. 그리고 다른 사람들이 거기서 다시 태어날 수 있는 수단을 설명했다. 다르마카라는 그때 이전의 부처로부터 가르침을 배웠고, 이타적인 의도를 일으켰고, 명상적인 침묵과 특별한 통찰력의 수행을 완성했다. 이렇게 그는 아미타 부처가 되었다. 그리고 그의 긍정적 잠재력과 지혜의 힘으로 서방정토를 만들어냈다.

그렇다면 사람들은 어떻게 서방정토에 태어날 수 있을까? 어떤 사람은 아미타불을 강하게 믿고, 그의 이름을 암송하는 것이 효과가 있다고 믿는다. 그러면 아미타불의 힘으로 그들은 죽었을 때 정토로 인도된다.

이것은 극단적으로 단순화된 시각이다. 그래서 의문이 일어난다. "부처는 우리 자신을 제외하고는 아무도 우리를 구할 수 없다고 했어. 우리는 가르침을 수행해서 마음을 변화시켜야 해. 단지 믿음만 가지고 있으면, 나머지는 아미타불이 다 해준다는 건 모순 아닌가?"

그렇다. 그것은 모순이다. 아미타불이 마음을 일으켜 인도하는 동안 그들은 수행해야 한다. 『아미타경』은 이 수행을 설정해 놓았다. 윤리적 행동, 파괴적 행동의 정화, 이타적 의도의 일으킴(보리심), 집중, 부처와 정토의 특질에 대한 명상이다. 그런 다음 가슴으로 느끼는 염원으로, 모든 사람을 이롭게 하기 위한 깨달음을 얻기 위해, 서방정토에 다시 태어날 수행을 통해 긍정적 잠재력을 바친다.

신앙심은 명상의 보조물이다. 그것은 맹목적으로 믿는다고 생기는 것이 아니다. 필사적으로 믿는다고 생기는 것이 아니다. 부처, 가르침, 승가의 특질을 알아야 생기는 것이다.

아미타 부처의 이름을 암송하는 수행은 그런 특질을 개발하는 데 사용될 수 있다. 예를 들어 "나무아미타불"을 암송하면서 아미타불의 이타적인 의도에 대해 생각하는 동안, 그 사람은 보살심을 존경하게 된다. 그리고 그것을 그의 삶 속에서 계발할 것이다. 아미타불 이름의 소리에 초점을 맞추면 마음의 흐트러짐을 제거할 수 있고, 집중력을 계발할 수 있다. 명상의 대상으로 아미타 부처와 정토의 이미지를 그려보는 것으로 명상의 고요함을 얻을 수 있다. 무아의 경지에 대한 특별한 통찰력은, 아미타 부처와 타고난 존재인 자신의 비어 있음에 대한 명상으로 얻을 수 있다. 그래서 우리는 정토 수행의 내용이 매우 풍부하며, 그것이 아미타 부처의 이름을 단순히 암송하는 것 이상이라는 것을 알 수 있다.

일상의 활동을 하면서 세 가지 보물의 특질을 되새기기 위한 암송을 계속한다. 걷거나 운전을 하는 동안 자신이 아미타 부처의 이름을 암송하는 소리를 듣고, 마음을 깨어 있게 계발할 수 있다. 윤리적인 행동이 정토에 태어나기 위한 기본 원인이라는 것을 기억하면, 무엇을 생각하고, 말하고, 행동할지를 생각하며 늘 깨어 있게 된다.

아미타 부처의 이름을 암송하는 것이 의미 있는 수행이 될지 어떨지 몇 가지 혼란이 일어난다. 중국의 용어 〈염불〉은 몇 가지 뜻을 가지고 있다. 〈염〉은 이런 뜻이 될 수 있다. ①집중 또는 명상, ②순간, ③소리내어 암송하기. 인도에서는 아미타불 수행이 명상에 맞춰져 있다. 중국에서는 그이 이름을 암송하는 것이 강조되었다. 같은 중국어가 양쪽 모두에 적용될 수 있는 것이다.

스승이 아미타불에 의지하는 것이 중요하다고 강조한다고 해서, 듣는 사람은 아미타불이 모든 것을 할 수 있는 전능한 힘을 가졌다고 생각하면 안 된다. 불교에 의하면, 부처는 모든 것을 알 수 있지만 모든 것을 할 수 있는 것은 아니다. 아무나 뭐든지 할 수 있게 되는 것은 불가능하다. 부처의 힘과 의식 있는 존재의 업의 힘은 똑같다. 긍정적인 행동을 해서 서방정토에 탄생하기 위한 원인을 만들어내지 않는다면, 아미타불이 마술처럼 그곳으로 보내줄 수는 없다.

아미타불을 알 수 있는 방법은 우리의 이해와 수행의 정도에 따라 다양하다. 외형적인 부처 〈아미타바〉는 정토에 산다. 그러나 내부적인 부처 〈아미타바〉는, 우리 마음이 부처의 가르침의 수행을 통해 이를 수 있는 〈깨달은 마음〉이다. 외형적인 아미타불도 내부적인 아미타불도 모두 구체적인, 타고난 존재인 개인이 아니다. 사실 무아의 경지를 더 이해하게 되면, 아미타바가 누구인지에 대해 더 잘 이해하게 된다.

모든 불교 수행이 그렇듯 이것도 여러 수준에서 수행자의 이해에 따라 행해질 수 있다. 암송과 아미타불에 대한 귀의는, 교육이 부족한 사람이나 불교 철학을 배우기 위한 시간·관심이 없는 사람에게 이롭다. 그들의 삶에 방향을 주고, 스트레스 받을 시간에 의지를 준다. 아미타불의 이름을 암송하고 그를 생각하는 것으로 그들은 긍정적 잠재력을 만든다. 깨달음에 대한 불교의 길을 더 잘 이해하는 사람들은, 이것을 정토 수행에 적용해서 깊은 깨달음을 얻는다.

귀의가 고통을 제거하도록 영감을 주고, 그들의 좋은 특질을 계발한다는 것을 발견한 사람들에게 정토종파는 잘 맞는다. 아미타불에 대한 믿음에 의해 기운을 얻어서 그들은 부처의 가르침을 실천할 것이고, 마음의 흐름 속에 아미타 부처에 대한 지각을 얻을 것이다.

선종

선종은 부처가 말없이 황금 연꽃을 들어올린 가르침에까지 거슬러 올라간다. 일반 청중은 당혹했다. 그러나 제자 마하가섭은 그 의미를 이해하고 살짝 미소 지었다. 이것이 암시하는 것은, 가르침의 핵심은 단어 너머에 있다는 것이다. 선종에서는 그 핵심이 스승에게서 제자에게로 갑작스런 순간에 전달된다. 이해의 도약이다.

마하가섭이 이해한 뜻은, 28명의 인도 장로들의 계통을 따라 보리달마에게 전해졌다. 보리달마는 인도의 명상 스승인데, 요가차라 경전인 『능엄경』을 강하게 신봉했다. 그는 470년경에 중국으로 갔다. 거기서 선종을 시작했다. 이것은 한국과 베트남에 퍼졌다. 12세기에는 일본에 널리 보급되었다.

선은 산스크리트어로 〈드야나dhyana〉이다. 이것은 〈명상적 집중〉이라는 뜻이다. 초기 인도의 포교사들, 그리고 중국의 승려들은 모두 명상의 스승들이었다. 명상은 부처가 가르쳐준 많은 수행법―그 외에 윤리적 계율, 보시, 인내, 지혜 등의 다른 가르침이 있었다―의 하나였으며, 선종은 명상을 핵심으로 삼으려는 몇몇 수행자들의 소망에서 생겨났다.

선종의 기초가 되는 원칙은, 모든 존재가 본래 부처의 성질, 깨달음의 씨앗을 갖고 있다는 것이다. 어떤 신종의 스승은, "모든 존재가 이미 부처이지만, 그들은 마음이 고통과 어두움으로 가려져 있다"는 말로 이것을 표현했다. 그래서 그들이 할 일은, 이 불성을 자각해서 방해 받지 않고 그것을 빛나게 하는 것이었다.

깨달음에 대한 기본적 욕구―불성―가 이미 모든 사람들 안에 있기 때문에, 선종은 이생에서 깨달음을 얻는 것을 강조한다. 선종의 스승들은 일반적으로 환생이나 업을 받아들이기는 하지만, 가르치지 않는다. 선종파에 의하면, 열반은 어디서나 구할 수 있기 때문에 세상을 피할 필요가 없다. 이는, 첫번째는 모든 존재가 불성을 가졌기 때문이고, 두 번째로는 비어 있음을 알면 윤회의 삶과 열반이 다르지 않다는 것을 알 것이기 때문이다.

선종파는 언어의 한계를 정확히 알았다. 그리고 선종의 수행은 이 한계를 뛰어넘기에 적합하게 조정되어 있다. 단순한 지적인 배움이 아니고 체험이 강조된다. 그래서 경험 많은 스승과 연결되는 것이 중요하다. 선종 스승의 의무는, 학생들의 공상에 잠긴 마음이 개념의 방황에 빠질 때마다 그들을 현실로 되돌려놓는 것이다. 이것은 선종 스승들의 생생한 일화로 설명된다. 학생들을 방심하게 해서 비현실적인 관점의 혼란을 돌파하는 것이다.

참선은 스승이 매일하는 상담인데, 강도 높게 실시하는 명상의 시간 동안에 지도하게 된다. 영적인 스승과 나누는 짧은, 그러나 핵심을 찌르는 토론은 학생에게 통찰력을 일깨워주는 계기가 될 뿐 아니라, 명상중에 학생의 경험에 스승이 접근해서 확인하는 기회가 된다. 깊은 개인적 관계를 갖는 것 역시 스승에게서 학생에게로, 부처의 가르침의 경험을 마음에서 마음으로 전수하는 기회가 된다.

좌선은 앉아서 하는 명상으로 핵심 수행이다. 두 개의 주요 선종파인 〈조동종〉과 〈임재종〉은 좌선에 대해 약간 다른 접근을 했다. 〈조동선〉은 '그저 앉아서' 마음의 본성을 들여다보라고 가르친다. 조동은 '타고난 깨달음'을 강조한다. 그리고 수단과 목적을 구별하지 않는다. 뭔가를 얻기 위해 끊임없이 노력하지 말고, 그냥 가만히 앉아서 그것이 무엇인지 깨달으라고 한다.

명상적 고요함은 앉아서 한 곳에 마음을 집중시키는 조동선에서 발달되었다. 앉아 있는 것이 〈타고난 완전함〉 또는 〈깨달음의 완전한 표현〉이라는 믿음 위에 특별한 통찰력을 수행하는 것은, 각각의 순간에 앉아 있는 몸을 완전하게 느끼는 것을 말한다.

〈임재선〉은 특별한 통찰력을 개발하기 위해 공안을 채용한다. 다양한 공안들이 각각의 스승들에 의해 사용되고 있으며, 각 공안은 다양한 목적을 위해 사용된다. 그러나 기본적으로는 이 짧은 퍼즐, 말하자면 "네 조상이 태어나기 전의 너의 얼굴 모습이란 말은 무슨 뜻이냐?"와 같은, 또는 "한 손이 박수 치는 이치는 뭐냐?"와 같은 물음은, 자신과 세계의 일상적인 방식에 도전한다. 공안에 다가가기 위해 논리를 사용할 수도 있으나, 진정한 이해는 언어적 표현을 초월해서 궁극적인 본질을 꿰뚫어볼 때 얻어질 수 있다.

공안 명상의 핵심은 올바른 대답을 얻는 게 아니다. 그보다는 오히려 사람들이 갖고 있는 선입견과 맞부딪치게 한다. 상식적인 지성과 감성을 가진 사람은 공안을 이해할 수 없기 때문에 좌절하게 되는데, 그때 잠들어 있던 마음이 깨어날 것이다. 공안은 피상적으로 추론하는 마음으로는 대답할 수 없다. 단지 깊은 통찰력으로만 대답할 수 있다. 임제종의 수행자들은 공안에 마음을 집중하여 명상의 고요함을 얻는다. 그들은 공안의 대답을 통해 특별한 통찰력을 얻는다.

마침내 정신적 장벽을 부수고 진리의 의미를 갑자기 꿰뚫고 들어갔을 때, 그 결과로 생기는 경험을 〈득도〉라고 부른다. 득도와 같은 깊은 직관적 경험은 그 자체가 목적이 아니다. 그것은 오히려 더 진전된 경험을 요구하는 것이다. 득도 이후에 개인의 불성을 더욱 밝혀내는 것이 필요하다. 여전히 선종이 '갑작스런 깨달음'에 대해 말하고는 있지만, 그것은 깨달음이란 점진적인 방법으로 얻어진다고 말하는 것처럼 보인다. 갑작스런 것은 연속되어 있던 장벽 중 마지막 장벽이 붕괴하면서 새로운 통찰력을 경험하는 것이기 때문이다.

일상생활에서 선 수행자는 모든 행동에 대해, 특히 일하고 있을 때, 늘 마음이 깨어 있는 상태를 유지하도록 노력한다. 이것을 더욱 발전시켜 중국에 있는 선종 사원들은, 개인의 해방에 대한 계율을 하나 수정한다. 승가 구성원이 농사와 같은 육체 노동을 하도록 한 것이다. 이것은 9세기 중국에서 사원이 스스로의 힘으로 살아갈 필요 때문에 생겼다. 비록 필요에 의해 행해졌다고는 하여도, 노동은 깨어 있는 마음을 유지하기 위한 도구가 될 수 있으며, 행하고, 말하고, 생각하는 모든 것에 늘 주의를 기울이고 있게 할 수 있는 도구가 될 수 있다. 깨어 있는 마음으로 일하는 동안 선 수행자는 좌선 때 경험했던 내부의 침묵을 키워나간다. 노동은 또 열반이 특별한 곳에서 찾아지는 것이 아니라 지금 여기서 추구할 수 있다는 것을 상기시킨다.

선종은 마하야나(대승) 종파이긴 하지만, 많은 스승들이 이타적 의도를 일으키는 방법에 대한 광범위하고 명시적인 가르침을 주지는 않는다. 대신 그들은 명상을 강조하고 지혜를 일으키라고 강조한다. 그 이면에는, 일단 자아의 선입견이 끊어지고 비어 있음을 깨달으면, 모든 사람과 사물의 기본적인 유대는 이미 명확해졌을 것이라는 생각이 깔려 있다. 그때는 다른 사람에 대한 자비와 사랑이 자연스럽게 일어난다고 생각하는 것이다.

선종이 동아시아에 퍼지자 그 수행에는 다양한 문화적 요소가 포함되었다. 예를 들어 일본에서는 꽃꽂이, 다도, 조경이 일상에서 선을 실천하는 방법이 되었다. 이런 행위들은 또 일본에서 불교 이전의 종교인 신도에서 발견되는 자연과 아름다움에 대한 감식안을 불교 안으로 조화롭게 받아들인 것이다.

일본 사람들은 무사의 엄격한 훈련 규율을 높이 평가했다. 그래서 선의 수행에서도 완전한 명상 자세로 앉는 것을 강조했다. 그리하여 아픈 등과 따가운 무릎의 고통을 '정복'하도록 강조했다. 따라서 어떤 사원에서는 명상 감독자가 어깨가 쳐지거나 잠든 명상자를 막대기로 때려서 깨웠다.

선종은 외형적인 모습뿐 아니라 명상 수행에서도 단순함을 강조했다. 처음에 이것은 중국과 일본 학자들의 과도한 지식화에 반발하는 작용의 하나였다. 또 많은 사람들이 다양한 불교 수행에 압도되어 명백하고 직접적인 접근을 원했던 것이다.

요즘에는 많은 사람들의 가정과 삶이 자주 테크놀로지 사회의 육체적·정신적 생활 소품으로 어지러워진다. 그래서 선의 그럴 듯한 단순함은 그들의 흥미를 강하게 끈다. 그들은 어질러지지 않은 명상실에 들어가기를 즐긴다. 그래서 명상 훈련을 음미한다. 이것은 현대 사회에서 선이 매력적으로 보이는 한 부분이다.

수트라와 탄트라의 통합

티벳 불교

불교는 7세기에 두 명의 불교도 공주에 의해 티벳에 처음 들어왔다. 한 공주는 네팔, 다른 하나는 중국의 공주였다. 그들은 티벳 왕 송첸 감포와 결혼했다. 그러나 샨타라크쉬타 승려와 탄트라 요가의 대가 파드마삼바바가 인도에서 마하야나와 탄트라의 가르침을 가지고 티벳에 온 8세기까지, 불교는 티벳에 널리 퍼지지 않았다. 8세기에 선불교 역시 중국에서 티벳으로 왔다.

불교도 무리 중에서는 금방 논쟁이 일어났다. 선종이 수행자들에게 마음을 비우는 명상을 가르쳤는데, 거기서는 도덕적이건 아니건 간에 모든 개념적인 생각들을 지워버려야 했다. 인도의 종파에서 훈련 받은 스승들은 먼저 올바른 개념을 이해해야 한다고 강조했다. 그런 다음 그것을 넘어서 명상으로 직접 경험하라고 강조했다. 선종은 깨달음이 갑자기, 그리고 저절로 올 수 있다고 주장했다. 인도의 불교는 선행뿐 아니라 명상까지도 포함해서, 점진적인 과정이 깨우치는 데 필요하다고 말했다.

인도에서는 비불교도의 잘못된 생각을 밝히고, 불교도의 가르침에 대한 이해를 높이기 위해 토론이 벌어졌다. 인도식으로 그 논쟁을 해결하기 위해, 티벳 왕은 토론을 제안했다. 그 토론에서 인도의 토론자 카말라실라가 중국 선종의 주창자를 이겼다. 그때부터 티벳은 인도의 불교를 따랐다.

11세기에 몇 가지 더 가르침의 계통이 인도에서 티벳으로 들어왔다. 이들을 〈신역경파〉라고 불렀는데, 님마 또는 파드마삼바바의 구역경파에 대비하여 부른 명칭이었다. 이들 중에 카담이 있었는데, 인도의 수행자이자 학자인 아티샤가 시작한 종파였다. 당시 그는 티벳 전역에서 불교를 가르치고 있었다. 사캬는 드로크미가 세웠다. 그는 티벳 사람으로, 인도에서 비크라마실라 대학에 다녔었다. 카규는 인도의 날란다 대학에서 공부한 티벳 사람 마르파가 세웠다. 그들은 위대한 요가의 수행자 딜로파의 지도 아래 수행했다. 14세기 학자이자 승려인 쏭카파는 위에서 말한 모든 종파로부터 떨어져 나왔다. 그러나 기본적으로는 카담으로부터 나온 것이다. 그의 추종자들은 겔루그가 되었다.

이 네 가지 티벳 종파는 본질적으로 같다. 중요한 차이는, 그것이 법통의 하나가 되었다는 것이다. 해방되려는 결심을 하고, 기본적인 명상, 이타적인 의도, 비어 있음을 깨닫는 지혜를 갖춰야 한다는 것은 네 종파에서 비슷하다.

또 그들은 모두 특정한 예비 수행을 한다. 님마, 카규, 사캬의 학생들은 종종 3년간 조용한 곳에서 종교적 수련을 하는데, 그동안에 예비 수행을 한다. 반면 겔루그의 학생들은 긴 기간 동안에 걸쳐 예비 수행 기간을 띄엄띄엄 배치해 놓았다. 겔루그에서 3년 안거는 상급 수행자들을 위한 것이다. 그들은 부처의 특정한 현신에 대해 끊임없이 명상한다.

이 네 가지 티벳 불교 종파는 탄트라 수행이라는 방법이 같지만, 마지막 단계에서 약간의 차이가 있다. 그리고 명상에 대해 기술하는 용어에 차이가 있다. 그러나 티벳의 종교적 지도자이자 정치적 지도자인 달라이 라마께서 반복해서 강조하신 것처럼, 모든 종파들은 한 곳에서 나왔으며, 깨달음은 그들 중 어느 것을 통하더라도 얻을 수 있다.

남자 수행자와 여자 수행자의 서원의 법통은 네 종파가 모두 같다. 그러나 영적인 스승은 승가이거나 일반 신도이거나 상관이 없다. 제자들을 가르칠 때 어떤 일반 신도 스승들은 적갈색 옷을 입는다. 남자 수행자나 여자 수행자의 옷과 똑같지는 않으나 비슷하다. 일반 신도 스승들은 결혼해서 가족을 가지기도 한다. 그러나 티벳 종파의 모든 사원에서는 독신의 서원을 한다.

라마, 게셰, 린포체

사람들은 티벳식 이름에 자주 혼란스러워한다. 그것은 다양한 방법으로 사용되는 것들이다. 겔루그 종파에서는 〈라마〉라는 명칭이

〈선생〉으로 번역될 수 있는데, 일반적으로 존경하는 스승에게 붙인다. 그러나 제자를 가진 사람은 누구나 규칙상으로는 〈라마〉이다. 다른 세 종파에서 〈라마〉는 3년의 명상 안거를 마친 사람에게 주어진다. 그래서 라마들은 매우 다양한 능력과 수행 경험을 가지고 있을 수 있다.

〈게세〉라는 이름은 폭 넓은 철학적 훈련을 받은 사람에게 붙인다. 티벳의 불교를 연구하는 철학 박사와 같다.

〈린포체〉는 〈귀중하다〉라는 뜻이다. 두 가지 경우에 쓰인다. 뛰어난 사람이 전생의 영적 스승의 화신이라는 것이 확인된 경우이다. 또 제자들이 그들의 개인적인 스승을 존경하는 의미에서 붙일 수도 있다. 그리고 사원의 주지와 은퇴한 주지 스님도 린포체라고 부를 수 있다.

달라이 라마께서는, 종종 영적 수행자들에게 타이틀을 보고 스승을 고르지 말고 영적 자질을 보고 고르라고 충고한다. 수많은 좋은 수행자들이 타이틀을 빛냈다. 반면 어떤 자질 없는 사람들은 많은 타이틀 행진을 벌이고 있다. 우리는 겉모습에 영향을 받으면 안 된다. 선생이 될 사람이 진정한 영적 자질을 가졌는지 알아보기 위해 검사해 보아야 한다.

티벳 불교 들여오기

티벳에 있는 불교 이전의 〈본Bon〉 종교는 불교의 외형에 영향을 주었다. 그리고 차례가 바뀌자 불교에 의해 크게 영향을 받았다. 산의 정상에서 향을 태우는 공양의 전통은 본 신앙에서 나왔다. 그리고 이것은 불교에 의미를 주었다. 밝은 색깔의 천조각을 줄에 매다는, 기도문을 적은 깃발도 그렇다. 불교의 기도와 주문은 천 위에 요즘에는 인쇄가 되어, 바람이 이 좋은 소원들을 온 세상에 실어가게 하는 것이다.

다채롭고 정교한, 종교적 주제를 표현하는 춤 역시 불교 이전의 문화에서 채택되었다. 커다란 북, 심벌, 나발은 티벳의 고유한 것이다. 바즈라(도르제), 종, 작은 손북은 인도에서 온 탄트라적 소품이다.

인도에서 불교가 들어올 때, 티벳 사람들은 정확한 번역을 할 것과 전문적인 용어를 표준화할 것을 강조했다. 인도인과 티벳인들의 팀은 인도에서 가져온 산스크리트 경전을 가능한 한 많이 번역했다. 그 결과 티벳 경전은 중국 경전보다 많아졌다. 물론 인도 경전을 모두 들여온 것은 아니지만 말이다. 중국 경전은 티벳어로 번역되지 않은 몇 개의 텍스트를 갖고 있었다.

경전에 대한 많은 인도의 주석들이 티벳어로 번역되었다. 그리고 곧 티벳 사람들은 자신들의 주석을 첨가했다. 그들은 논쟁하는 인도의 시스템을 도입하고, 가르침에 대해 명확하고 간결한 설명을 좋아하는 그들의 방식을 도입했다. 그것이 오늘날 티벳 불교에서는 명확해졌다.

티벳 불교는 현재의 인도 북부와 네팔 지역에서 찾아볼 수 있다. 또 이것은 13세기초에 몽고와 만주까지 퍼져나갔다. 중국 공산당이 티벳을 점령해 수천의 티벳 사람들을 인도와 네팔로 강제 추방했기 때문에, 티벳 불교는 사람들이 더 쉽게 접근할 수 있었다. 비록 중국 공산당 정부에게 불교는 심하게 탄압을 받았지만, 티벳 난민들은 인도에 다시 사원을 세웠다. 라마들과 게셰들도 서양과 아시아의 각 나라로 갔다. 거기서 다르마 센터들이 생겨났다.

바즈라야나

티벳 불교는 경전과—테라바다와 일반 마하야나 가르침- 탄트라 (바즈라야나 또는 만트라야나) 두 가지가 결합한 것이다. 그것은 마하야나의 독특한 분파이다. 부처는 높은 보살 청중들에게 탄트라를 가르쳤다. 이 가르침들은 일반 수행을 위한 것이 아니었다. 왜냐하면 몇 사람만 성향에 맞았기 때문이다.

그래서 탄트라의 계열은, 인도에서 개인적으로 스승에서 제자로 전해 내려왔다. 바즈라야나 수행은 6세기가 시작되면서 너 내중적으로 알려졌다. 불교 세계에 널리 퍼지긴 했지만, 바즈라야나는 주로 티벳에 살아남았다. 그리고 일본의 신공파에 남아 있다.

불교의 탄트라와 힌두교의 탄트라를 혼동해서는 안 된다. 두 가지가 비슷한 용어를 쓰고 있고 호흡 훈련을 하지만, 그들의 철학·수련·결과는 매우 다르다.

티벳 스승들은 학생들에게 세 가지의 가르침—테라바다, 마하야나, 바즈라야나—을 따르라고 강조한다. 그것들은 모두 티벳 불교에서 발견되는 가르침들이다. 테라바다의 일반적인 수행에서, 수행자는 삼보에 귀의하여 윤리적 행동을 지키고, 해탈의 결심을 굳혀간다. 이 기초 위에 모든 존재를 위한 깨달음을 얻으려는 이타적인 의도를 만들어나가는데, 이것은 마하야나가 특별히 강조하는 부분이다. 테라바다와 마하야나 둘의 철학적 교리를 통해 무아의 경지를 얻기 위해 훈련한다. 이런 범위까지 발전되면, 그 사람은 탄트라의 힘을 얻을 수 있게 된다.

탄트라의 전수

탄트라의 전수 또는 입문식은 자격 있는 영적 스승이 베푼다. 특별한 의식을 준비해서 스승은 어떻게 명상을 하는지 설명한다. 학생은 그때 명상에 들어간다. 단지 방 안에 있는 것만으로, 또는 정화된 물을 마시는 것으로 전수를 받기에 충분하지 않다. 반드시 스승의 지시에 따라 명상을 해야 한다. 어떤 전수의 의식은 단지 보살의 서원만 행하기도 한다. 반면 탄트라 서원까지 하는 곳도 있다.

어떤 사람들은 전수가 축복으로 주어진 것이라고 믿으며, 해탈을 결심하고, 이타적인 의도와 비어 있음을 깨닫는 지혜(구도의 세 가지 원칙)에 대한 가르침이 발전된 것이라고 믿는다. 그들은 전수를 일종의 마술적 축복이라고 생각한다. 그래서 축복을 내려 신성하게 만든 물을 마시기를 소원하거나, 성스러운 물건으로 머리를 두드려주기를 원한다. 이것은 바즈라야나에 대한 올바른 이해가 아니다.

구도의 세 가지 원칙은, 모든 불교도가 이해할 수 있고 실행할 수 있는 기본 가르침이다. 그것들은 기초를 이루고, 사람들에게 동기를 부여하고, 탄트라의 전수에 필요한 부처의 가르침을 이해하게 해준다.

때때로 스승들은 축복의 형태로 전수를 줄 것이다. 그리하여 사람들이 바즈라야나와 업의 관계를 맺을 수 있다. 그렇지만 사람들은 여전히 의식을 진행하는 동안 집중해야 한다.

전수의 목적은, 장래의 깨달음을 위한 씨앗을 심는 것이다. 그리고 시각화된 부처의 특별한 모습에 대한 명상 수행으로 인도하는 것이다. 그러므로 전수는 진지하고 존경스러운 태도로 임해야 한다. 나중에 학생들은 서원에 대한 가르침을 스승에게 청해야 한다. 그래서 그것들을 가능한 한 순수하게 지켜가야 한다.

또 학생들은 부처의 시각화된 모습에 대한 실제 수행—혹은 사다나, 명상 제의문—에 대한 가르침을 달라고 청할 수 있다. 영적 스승은 바즈라야나의 철학을 설명하고, 그 부처의 모습 또는 신성한 모습에 대해 명상하는 방법을 설명할 것이다. 그 지시에 따라 수행하여 그는 이로움을 얻는다.

어떤 사람들은 탄트라의 전수가 코트 위에 핀으로 꽂는 메달이나 되는 것처럼 의식에 사용할 물건들을 수집한다. 그들은 친구들에게 자랑한다. 얼마나 많은 스승들이 그것들에 축복을 내려줬는지. 그리고 얼마나 많은 전수를 그것들이 받았는지. 하지만 그들은 이런 부처의 모습들을 보며 매일 명상을 하지 않는다. 그들은 자신들이 행하는 것, 말하는 것, 생각하는 것에 대해 깨어 있는 마음이 아니다. 일을 할 때에도, 집에 있을 때에도.

그런 사람들은 몇 가지 이유 때문에 수행을 진전시키지 않는다. 먼저 그들의 동기는 세속적인 것—특권—이다. 다르마를 실천하는 좋은 동기는 장래의 환생을 준비하는 것, 윤회의 삶에서 자유를 얻는 것, 다른 사람을 이롭게 하기 위해 깨달음을 얻는 것이다. 진정한 수행자들은 그들의 수행에 대해 자랑하지 않는다. 깨달은 한 자랑할 게 없다. 깨달았을 때는 겸손해진다.

두 번째로, 그런 사람들은 일상생활의 원인과 결과를 주의해서 보지 않는다. 따라서 계속 불행한 환생의 원인을 만들어낸다. 이 길을 앞으로 나아가기 위해 윤리적으로 사는 것, 그리고 다른 사람에게 친절하게 대하는 것은 필수이다.

세 번째로, 그들은 그들이 받았던 탄트라의 전수의 주인공인 신성한 존재들처럼 되려는 수행에 열중하지 않는다. 수행에 노력을 들이지 않으면 발전할 방법이 없다. 진지한 수행자는 영적 스승이 준 지시를 겸손하게 따른다. 그리고 이런 방법으로 깨달음을 얻는다.

부처의 신성에 대한 명상

우리는 의아해 할지도 모른다. 왜 바즈라야나는 그렇게 많은 부처 상 또는 신성한 존재들의 상을 가지고 있을까? 모든 부처들은 똑같은 깨달음을 얻은 존재들이다. 그러나 우리에게 도움을 주기 위해, 그들은 그 깨달음의 특정 측면을 강조한 다양한 육체적 형태로 나타난다.

예를 들면, 관음보살은 특별히 자비를 나타낸다. 이 부처의 모습

중 하나는 1천 개의 팔을 갖고 있다. 다른 사람을 돕기 위해 다양한 방법으로 끊임없이 팔을 뻗친다는 걸 상징한다. 다른 신성한 존재인 문수보살은 색깔이 진한 노란색이다. 지혜의 화려함을 나타낸다. 그는 깨닫기 위해서는 모든 어두움을 잘라버릴 필요가 있다는 걸 설명하기 위해 지혜의 칼을 들고 있다. 여자 부처인 타라는 초록색인데, 이것은 봄과 여름의 푸르름을 생각나게 한다. 영적 수행의 풍요, 성장, 성공을 나타낸다.

탄트라의 명상에는 상상하는 행위도 포함된다. 마음은 상상으로 모습을 그려내는 데 놀라운 능력을 갖고 있다. 화, 집착, 오만에 빠졌을 때도 마찬가지로 상상의 능력을 발휘한다. 우리가 누구에게 말하는 것을 상상하거나, 우리가 집착하는 사람과 함께 있는 것을 상상하기 때문이다. 바즈라야나에서는 마음의 상상의 능력이 깨달음에 다가가는 긍정적 방법으로 사용된다.

탄트라 수행을 시작할 때에는, 구체적인 한 개인의 존재가 비어 있으며 존재하지 않는다는 점에 대해 명상을 한다. 비어 있는 넓은 공간 속에서 그는 상상한다. 비어 있음을 깨닫는 지혜가 실체가 되어 한 부처의 모습, 즉 관음보살의 육체적 형태로 나타난다고 상상한다. 자신을 관음보살의 모습으로 상상한다. 윤회의 삶이 비어 있음을 동시에 상상한다. 수행자는 부처의 몸과 마음을 동시에 얻을 원인을 만드는 것이다.

관음보살을 인식하는 것은 부적절한 느낌에서 수행자를 깨워낸다. 이상적인 존재, 자신이 될 수 있는 미래의 부처를 인식하려고 노력하면, 그는 그들의 특성을 받아들여 더 사랑스럽고 자비로운 방식으로 다른 이들과 관계를 맺게 된다. 만트라의 암송은 부처의 순수한 모습으로 자신을 상상하는 동안 행한다. 만트라는 부처가 힘을 부여해 만들어낸 음절들이다. 그것은 깨달은 존재의 깨달음의 핵심을 담고 있다. 만트라 암송은 마음을 진정시키고 집중시킬 수 있다. 일상생활에서 사람들은 산란한 마음으로 재잘거리고, 걱정하고, 노래를 흥얼거린다. 이런 이미 존재하는 경향을 만트라 암송은 집중되고 정화된 정신 상태로 이끄는 쓸 만한 수행으로 변화시킨다.

바즈라야나에서는 명상적 고요함이, 신의 모습으로 상상하는 자신의 이미지에서, 어떤 음절에서, 신의 몸에 있는 다양한 부분을 생각나게 하는 소품에서 발전해 형성된다. 비어 있음을 깨닫는 특별한 통찰력은, 명상의 시작 때 자신과 신성한 존재의 비어 있음에, 뿐만 아니라 명상중에 부처의 모습으로 상상하는 자신의 비어 있음에 초점을 맞추어 얻어진다.

티벳 불교는 자질을 갖춘 영적 스승을 찾은 다음, 그 또는 그녀의 지시를 적절히 따르는 것이 중요하다고 강조한다. 이것은 특히 바즈라야나 수행의 전문적 명상을 하는 사람들에게 맞는 말이다.

티벳 불교는 서양 여러 나라에 퍼져 있다. 사람들은 사랑, 자비, 이타심을 발전시키는 단계별로 된 가르침뿐만 아니라, 비어 있음을 깨닫는 광범위하고 귀중한 가르침에 매력을 느끼고 있다. 다른 사람들은 바즈라야나에서 상상력의 활용과 탈바꿈의 활용에 매력을 느낀다. 그러나 사람들이 어떤 종파에 기울어지든, 수행에서는 진지하고 정직하고 겸손한 태도가 중요하다.

불교 사원과 다르마 센터

그곳에서는 무슨 일을 하는가?

부처의 상이 고요히 앉아서 명상하고 있다―이것은 불교 사찰에 들어가면 맨 처음 보는 모습이다. 그 평화로운 모습을 보면 우리 마음이 편안해진다. 조용하고 따뜻한 공간을 우리 안에서 찾았기 때문이다. 우리가 부처상 앞에서 또는 사찰의 공양물 올려놓는 장소에서 절을 할 때, 우리는 청동으로 만들어진 우상에게 비위를 맞추는 게 아니다. 우리는 우리 자신 안에 있는 부처를 닮은 부분들과 접촉을 하고, 존경을 표하고 있는 것이다.

불교 사찰은 인간의 잠재력이 얻을 수 있는 높이를 기억하게 해주는 장소이다. 우리에게 방해하는 감정이나 문제들이 있어도 그것들을 뛰어넘는 게 가능하다는 것을 상기시켜 주는 장소이다. 사찰 안에서 우리는 모든 존재들―친구, 적, 낯선 이들―이 본질적으로 순수한 부처의 본성을 갖고 있다는 사실 역시 기억한다. 우리의 기분은 이런 이해들이 입력되는 데 따라 달라진다.

우리가 불교 문화 안에서 자랐는지 그러지 않았는지에 따라서, 사원에 있는 수많은 물건들이 친숙하게 보일 수도 있고 낯설게 보일 수도 있다. 각각의 사찰은 그 사찰이 따르는 종파에 따라 조금씩 다르다.

테라바다 사원에서는 부처상이 보통 명상 자세로 앉아 있다. 또는 그가 죽을 때(열반)처럼 누워 있다. 흔히 마당에는 보리나무가 있다. 싯다르타가 보드가야에서 깨달음을 얻은 보리나무를 생각나게 한다. 때로 주 건물 바깥에는 네 가지 얼굴을 한 상이 보인다. 어떤 사람들은 이것을 〈네 얼굴의 부처〉로 잘못 알고 있다. 이것은 사실은 힌두교의 신인 〈네 얼굴의 브라마 상〉이다. 불교 이전의 시대부터 스리랑카와 태국의 문화에 있었다.

중국의 절, 특별히 정토종의 절에는 몇 개의 부처상이 보인다. 그 중에는 이런 것들이 있기도 한다. 약의 부처인 약사여래는 부처의 치유 능력을 보여준다. 아미타불은 서방정토를 생각나게 한다. 그곳은 극락이다. 관음보살은 모든 부처의 자비의 모습이다. 문수보살은 사자를 타고 있는데, 부처의 지혜가 몸으로 나타난 것이다. 코끼리를 탄 보현보살은 보리살타 수행과 강한 결심을 상징한다.

이 부처들과 보살들은, 비록 겉으로는 조각이나 그림에 나타나듯이 다른 형태를 띄고 있지만, 그들은 모두 자비 · 지혜 등등의 특질에 대한 똑같은 깨달음을 갖고 있다. 마음속에는 부처의 깨달음이 있지만, 우리의 감각으로는 볼 수 없기 때문에 그들의 깨달음을 형태로 표현한 것이다. 그리고 사람들을 돕는 특별한 방법을 표현한 것이다. 예술이 예술가의 물리적 형태로 예술가의 사상과 느낌을 표현하는 것처럼, 부처의 형태도 상징적으로 그들의 깨달음과 도움의 방법을 표현한다.

중국의 사원들 역시 불법 수호자라고 부르는 사나운 표정의 수염 난 인물 그림이 있다(불법수호신장). 불법 수호자는 부처의 가르침과 그 수행자들을 보호하기로 약속한 보살, 또는 세속의 신들이다. 불법 수호자의 모습들은, 우리에게 부처의 가르침을 순수하게 실행하여 우리 안에 있는 가르침을 보호하도록 일깨운다. 세속적인 것을 얻기 위해 가르침을 수행하지 말라고 일깨운다.

중국의 사찰에는 죽은 친척들의 위패가 조상 대대로 모셔져 있는 법당이 있는 경우가 있다. 그 이름들은 붉은 종이에 적혀 있다. 중국 문화에서는 붉은색이 상서로운 색깔이기 때문이다. 친척들과 친구들은 위패 앞에 향과 과일을 놓는다. 떠난 사람들이 잘되게 해달라는 소원을 나타낸다. 조상들의 법당은 불교 기원은 아니다. 중국 문화에서 온 것이다.

일본 사찰은, 특히 선종의 사찰은, 단순한 사당을 갖고 있다. 반면에 티벳 사찰은 일반적으로 장식적이다. 이것은 그 나라의 문화를 반영하고 있는 것이다. 티벳은 방대하고 인구가 희박한, 산과 고원의 나라이다. 그곳에서는 몇 킬로미터를 가도 아무것도 볼 수 없다. 그래서 티벳 사람들은 부처상으로 가득 찬 형형색색의 사원을 짓는 것이 자연스러워 보인다.

어떤 사람들은 티벳 사원에 있는 강력한 표정의 인물들이 악마들이라고 알고 있다. 전혀 그렇지 않다. 일반적인 감정들을 신적인 지혜로 변형시키는 것을 강조하는 바즈라야나의 생각에 맞게, 이 인물들은 지혜와 자비를 나타낸다. 그들은 자기 지배, 무지, 이기심, 모든 고통의 뿌리를 파괴하는 일을 한다.

헌신적인 신도들은 사원에서, 부처상과 보살상 앞에서 자주 절을 하거나 엎드린다. 이것은 존경의 표시이다. 부처가 된 존재, 우리가 하고 싶은 것을 이뤄지게 도와주는 존재, 뿐만 아니라 우리가 장차 되려고 하는 미래의 존재들에게 존경을 표시하는 것이다.

초, 과일, 향, 물 등등 불단에 제공된 것들 역시 깨달음에 대한 우리의 존경과 존중을 보여준다. 부처들은 우리에게 엎드리라거나 공양을 하라고 하지 않는다. 완전히 깨달은 사람은 행복해지기 위해 과일이 필요하지 않다. 그보다는 공양은 주는 데서 행복을 느끼도록 우리 마음을 훈련하는 방법이다. 우리는 공양한다. '우리'가 필요하기 때문에 하는 것이다. 영적으로 발전하기 위해 우리는 집착과 불행을 줄여야 하니까.

법당에는 못 바칠 게 거의 없다. 다른 사람을 해롭게 하지 않는 방식으로 얻어진 것이라면 뭐든지 좋다. 그래서 우리는 고기로 공양하지 않는다. 손님에게 바가지를 씌워 얻은 물건으로 공양하지 않는다. 꽃, 초, 향, 그리고 물은 가장 일반적인 공양물이다. 사람들은 그것을 예쁘다고 생각하는 대로 배열하면 된다. 그리고 많거나 적거나 원하는 만큼 하면 된다.

공양의 동기는 중요하다. 우리는 부처의 '마음에 들려고' 해서는 안 된다. 공양을 하면 부처가 우리를 부자로 만들고 권력을 줄 것이라고 생각해서는 안 된다. 우선, 성스러운 존재는 매수되지 않는다.

두 번째로, 우리는 행복해질 원인을 만들어야 한다. 윤리적으로 행동하면 그 원인을 만들 수 있다. 친절한 마음을 키우면 그 원인을 만들 수 있다.

그러므로 공양하기 전에 다른 사람을 이롭게 할 동기를 만들고, 해탈이나 깨달음을 얻을 동기를 키우는 것이 바람직하다. 공양하면 우리는 긍정적 잠재력을 만들 수 있다. 그것은 일시적인 이익뿐만 아니라 영적인 깨달음 역시 가져다 줄 것이다.

사원에서의 행동

사원은 종교와 문화 활동의 중심지이다. 사람들은 명상과 기도를 하러 언제든지 들를 수 있다. 염불 독경을 하는 사원의 일일 행사는, 염불을 통해 우리 마음을 긍정적인 방향으로 인도하려는 것이다. 말의 의미를 깊이 생각하면 할수록 우리는 그것을 더 잘 이해할 수 있고, 쉽게 받아들일 수 있다. 우리가 기도문이나 경전을 암송하는 동안에는 그 내용을 깊이 생각해야 하기 때문에, 이 수행을 〈염불 명상〉이라고 부르는 것이 더 적절하다.

의식과 염불의 형식은 종파에 따라, 각 나라의 문화에 따라 매우 다르다. 테라바다의 예불 의식에서는 팔리어로 암송한다. 반면 중국과 베트남과 티벳 사람들은 자신의 언어로 암송한다. 불교가 이제 서양에 왔으니, 다르마 센터에는 언어의 다양성이 하나 더 추가되었다. 어떤 염불은 이제 영어, 스페인어 등으로 한다. 이것은 계속될 것이 확실하다. 사람들이 자신이 읊고 있는 기도나 경전의 의미를 이해할 수 있으면 더 좋아하기 때문이다. 불교도들은 불교의 외부적인 형태와 의식들을 서양의 문화에 맞게 적용시켜 갈 것이다.

염불은 종종 벨, 공, 드럼에 맞춰 진행한다. 이것들은 독경 염불의 멜로디를 참가자들이 한 목소리로 맞추려고 사용하는 것이다. 또 깨달은 자에 대한 음악 공양으로 여겨지기도 한다.

불교의 가르침과 명상 강의가 사원에서 열리는데, 불법의 가르침을 받는 중요성은 아무리 강조해도 충분하지 않다. 배우지 않고는 적절하게 수행하는 법을 모르기 때문이다.

아시아의 문화에서는 일부 신도들이 부처의 가르침을 당연한 것으로 여기고, 사원에 가서 공양하고 염불 의식에 참여하는 것만으로 만족한다. 다른 수행은 하지 않는다. 그들은 부처의 가르침은 평생을 수행에 바친 수행자를 위한 것이라고 느낀다.

다행히 이것이 바뀌기 시작했다. 그래서 많은 아시아의 일반 불교도들이 크고 넓은 가르침을 받는 데 흥미를 갖고 있다. 명상 시간이나 일상생활에서 10대의 청소년들이 특히 부처의 가르침을 배우고, 그것을 실행하는 데 흥미를 느낀다. 아시아의 불교도들은 집에서 불교를 가르치기보다는 아이들을 위해 일요학교를 세우고 있다.

서양의 수행자—남자 수행자, 여자 수행자, 또는 일반 신도—들은, 부처의 가르침을 알리는 것이 필요하다는 것을 매우 절실히 인정한다. 그래서 그걸 얻기 위해 아주 먼 거리를 여행하기도 한다. 특히 가르침을 받고 명상을 하기 위해, 배울 뿐 아니라 실행하기를 원하기 때문에 그들은 다르마 센터(불교 사원)에 간다. 어떤 사원은 복지 프로그램도 갖추고 있다. 학교, 젊은이 그룹, 보육원, 진료소, 노인 가정 등을 따로 묶는 식으로 복지 프로그램을 운용한다. 달라이 라마께서는 이런 종류의 활동을 더욱 장려했다. 그때 우리는 명상하고 남을 생각할 뿐 아니라, 그것을 실천하기도 하기 때문이다.

일반 신도들이 더 많은 사회 복지 프로그램을 만드는 데 앞장 서는 것은 놀라운 일일 것이다. 전통적으로 수행자는 자신이 거주하는 지역에서 매우 활동적이지는 않았다. 석가모니 부처가 너무 많은 외부 활동에 마음이 산란해지지 않게 하라고 강조했고, 그들에게 깊은 수행을 강조했기 때문이었다. 만약 승가가 열심히 공부하고도 수행하지 않으면, 그들은 가르침을 완전히 배우지도 못하고 깨달음을 얻을 수도 없을 것이다.

부처의 가르침을 철저하게 배우는 것, 그것들을 정확하게 수행하는 데는 시간이 걸린다. 일반 신도가 그런 시간을 낸다 해도 가족과 직업 때문에 제한적이다. 그러므로 승가의 전공은 배우고, 수행하고, 다른 사람을 가르치는 것이 되어야 한다. 그러나 이런 활동들이 승가를 제한하지 않는다. 일반 신도 중에도 훌륭한 수행자이자 선생이 많이 있기 때문이다. 승가의 구성원이 사회적 · 교육적 프로젝트를 자비의 수행으로 봤다면, 그들은 그것에 열중해야 할 것이다.

불교 축제와 의식

축일, 탄생, 결혼, 죽음

불교는 음력을 따른다. 그래서 보름달과 초승달의 날은 특별한 활동을 하는 때이다. 많은 일반 신도들은 염불 의식, 기도에 참여하기 위해 절에 간다. 그리고 공양을 바쳐 긍정적 잠재력을 만든다. 어떤 사람들은 날마다 여덟 가지 계율을 받아서 지킨다. 많은 중국 사원들은 그런 날들에 대중에게 채식으로 된 점심을 제공한다.

보름달과 초승달의 날은 또 수행자들의 정화와 고백의 날로 지정된다. 그들은 서원을 암송하고 복습하며, 그것을 앞으로 순수하게 지키기로 결심을 새롭게 한다.

가장 중요한 불교 축일은 〈베삭〉으로, 석가모니 부처가 깨달은 날이다. 이날은 음력으로 사월 열닷샛날이다. 보통 5월이나 6월쯤 된다. 사람들은 이날 여덟 가지 계율(팔재계)을 받는다. 그리고 무리 지어 사원으로 가서 예불에 참석한다.

어떤 종파에서는 베삭이 부처의 탄생일도 되고 죽은 날도 된다. 반면 다른 종파들은 음력 사월 초파일을 부처의 생일로 축하한다. 이날 어떤 종파의 신도들은 상징적으로 향내 나는 물로 부처의 조각상을 씻는다. 부처가 태어나자 여신들이 그를 목욕시킨 일을 떠올리며 하는 행사이다.

베삭에서 8주가 지나면 부처가 첫 가르침―〈진리의 바퀴를 돌리는 일〉이라고 부르는―을 준 기념일이다. 이날은 사르나트에서 네 가지 고귀한 진리(사성제)를 가르쳤던 날이다.

티벳 불교는 부처의 생애에서 네 가지 특별한 날을 구별한다. 처음 두 가지 날은 베삭과 진리의 바퀴를 굴린 날이다. 음력 정월 열닷새날에는 부처가 믿지 않는 자들에게 기적의 힘을 보여줘, 그들을 불교의 길로 이끈 날로 축하한다. 네 번째 축일은 우기의 안거가 끝난 일주일 뒤에 축하한다. 이날은 그의 어머니에게 깨달음의 진리를 가르치기 위해 3개월 동안 신의 영역으로 갔다가 부처가 이 세상으로 돌아온 날이디.

매년 우기의 안거는 여름 3개월 동안 계속되는데, 석가모니 부처 시대 이래로 사원에서 지켜왔다. 인도에서는 여름 우기의 비가 내리는 동안 많은 벌레들과 동물들이 늘어난다. 이리저리 돌아다니다가 그들을 우연히 죽일 수도 있기 때문에, 부처는 추종자들에게 다른 지역으로 옮겨다니지 말고 그 기간 동안 특별한 지역에 머물게 했다.

이것이 승가의 안거 시간이다. 그 기간 동안 그들은 옷, 침구 등등을 받아들이는 것이 허용되지 않는다. 특별한 의식이 우기 안거의 끝을 알린다. 그 다음에 카티나 의식이 행해진다. 이 의식에서 일반 신도들이 새옷을 승가에게 바친다. 우기의 끝 무렵이 되면 그들의 소유물이 습기로 다 닳아버렸기 때문이다.

중국 불교에서는 다양한 보살들의 기념일을 역시 축하한다. 이런 날들은 보살들이 태어났을 때, 처음 이타적 의지를 일으켰을 때, 다른 사람을 돕겠다는 특별한 서원을 했을 때 등등 경전 속에 언급된 경우를 나타낸다.

불교는 많은 나라로 퍼져가면서 그곳의 문화적 행사에 접목되었다. 그 결과, 어떤 문화적 행사는 전처럼 계속되면서도 불교적 색채가 더해졌다. 일례가 음력 설이다. 이 축제일은 많은 불교 이전의 문화에서 지켜온 날이다. 티벳에서는 불교 기도 의식이 일반의 새해 의식에 더해졌다. 사람들은 부처들과 보살들과 다르마 보호자(불법 수호신장)들에게 새해를 시작하기 위해 상서로운 방법으로 공양물을 장식하도록 권장했다.

또 대기도축제는 14세기초에 라사에서 시작되었다. 티벳 전역에서 승가와 신도들이 모여들었다. 달라이 라마와 다른 위대한 수행자들이 이 시기에 가르침을 펼쳤다. 그리고 게셰 등급을 정하기 위해 후보자들이 논쟁을 벌였다. 불행히 티벳을 점령한 공산주의자들은 대기도축제를 억압했다. 망명중인 티벳 사람들은 그러나 그 축제를 계속하고 있다.

결혼, 탄생, 죽음

불교도의 가정에서 태어난 아기를 위한 공식적인 '세례' 의식은 없다. 그러나 부모들은 새로 태어난 아기를 위해 공양물을 드리고, 기도를 하고, 염불 명상을 부탁할 수 있다. 아이들이 부처의 가르침을 이해할 만큼 크면, 그들은 귀의해서 '공식적으로' 불교도가 될 수 있다.

불교에서는 결혼을 세속적인 일로 여긴다. 석가모니 부처는 수행자들에게 짝을 지워주거나 결혼 의식을 행하지 못하게 했다. 이것은 그들의 독신 서원을 지키고, 공부와 명상의 시간을 빼앗기는 것을 피하는 데 도움이 되었다.

때때로 일반 불교도들은 결혼식을 올린다. 예식에서는 불교도의 믿음에 대해 설법을 한다. 또 세속의 예식을 올린 뒤에 불교도 커플은 절에 가서 공양을 올리거나 행복한 결혼을 위해 긍정적 잠재력을 만들어낼 기도 기간을 마련해 달라고 부탁한다. 이때에 사원에서는 염불 명상을 열어 커플의 생활이 행복하기를 기도하고, 그들과 다른 사람들이 이롭게 되기를 기도한다.

어려운 때가 닥치면 사람들은 종종 승가에게 경전을 암송해 달라든지 염불 명상을 해달라고 청한다. 자신들을 위해 기도해 달라고 하기도 한다. 그러나 불교도들은 힘있는 신에게 기도하지 않는다. 그에게 문제를 풀어 달라고 기도하지 않는다. 불교도는 아무도, 부처까지 전능하다고 믿지 않기 때문이다. 누군가가 전능하다면 그 또는 그녀는 분명 세계의 문제를 지금까지 보고 있지만은 않았을 것이다.

우리는 부처에게 자비를 베풀어 달라고 요청하면 안 된다. 우리의 해로운 행위 때문에 벌하지 말아 달라고 요청해서는 안 된다. 부처는 무한한 자비를 가졌고, 절대로 다른 사람에게 해를 끼치지 않고, '정의'의 이름으로도 해를 끼치지 않는다. 우리의 고통은 이생 또는 전생에서 저질러진 우리 자신의 파괴적인 행동 때문이다.

경전을 읽어보면, 염불 명상을 행하는 것과 고통의 때에 공양을 바치는 것은 두 가지 이유 때문에 행해진다. 첫째는 이런 행동들이 우리의 파괴적인 행동의 흔적을 정화시킨다. 그래서 그 흔적들이 미래에 영향을 미칠 만큼 성숙되지 않는다. 또 그것들은 긍정적 잠재력을 만들어낸다. 그 결과 행복이 올 것이다. 때때로 이런 의식들은 집에서 열리기도 하고, 사찰이나 수행원에서 열리기도 한다.

사람이 죽을 때 승가는 종종 죽은 이를 위해 염불 명상을 해달라는 요청을 받는다. 죽어가거나 죽은 이에게, 그들을 돕기 위해 또는 그들이 좋은 환경에서 환생하도록 돕기 위해, 염불 텍스트 중 어떤 것을 암송하라고 지시할 수 있다. 다른 사람들은 긍정적 잠재력을 쌓아올려 모든 존재들에게 바친다. 특히 죽어가는 이나 죽은 이를 위해 바친다.

아시아 문화권에서는 수행자가 이 예식을 지휘하라고 요구하지만, 일반 신도도 그것을 할 수 있다. 서양 다르마 센터에서는 보통 일반 신도와 승가가 같이 거행한다. "나는 일반 신도야. 그러니까 염불 명상을 할 수 없어." 이런 태도를 가질 필요가 없다. 또 승가들이 쉬고 있는데 일부러 부를 필요도 없다. 우리가 그 사람과 관계가 아주 가까울 경우, 그들을 위해 기도를 하고 경을 읽고 공양을 하고 염불 명상을 한다면 그것은 너무 좋은 일이다.

불교의 축제는 많고 다양하다. 여기 설명된 것은 그저 제한된 예에 불과하다. 축일에 자유롭게 사찰, 수행원, 다르마 센터를 방문해 보자. 예식과 축제의 의미를 수행자에게 물어보자. 또 사원을 방문했을 때 이해하지 못하는 수행에 열중할 필요는 없다. 예를 들면 엎드려 절하는 것 등이다. 불교의 정신은 자유로운 의문과 이해이다. 이 개방성을 배우는 데 이용해 보자.

오늘날의
불교

21세기의 불교는 두 가지 도전을 맞고 있다. 첫번째
는 불교에 대한 사람들의 오해를 씻어내는 것이다.
예를 들면, 어떤 사람들은 불교를 조상 숭배와 혼동
한다. 또 다른 사람들은 점치는 것과 혼동한다. 이런
주제들은 우리가 불교의 가르침을 적절하게 이해하
기 위해 명확히 할 필요가 있다.

또 종교적 조화는 세계 평화를 위해 필수적이다. 불
교는 다른 종교에 대한 인내와 존중으로 유명하다.
하지만 불교도들은 자신들의 수행법에 붙박혀 있다.
어떻게 이런 대단한 태도를 취할 수가 있을까?

불교는 무엇이고 미신은 무엇인가?

유령, 점, 초능력에 대한 언급

불교의 가르침은 정신의 발달을 다루고 있다. 깨달음에 이르는 길은, 사실은 한 사람의 마음에 있는 비어 있음을 깨닫는 것이다. 이 길은 시간과 공간이 달라진다고 해서 달라질 수 없다. 그러나 불교가 선택한 외형은 나라마다 매우 다르다. 불교의 의식들이 각 장소의 문화적 형태와 융합되어 있는 것처럼 말이다.

때때로 토착 문화와 불교의 융합은 불교도와 비불교도의 수행을 명확히 구별할 수 없게 만든다. 비록 승가는 토착 전통과 불교 수행 사이의 차이를 알고 수행의 수준을 높게 유지하고 있지만, 많은 일반 불교도들은 생활 속에 이런 것들이 섞여 있어 구별할 수 없다.

예를 들면 어떤 사람은 자신을 불교도로 여기고 있지만, 그가 다니는 사원에는 중국의 신을 옆에 거느리고 있는 부처상이 모셔져 있다. 그들에게는 부처와 보살과 토속신의 차이가 명확하지 않다. 그래서 모두에게 똑같이 기도한다. 이런 사찰에서 행해지는 어떤 수행들—
몽환의 경지에 들어가는 것, 점을 치는 것 등등—은 불교 수행이 아니다. 그것은 민속 풍습이며, 널리 퍼진 도교이며, 조상 숭배이다.

죽은 친척 돕기

사람들이 조상 숭배의 실천이 불교라고 생각하는 예는, 죽은 사람을 위해 종이로 된 물건과 돈을 태우는 것을 들 수 있다. 민속 문화는, 죽은 다음에 모든 사람이 집 · 옷 · 크레디트 카드 등등을 가진 우리 인간 세상과 비슷한 영혼의 지하 세계에서 다시 태어난다고 믿고 있다. 살아 있는 가족 구성원들은, 죽은 친척에게 효도를 보여주고 그를 위해 물건을 주고 싶어한다. 또 잘 모시지 못한 영혼들이 자신들을 해치지 않기를 원한다. 그리하여 그들은 종이로 만든 집, 옷 등등을 태운다. 그렇게 하면 물건들이 지하 세계로 이동해서 죽은 친척들이 그것을 누릴 것이라고 믿는다.

종이 물건을 태우는 것은 조상 숭배 신앙이지 불교가 아니다. 불교에 의하면, 사람들은 죽은 다음에 영혼의 지하 세계에서 태어나지 않는다. 대신 그들은 다른 몸 안에 다시 태어나기 전의 중간 단계에 들어간다. 그 중간 상태는 한순간만큼 짧을 수도 있고, 49일만큼 길수도 있다. 그 뒤에 그들은 확실하게 다시 태어난다. 중간 상태의 존재는 우리와 의사 소통을 할 능력이 없다. 우리도 그들과 의사 소통을 할 능력이 없다. 단지 다른 중간 단계의 존재들과 사람들, 명상을 통해 얻은 통찰력을 가진 사람들이 중간 단계의 존재들을 지각할 수 있다.

중간 단계 다음은, 윤회의 사이클의 여섯 영역—신, 반신반인, 인간, 동물, 굶주린 영혼, 지옥의 존재— 중 하나에 다시 태어난다. 어떤 존재는 굶주린 영혼의 영역에 속하는 영혼으로 다시 태어나는데, 모두가 그런 것은 아니다. 어떤 영역의 환생이든 일시적이다. 영원한 것이 아니다. 사람들의 이전 행동 또는 업이 그들이 다시 태어날 영역에 영향을 미친다.

우리의 죽은 친척들은 그들이 속해 있는 영역에 맞는 소유물을 가질 것이다. 예를 들면 할머니가 1년 전에 죽었다면, 지금 그녀는 다른 영역에서 태어나 있을 것이다. 만약 그녀가 인간으로 다시 태어났다면, 그녀는 이제는 작은 아기이다. 그녀(또는 '그' 일 수도 있는데, 우리는 한 생에서 다음 생으로 가는 동안 성이 바뀔지도 모른다)는 그녀의 새 부모가 제공하는 음식과 집이 있다. 종이옷을 태운다고 할머니에게 새 아기옷이 생기지는 않는다. 사랑하는 사람이 죽었을 때 그들을 그리워하는 것은 자연스러운 일이지만, 매개체를 통해 그들과 접촉하려는 시도는 이롭지 않다. 부처의 첫번째 가르침이 인생의 덧없음에 대한 것이다. 우리의 마음은 사랑하는 사람의 죽음을 받아들였을 때 더 평화로워질 것이다.

헤어진 친척과 친구들을 도우려는 것은 좋은 일이다. 그리고 그걸 하기 위한 불교의 수행이 있다. 우리는 죽은 이의 소유물을 자선 단체나 종교 단체나 수행자들에게 제공할 수 있다. 또 우리는 특별한 기도와 수행을 할 수 있다. 또는 승가에게 그것을 해달라고 요청할 수 있다. 그리고 죽은 사람을 위해 이런 행동의 긍정적 잠재력을 바칠 수 있다.

한 은행 계좌에서 다른 계좌로 돈을 옮기는 것처럼, 우리의 좋은 업을 다른 사람에게 옮겨줄 수는 없다. 그 행동을 한 사람은 그 업의 결과를 겪고 있는 사람이기 때문이다. 그러나 죽은 사람이 잘 되게 하기 위해서 긍정적 잠재력을 바칠 수 있는데, 그렇게 하면 이전에 그들이 만든 업이 무르익어서 결실을 맺을 수 있는 좋은 환경을 만들 수 있다. 그들의 마음의 흐름 위에 있는 좋은 업의 흔적들은 들판에 있는 씨앗과 같다. 우리의 기도와 긍정적 잠재력을 바치는 행위는, 그 씨앗을 자라게 하는 물과 거름과 같다.

좋은 환생을 하도록 부모들을 도울 가장 좋은 방법은, 그들이 살아 있는 동안 긍정적으로 행동하라고 권하는 것이다. 파괴적으로 행동하기를 멈추라고 권하는 일이다. 그러므로 우리 가족이 너그럽고 참을성 있는 사람이 되도록 격려하자. 가족을 위해 더 많은 돈을 모으기 위해 거짓말하고 다른 사람을 속이라고 요구하지 말자. 이렇게 하면 그들은 미래의 삶으로 그들과 함께 갈 좋은 업의 흔적을 많이 가지게 될 것이고, 나쁜 것은 거의 가져가지 않을 것이다.

음력 칠월의 축제와 울람바나(우란분절)

칠월의 축제는 특히 많은 아시아인들에게 혼란스럽다. 타이완, 싱가포르, 말레이시아 등등에서 축하하는 조상 숭배 신앙의 축제날을 종종 불교의 울란바나 축제와 혼동한다. 울란바나는 칠월 열닷샛날이다. 둘 사이가 뒤섞인 것은, 두 축제가 음력 칠월에 있는데 둘 다 죽은 이들을 위해 치러지기 때문이다. 그러나 둘은 철학과 실행이 매우 다르다.

조상 숭배에서는 음력 칠월에 조상 대대의 위패 앞에, 또는 죽은 사람의 형상 앞에 음식과 향을 제물로 차린다. 또 종이돈, 집 등등을 죽은 사람이 그걸 받아서 누리기를 바라는 마음으로 태운다. 민간 신앙에 따르면, 지옥의 영역에 있는 존재는 몇 달 동안 풀려나 땅 위를 헤매고 다닌다. 바로 그들의 필수품을 공급하기 위해, 그들의 환심을 사서 살아 있는 사람에게 해를 끼치지 않게 하기 위해, 친척들은 그들에게 제물을 드리는 것이다.

그러나 앞에서 설명했듯이 아무도 영혼으로 태어나지는 않는다. 그리고 불태운 물건들이 그들에게 전해지지 않는다. 또 영혼은 배고픈 유령의 영역에 속해 있고, 지옥의 영역에 살고 있지 않다. 더구나 불교에 의하면, 지옥의 영역과 같은 불행한 상태에 일시적으로 태어난 사람들은, 그들이 우리 세계를 떠도는 동안 칠월에 축일을 갖지 못한다.

울람바나 축일은 칠월 열닷새에 온다. 그것은 『울람바나 수트라』에 기원을 두고 있다. 이 경전은 중국 불교의 경전으로 마우드갈리아야나(목건련존자)의 이야기를 들려준다. 부처의 최고의 제자 중 하나였던 그는, 통찰력으로 그의 어머니가 배고픈 영혼으로 다시 태어난 것을 보았다. 그는 그녀를 사랑하는 마음에 음식을 가져다주었다. 그런데 그녀는 너무 비참한 상태여서 다른 사람들과 그것을 나눌 생각을 하지 않고 감췄다. 나중에 꺼내보았더니 그것은 썩어 있었다. 슬픔에 잠겨서 마우드갈리아야나는 어머니의 곤경을 도와주고 싶었다. 그러나 방법을 몰랐다.

그는 부처에게 조언을 구했다. 부처는 그에게 승가 집단에게 음식과 필수품들을 공양하라고 권했다. 그러면서 그들에게 명상을 청하고, 어머니를 위해 그 자신과 승가 모두가 쌓은 긍정적 잠재력을 바치라고 했다. 마우드갈리아야나는 칠월 열닷샛날에 이것을 실행했다. 그 결과로 생긴 긍정적 잠재력은 그의 어머니가 이전에 만든 긍정적 잠재력을 무르익게 해서, 그녀는 굶주린 영혼의 삶을 끝내고 더 나은 환경에서 다시 태어났다.

그리하여 많은 중국과 일본의 불교도들은 승가에게 공양하며 올란바나를 축하한다. 승가들에게 기도와 명상을 청하고, 헤어진 친척들과 친구들을 위해 긍정적 잠재력을 바친다. 그래서 우리는 울람바나가 칠월의 비불교 축제와는 내용과 철학에서 다르다는 것을 알 수 있다.

영혼과 신

불교에 의하면, 어떤 사람들은 과거에 했던 행동 때문에 일시적으로 영혼으로 태어날 수 있다. 여섯 영역 중에서 어떤 사람은 신의 영역 안에 있을 수 있지만, 영혼은 보통 굶주린 영혼의 영역에 있는 것으로 여겨진다. 영혼과 신들은 양쪽 모두 매개체를 통해 말을 할 수 있다.

보통 매개자가 황홀경에 빠지면, 그 또는 그녀의 의식은 일시적으로 감추어져 나타나지 않는다. 그리고 영혼이나 신이 매개체의 몸을 통해 말한다. 영혼은 도움이 될 수도 있고 해로울 수도 있다. 인간이 우리에게 이로울 수도 있고 해로울 수도 있는 것과 마찬가지이다. 영혼과 신은 세속의 존재들이다. 태어나고 죽게 되어 있는 윤회의 바퀴 속의 존재들이다. 그들은 부처의 완전한 자비와 지혜가 부족하다. 어떤 영혼과 신들은 제한된 통찰력을 가지고 있다. 그래서 때때로 그들의 예언은 정확하다. 반면 그렇지 않은 때도 있다. 그들은 자신을 죽은 친척으로, 또는 보살로 인식한다. 그러나 그것은 실제로 그들이 그렇다는 뜻은 아니다.

매개체를 통해 말하는 영혼이나 신에게 상의하는 것은 문화적이다. 부처는 이것을 수행으로 가르치지 않았다. 그는 깨달음에 이르는 길을 가르쳤고, 스스로 결정할 수 있는 자신의 지혜를 발전시키라고 우리에게 권했다. 우리가 하려는 행동이 윤리적인지 아닌지 깊이 생각하는 것은 우리의 책임이다. 이것은 진정으로 사랑이 가득한 따뜻한 마음이 있어야 생기겠는가, 아니면 화·집착·혼란스러운 마음이 있어야 생기겠는가?

어떤 문화에서는 사람들이 영혼에게 해를 당할까 무서워한다. 영혼은 사람이 해를 당할 원인을 만들 때에만—말하자면, 그 사람이 이생 또는 전생에서 다른 사람을 해쳤다면— 인간을 해칠 수 있다. 영혼을 무서워하는 것은 조금도 이롭지 않다. 사실 공포나 과대망상은 영혼이 해를 끼치도록 받아들일 문을 여는 요소이다. 진짜 영혼이 해를 끼치지 않는다 해도, 두려움에 찬 사람의 마음이 상상의 영혼을 만들 수 있다.

죽은 사람의 꿈을 꾸었다고 해서 그들이 돌아왔다는 것은 아니다. 이것은 우리 상상의 산물이라는 게 가장 정확하다. 사과의 꿈을 꾸었을 때, 꿈속의 사과는 진짜 사과가 아니다. 그처럼 우리가 죽은 친척의 꿈을 꾸었다고 해서 그것이 그 사람인 것은 아니다.

사람들이 영혼을 두려워하거나 그들에게 해를 당하고 있다면, 귀의와 자비가 가장 좋은 해독제이다. 만약 부처를 상상하고 부처·가르침·승가에 당당하게 의지한다면, 영혼은 우리를 해칠 수 없다. 두려움은 곧 사라진다.

영혼은 사람과 마찬가지로 감각을 가진 존재이다. 우리가 그렇듯 그들은 행복해지기를 원한다. 그리고 고통 당하지 않기를 원한다. 이것을 이해하면 우리는 그들에게 자비심을 느낄 수 있고, 그들이 모든 불행으로부터 해방되기를 원할 수도 있다. 사랑이 가득한 따뜻한 마음과 자비가 있으면 두려워하지 않게 된다. 우리가 자신보다 다른 사람—이 경우에는 영혼—에게 더 많은 관심을 가지게 되면, 대부분의 사람들이 자비심을 보여주는 사람에게 일부러 해를 끼치지 않는 것처럼, 영혼은 그들이 잘되기를 바라는 사람을 해치지 않을 것이기 때문이다.

어떤 신도들은 영혼들에게 행복을 가져다주는 방법으로, 또는 그들이 해를 끼치지 못하도록 하는 방법으로 그 영혼에게 공양하는 수가 있다. 이생의 일을 도와 달라고, 이런 세속의 보호자들에게 요청할 수도 있는 일이다. 그러나 이런 존재들에게 궁극적으로 의지하지 않는 것이 중요하다. 그들은 우리처럼 윤회의 삶 속에 갇혀 있는 제한된 존재들이다. 때때로 그들이 우리를 도울 수 있을지 모르지만, 깨달음으로 인도할 수는 없다. 불교도의 수행을 무시하고 그들을 달래는 것은 적절하지 않다.

결론적으로 네 가지 고귀한 진리(사성제)에서 설명했듯이 부처의 가르침을 실행하는 것이 현명한 일이다. 그리고 세속의 영혼과 얽히는 것보다는, 진리에 이르는 점진적인 수행의 길을 가는 것이 현명하다. 다른 감각 있는 존재들처럼 영혼도 우리 자비심의 대상일 수 있다.

풍수지리와 예언하기

행운과 부를 끌어오기 위해 건축물 · 가구 · 묘지의 자리잡기를 하는 풍수지리는, 동아시아 문화에서 빌릴했다. 이깃은 불교의 일부가 아니다. 어떤 중국의 불교도가 그걸 수련하기는 했지만 말이다. 불교도도 체스를 즐길 수 있다. 그러나 체스가 불교라는 뜻은 아니다. 풍수지리도 비슷하다. 이것은 어떤 나라의 일반 문화에서 나온 것이다.

어떤 불교도는—그리고 비불교도도 역시— 점쟁이에게 상의한다. 그러나 그렇다고 해서 점치는 것이 불교의 수행법이라는 뜻은 아니다. 사람들은 점쟁이, 심령술사, 점성술사, 타로 점쟁이에게 상의하기를 좋아하지만, 그들의 예언을 과도하게 강조하는 것은 현명하지 못하다. 달라이 라마께서 설명하기를 "우리는 그것이 일어날 때까지는 결코 미래를 알 수 없다"고 했다.

　로토 복권 당첨 숫자를 알려 달라고 불교 수행자에게 요구하는 것은 적절치 않다. 행운의 번호를 얻기 위해 부처상 앞에서 물레바퀴를 돌리는 것 역시 비슷하게 옳지 않다. 특히 부처가 돈을 노름에 소비하지 말라고 했기 때문에……

천리안

　어떤 사람들은 천리안에 매혹 당한다. 영적인 수행의 목표로 그걸 추구하기도 한다. 그러나 부처의 가르침을 수행하는 목적은 천리안을 얻는 데 있지 않다. 그것은 다른 사람을 이롭게 하기 위해 깨달음을 얻는 것이다.

　보통의 천리안은 다양한 이유 때문에 올 수 있다. 이런 천리안은 늘 믿을 만한 것이 아니다. 그리고 죽으면 없어진다.

　진실되고 믿을 만한 천리안은 명상의 집중을 통해 얻어진다. 천리안은 명상의 부산물로 온다. 마치 쌀을 사면 쌀주머니가 함께 딸려 오는 것과 같다. 천리안을 얻기 위해 따로 수행을 할 필요가 없다.

　행동의 동기는 심령 파워가 도움이 되느냐 안 되느냐를 결정한다. 심령 파워를 갖는 결과로 명성이나 물질적 헌물을 구하는 사람은 세속적 동기를 갖고 있다. 초능력을 자랑스럽게 생각하고 자랑하는 사람들은, 자아를 누르기보다는 더 강하게 하기 위해 위험을 무릅쓰고 초능력을 사용한다. 그들은 그 힘을 잘못 사용해 자신과 다른 사람들에게 고통을 일으킬 수 있다. 이런 이유로 심령술을 현명하게 사용하기 위해서는, 모든 존재에 대한 공평한 사랑과 자비의 마음을 가지는 것이 필수적이다.

부처는 제자들에게 그들이 얻은 것을 자랑하지 말라고 했다. 초자연적인 능력을 자랑스럽게 사용하는 것을 금했다. 진정한 영적인 수행자들은 겸손하다. 그들은 관심을 끌거나 존경을 모으기보다는 다른 사람에게 조용히 봉사하는 것을 더 좋아한다.

초능력을 갖는 것은 특별하지 않다. 우리 모두는 이전의 생애에서 그것을 가졌었다. 하지만 그리 좋지 않았다. 우리는 여전히 고통과 업의 힘에 의해 윤회의 삶 속에서 다시 태어나고 있기 때문이다.

그러나 깨달음으로 가는 길을 수행하는 것은, 다른 사람과 우리 자신을 위해 영속하는 이로움을 가져다준다. 그러므로 부처의 가르침을 공부하고 실행할 기회, 이생에서 우리가 얻은 이 위대한 기회를 이용하자. 최고의 '마술 같은 힘'은, 친절한 마음과 모든 존재의 행복을 돌보는 우주적 책임에 대한 깅각이다. 이런 자길들은 초능력보다 더 귀하고 가치 있는 것이다.

우리가 모든 존재를 위해 깨달음을 얻는 데 진지하게 관심을 갖는다면, 그때는 문화적 관습, 미신, 오해의 길로부터 부처가 설명한 길을 반드시 구별할 수 있을 것이다. 이를 위해 우리는 자격 있는 스승에게 가르침을 받는다. 그런 다음 그것들을 조심스럽게 살핀다. 그리고 우리의 의심을 명확히 하기 위해 질문을 한다. 올바른 길을 실천하면 깨달음을 얻을 수 있을 것이다.

종교적 조화

다양성은 유익하다

 첫 명상 과정을 거치면서 들은 가르침은 내 인생을 깊이 변화시켰다. 내가 깊은 인상을 받은 것은, 그것이 불교의 가르침이 아니었다는 사실이었다. 하지만 그것들은 이치에 맞는 이야기라는 사실이었다. 나는 그걸 누가 말했는지, 그 종교의 이름이 뭔지 상관이 없었다. 나의 진정한 관심은 가르침의 의미였기 때문이었다. 그리고 내 일상에서 갖는 그 가르침의 의미의 깊이였다.

 그때 나는 마하야나와 테라바다라는 용어도 몰랐다. 상관하지 않았다. 나는 님마, 카규, 겔루그, 사캬라는 말도 이해 못했다. 선, 정토, 바즈라야나는 나에게는 그저 명칭일 뿐이었다. 오늘날까지 나는 사람들이 내가 따르는 종파를 물으면 불편함을 느낀다. 마음속에서 나는 단지 행복으로 가는 길을 찾는 또 하나의 인간일 뿐이다. 내 인생이 다른 사람들에게 의미 있게 만드는 방법을 찾는 또 하나의 인간일 뿐이다.

꼬리표는 너무 자주 인간을 나눈다. 어떤 것의 진정한 의미와 목적을 이해하는 대신에 우리는 그 이름에 집착한다. 우리는 그들에게 붙은 꼬리표를 기초로 남을 판단한다. 그들이 진정으로 누구인지, 또는 그들이 믿는 게 뭔지 이해하려고 하지 않는다. 우리는 어떤 이름을 보고 그것이 의미하는 일반적인 개념을 만들어낸다. 그리고 그 꼬리표를 가지고 있는 사람은 모두 같다고 추정한다. 우리의 제한된 마음은 생각한다. '만약 당신이 테라바다라면 당신은 마하야나의 가르침을 듣지 않는다. 만약 당신이 기독교도라면 당신은 불교도가 아니다. 만약 당신이 종교적이라면 당신은 과학자가 아니다' 라고.

'나는 〈이것〉이고 그들은 〈저것〉이다' 라고 생각하는 기초 위에서 우리는 싸운다. 이것은 불교도들 사이에서 일어나고, 불교도와 다른 종교의 사람들 사이에서도 일어난다. 다행히도 어떤 전쟁도 부처의 이름으로 벌어졌거나, 불교를 보호하거나 전파하기 위해 치러졌던 적은 없다. 그럼에도 불구하고 마음이 닫힌 분파주의적인 태도는 어떤 것이든 해롭다. 그것은 우리의 영적 발전을 방해할 뿐이기 때문이다. 그것 역시 사람들 사이에서 마찰을 일으킨다.

분파주의는 어떻게 우리 진보에 해를 끼칠까? 불교에서 우리가 개발하고 싶은 두 개의 주요 특성은 지혜와 자비심이다. 만약 우리가 자신의 종교에 집착하게 되면, 누군가가 우리가 믿는 것에 동의하지 않는 것을 개인적인 모욕으로 여긴다. 화가 나고 공격적이 되어서 우리 믿음을 방어하고, 다른 사람의 믿음을 공격한다. 이 지점에서 우리는 진실 찾기를 멈추고, 단지 그것이 우리 것이라는 이유 때문에 우리 종교를 방어하기 시작한다.

그런 화가 난 혼돈 상태는 우리 마음의 흐름에 부정적인 업의 흔적을 남긴다. 우리 마음을 어둡게 만들면, 이런 흔적들이 지혜를 얻지 못하게 막는다. 또 화는 자비와 완전히 반대된다. 모든 다른 사람들이 고통으로부터 해방되기를 바라는 자비와는 정반대 위치에 있다. 그래서 분파주의는 우리 지혜와 자비의 발전을 막는다. 그리고 우리를 깨달음이 아니라 깨달음의 반대쪽으로 멀리 인도한다.

불교 종파 사이의 조화

깨달음으로 가는 길이 어떤 것인지 대체적인 개요를 기억해 두면, 부처가 준 모든 가르침이 발전의 각각 다른 단계의 실행 방법을 가르쳐주는 충고임을 이해할 수 있다. 그 가르침 중에서 어떤 것도 버려지거나 무시되거나 비판 받지 않았다. 그것들은 모두 우리 발전의 어떤 수준에서 수행하기에 적당했기 때문이다. 만약 우리가 부처의 가르침을 비판했다면, 그 실험과 실행을 게을리했다면, 우리는 깨달음으로 인도해 줄 수 있는 방법을 포기하고 있는 것이다.

그러나 이것은, 바로 이 순간 모든 가르침을 수행할 필요가 있다는 뜻은 아니다. 부처가 가르친 것은 매우 방대하고 깊이가 깊어서 우리는 점진적으로 접근해야 한다. 우리는 우리의 성향에 맞는 것은 무엇이든지, 현재 할 수 있는 것은 무엇이든지 실행하고 있다. 그러나 모든 것을 즉시 하라는 압력은 없다. 천천히 우리는 수행 속에서 진화해 갈 것이다. 더 많은 가르침을 실행해 나갈 것이다. 일시적으로 어떤 가르침들이 우리 영역 밖에 있기 때문에 그것을 미뤄두는 것은 그것을 비판하는 것과는 다르다.

사람들은 최고가 되고 싶은 경향이 있다. 그러나 '최고'가 의미하는 건 뭘까? 아이들의 책은 아이들에게 가장 좋다. 어른들의 책은 어른들에게 가장 좋다. 그렇다고 아이들 책과 어른들 책이 '최고'라고 말할 수 없다. 마찬가지로 어떤 사람이 영어밖에 모른다면, 그 또는 그녀에게는 영어 책을 읽는 것이 가장 좋다. 그러나 중국어를 말하는 사람에게는 중국 문학이 가장 좋다. 모든 사람에게 적용되는 절대적인 '최고'는 없다.

핵심은, 모든 사람이 똑같지 않다는 걸 인식하는 것이다. 우리는 한 가지 음식을 좋아할 수 있다. 그리고 누군가 다른 사람은 다른 음식을 좋아할 수 있다. 그러나 두 가지 음식은 다 영양이 풍부해서 생명을 유지시켜 준다. 마찬가지로 한 사람은 테라바다 종파에 매력을 느낄 수 있다. 그리고 다른 사람은 미히야나 종파에 끌릴 수 있다. 그러나 두 종파 모두 사람들을 개선해서 수행의 길로 나아가게 할 수 있다. 이것은 불교를 따르는 사람에게도 적용된다. 불교를 따르지 않는 사람에게도 적용된다. 어떤 철학이 다른 사람에게 해 끼치기를 피하라고 주장하는 한, 그들을 가능한 한 많이 도우라고 권하는 한, 그것은 이로운 것이다.

그들의 수행법이 우리의 것과 다르기 때문에 다른 불교 종파를 비난하는 것은 현명하지 않다. 어떤 사람은 신앙심, 의식, 기도에서 영감을 받는다. 다른 사람은 그런 매력을 발견할 수 없다. 그는 조용한 명상이 더 좋다. 우리는 모두 다 같지 않다. 같을 필요도 없다. 수많은 종파가 존재하고, 그래서 우리는 각자가 자기 개성에 맞는 것을 찾을 수 있고, 우리를 발전하도록 도와주는 것을 발견할 수 있다는 것은 놀라운 일이다.

마찬가지로 우리는 그것이 우리와 맞지 않는다고 해서 어떤 부처의 가르침을 비판해서는 안 된다. 부처는 그의 청중들의 정신 상태에 맞는 가르침을 주었다. 예를 들어, 부처는 듣는 사람들에게 맞춰서 무아의 경지에 대해 각각 다른 관점을 가르쳤다. 이것으로부터 네 개의 주요 철학적 학파가 생겼다. 각 학파는 각각 다른 경전을 기초로 하고 있다. 그리고 각 학파는 무아의 의미에 대해 각각 다른 주장을 갖고 있다.

우리가 이 관점이나 학파의 어떤 부분을 멸시하는 것은 현명하지 못하다. 그것은 특정한 발달 수준에 있는 특정 그룹의 사람들에게 맞는 것이기 때문이다. '나는 가장 높은 경지의 관점을 공부했어. 나는 다른 건 공부할 필요가 없어'라고 생각하며 오만하지 말라. 사실 위대한 스승들은, 우리가 그 전에 다른 학파의 관점을 이해하지 않으면 무아의 경지에 대한 마지막 관점을 이해할 수 없다고 말한다.

철학적 주장의 다양함은 자극적이다. 이것은 우리를 놀라게 한다. "마지막 관점은 뭐지? 어떻게 물건들이 실제로 존재하지?" 이것에 대답하기 위해 우리는 모든 관점을 배우고 조사해야 한다. 이런 식으로 우리 지혜는 증가한다. 비어 있음을 인식하는 것은, 특정 교리를 기계적으로 암기하는 일이 아니다. 이해를 해야 알 수 있는 것이다. 그리고 이것은 다양한 철학적 관점을 생각해야 얻을 수 있다.

우리와 다른 용어를 쓴다고 다른 종파를 비난하지 말자. 한 단어가 각각 다른 종파에서 각각 다른 의미를 가질 수 있다. 우리가 이 사실을 잊어버리면, 다른 종파에서 나온 책을 읽고 특정 단어에 우리 나름의 의미를 부여한 다음, 전후 관계를 짐작해 그들이 쓴 의미를 왜곡할 수 있다. 그렇게 되면 이 가르침들은 우리에게는 이치에 닿지 않는 소리가 된다. 그러나 우리의 배움이 엄청나게 많아지면, 그때는 그 용어들의 다양한 의미들을 정확하게 이해하게 될 것이다. 그리고 같은 지점에서 다양한 종파들이 나왔다는 것을 알게 될 것이다.

수행의 마지막 단계를 설명하기 위해 티벳 불교의 네 종파들이 사용하는 단어의 차이를 예로 들면서 달라이 라마께서 『친절, 명확, 그리고 통찰력』에서 이렇게 말했다.

> 분파주의를 초월하면, 우리는 이 학파들이 어떻게 하나의 기본 사상에까지 다다르는지를 볼 수 있기 때문에, 우리는 깊은 깨달음을 얻을 것들을 많이 발견할 수 있다.

보살 서원과 탄트라 서원을 보면, 둘 다 부처의 가르침을 절대 헐뜯지 말라고 금지하고 있다. 『모든 것이 서로 포괄적으로 짜여 있음의 경전』에서는 이렇게 말하고 있다.

> 오, 문수보살이여. 부처가 말한 깨달음의 말들을 어떤 말들은 선한 것으로 여기고, 어떤 말들은 악한 것으로 여기는 것은 부처의 가르침을 버리는 것이다. 이것은 이치에 닿고 저것은 닿지

않는다…… 이것은 보살을 위해 말한 것이고, 저것은 청중을 위해 말한 것이다…… 이것은 보살들이 수행할 필요가 없는 것이다…… 라는 것은 부처의 가르침을 버리는 것이다.

불교와 다른 종교

세계적인 종교의 위대한 지도자들은 자신의 영적인 경험을 다른 사람들과 나누어 그들을 이롭게 하려고 했다. 그러나 일반 사람들은 그 경험의 이름과 철학의 명칭에 집착했고, 그것에 동의하지 않거나 이름이 다른 신앙을 가진 사람들과 싸워왔다. 역사를 통해 종교의 이름으로 죽은 사람들의 숫자를 보면 소름이 끼친다. 세계의 위대한 종교의 창시자 중 아무도 그들의 이름으로 흘린 그 많은 피에 기뻐하지 않았을 것이다.

위대하고 성스러운 존재들은 꼬리표에 집착하지 않는다. 그들은 의미, 조화, 사랑을 추구하기 때문이다. 그들은 그들이 옳고 그것이 유일한 길이라는 것을 증명할 필요가 없다. 대부분의 위대한 리더들은 단순하게 살면서 그들 안에서 행복을 찾았다. 그들은 칭찬, 재산, 권력, 영광을 구하지 않았다. 적대적인 분파주의와 종교적 편견은 어떤 종교든 성스러운 사람들이 원하는 길이 아니다. 그들은 추종자들이 다른 모든 존재들과 평화 속에서 살기를 원하기 때문이다.

모든 종교는 특정한 결정적 핵심을 갖고 있다. 그들은 물질적 발전만이 행복에 이르는 길이 아니라는 것, 우리의 감각을 통해서 느끼는 것보다 더 큰 행복이 존재한다는 것을 알고 있다. 모든 종교는 다른 사람들에 대한 인내·사랑·존중을 계발하여, 자신을 개선하도록 돕고자 노력한다.

그들은 사람들이 서로에 대해 좋은 마음가짐을 길러 더 큰 사회에 봉사하기를 원하고 있다. 이런 목적을 위해 모든 믿음은, 우리가 우리 행동을 조절하게 도와주는 윤리적 가치를 내놓는다. 『친절, 명확, 그리고 통찰력』에서 달라이 라마께서 말했다.

> 모든 종교의 수행 동기는 비슷하다. 사랑, 믿음, 정직이다. 실제로 종교를 믿는 모든 사람들의 생활 방식은 만족스럽다. 인내, 사랑, 자비의 가르침은 같다. 기본적인 목적은 인류의 이로움—자신들의 독특한 방법으로 인간을 개선하려고 하는 각 시스템의 유형—이다. 만약 우리가 우리의 철학·종교·원리를 너무 강조하고, 집착하고, 다른 사람들에게 그것을 강요한다면, 문제가 일어날 것이나. 기본적으로 모든 위대한 스승들, 고타마 붓다, 예수 그리스도, 모하메드와 같은 스승들은 그들을 따르는 사람들을 도우려는 동기에서 새로운 가르침을 세웠다. 자신들을 위해서는 어떤 것도 얻지 않았다. 세상에 더 골치 아프고 불편한 것을 만들지 않았다는 뜻이다.

불교도가 된다는 것은 부처에게 인사하고, 불교의 기도문을 읊고, 부처상을 모신 법당을 갖춘다는 뜻이 아니다. 불교의 핵심은 지혜와 자비이다. 그리고 이것들은 불교 용어를 사용하지 않고도 설명할 수 있고 나눌 수 있다. 마찬가지로 기독교, 힌두교, 유대교, 이슬람교의 가르침의 핵심은 윤리적 규율과 사랑이다. 이런 특성들은 보편적이다.

철학의 용어로는 차이가 있다—어떤 종교는 창조자인 신을 믿고, 불교 같은 종교는 그런 개념을 믿지 않는다. 모든 종교 철학이 똑같다고 말하는 것은 순진한 것이다. 아마 그것들을 깨닫고 경험한 사람의 관점에서는 그렇다. 모든 종교의 성스러운 존재들의 신비로운 경험이 똑같다는 것은 가능하다. 그러나 말과 개념으로 이것들을 표현하는 것은 다르다. 말은 한계가 있다. 말은 현실의 팩시밀리이다. 그래서 경험이 같을 수 있어도 그것을 설명하는 말은 다를 수 있다.

그러나 우리 평범한 존재들에게는 개념에 따라 경험의 방향이 달라진다. 그러므로 우리는 다양한 철학들을 분석해야 한다. 그리고 어느 것이 우리 마음을 정화하고 좋은 특질을 개발할 수 있게 하는 데 제일 좋은지 결정해야 한다. 다른 사람을 비판할 필요는 없다. 그들에게는 다른 철학이 마음에 들기 때문이다. 우리가 함께 철학을 토론하고 논쟁하지만, 어떤 것에서 모순을 지적해 내고 다른 것에서 덕스러운 것을 지적해 낸다는 행위가 그것을 믿는 사람들을 깎아내린다는 뜻은 아니다.

불교의 시각으로는 철학의 다양함이 이로운 것이지만, 모두가 같은 식으로 사물을 보는 것은 아니다. 우리는 모두 다른 수준에 위치해 있다. 우리는 관심사가 다르다. 성향도 다르다. 그러므로 그것은 지금 있는 종교들의 범위를 넓히는 데에 도움이 된다. 그래서 모든 사람들이 그 또는 그녀의 성격에 맞는 것을 발견할 수 있다. 우리 모두가 한 틀에 맞아야 하고, 정확히 같은 식으로 생각해야 한다면 끔

찍할 것이다. 또 불가능할 것이다. 달라이 라마가 말했다.

> 나는 믿음에 서로 다른 점이 있는 것이 유용하다고 생각한다.
> 하나의 방법을 설명하는 방법이 아주 많다는 사실은 좋다. 다양
> 한 성질과 경향을 가진 수많은 유형의 사람이 있다면 그것은 도
> 움이 된다.

이교도 사이의 대화

유럽, 북아메리카, 오스트레일리아에서 이교도 사이의 대화가 늘
어나고 있다. 달라이 라마가 유럽에 갔을 때, 그는 바티칸의 초청을
받았다. 영국 성공회의 고위층도 1985년 웨스트민스터 사원 연설에
서 그를 소개했다. 티벳의 수행자 몇은 미국 가톨릭 수도원의 초청
을 받았다. 미국 가톨릭 수도자 몇은 일본 불교 사원에 머물고 있다.
불교 안에 모든 불교 종파의 대표들이 참석하는 국제 회의와 세미나
가 있다. 이것들은 적은 예에 불과하다. 더 많다.

오늘날 위대한 종교 지도자들이 만나서 서로 알고 마음의 평화를
나누는 것이 세계 평화를 위해서도 중요하지만, 그것은 또 미신과
오해와 다른 종교 그룹에 대한 두려움을 방지하는 데 도움이 된다.

개인적으로는 다른 믿음을 가진 사람들과 토론을 하면서 대단히
이로웠다. 나는 인간의 마음이 어떻게 움직이는지 더 잘 이해하게
되었다. 인간들이 자신이 이해하는 방식으로 사람들과 어떻게 의사

소통을 하는지 더 잘 이해하게 되었다. 마음은 더 유연해졌다. 그리고 사람들이 늘 표현하는 의미로 사용하곤 하던 단어 너머를 볼 수 있었다. 나는 또 훌륭한 지도를 받았다. 서품을 받은 지 50년도 넘은 가톨릭 수녀가 그녀의 종교적 여정에서 겪은 발달의 다양한 단계와 극복해야 했던 장애물들에 대해 이야기해 줬을 때, 나는 불교의 수행과 비슷한 것을 무수히 보았다. 그것은 젊은 비구니인 나에게 수행에서 어려운 순간들을 돌파하는 용기를 주었다.

한번은 침례교 여성 목사와 얘기를 나눴다. 우리는 종교에서 여성으로서의 우리 경험을 비교해 보았다. 그것은 매우 얻을 바가 많았고, 활기찼다. 유대교 랍비와 이야기했을 때, 나는 어떤 고대 유대교 신앙의 수행들은 불교 수행과 비슷하다는 걸 알고 놀랐다. 기독교의 명상에 대한 책을 읽고는, 그것이 티벳 불교의 〈구루 요가〉 수행과 비슷하다는 것을 알았다. 이런 경험들은 인간의 종교적 사상 속에 있는 다양성과 통일성을 아는 데 도움이 되었다.

다른 종교와 믿음을 이해하는 일이 우리 자신의 종교에 대한 헌신을 위태롭게 하지 않는다. 그보다는 그들이 말하는 단어의 의미 너머를 보게 되어, 우리는 피상적인 차이를 넘어 공통적인 목표를 보게 된다. 그에 따라 우리의 지혜와 자비는 자랄 것이다. 그리고 세 가지 보물을 믿는 우리 자신의 믿음은 늘어날 것이다.

고통 | 우리의 정신적 평화를 방해하고 다른 사람에게 해로운 방식으로 행동하게 하는 무지 · 집착 · 화 · 오만 · 질투 · 혼란 같은, 방해하는 마음가짐과 부정적인 정서.

고통을 주는 어둠 | 윤회의 삶 속에서 다시 태어나는 원인이 되는 고통과 업. 고통스러운 어둠이 제거되면 그는 아라한이 된다.

이타적 의도 | 모든 감각이 있는 존재들을 이롭게 하기 위해 깨달음을 얻는 데 바친 마음. 보살의 마음 또는 보리심.

아라한 | 고통으로부터 해방되어 자유를 얻은 사람. 그래서 윤회의 삶에서 벗어난 사람.

비구, 비구니 | 계율을 받아 승려가 된 남자 수행자. 여자 수행자.

보살 | 끊임없이 이타적 의도를 일으키는 사람. 또는 깨달음을 얻어 고통하는 중생을 구제하겠다고 결심하고 수행하는 사람. 보리살타.

부처 | 모든 오점이 정화되어 좋은 자질들만 발달된 사람. 2,500년 전에 인도에 살았던 석가모니 부처를 가리키기도 한다.

부처상 | 부처의 현신. 부처의 신성.

불성 | 모든 존재가 깨달음을 얻을 수 있는, 내재된 마음의 자질.

멈춤 | 어둠의 소멸. 예를 들면 '화' 같은 것이 소멸되는 것으로, 다시 일어나지 않는다. 모든 고통이 제거되었을 때 우리는 열반에 이른다.

자비 | 감각을 지닌 존재들이 고통과 고통의 원인으로부터 벗어나기를 바라는 마음.

인식의 어둠 | 모든 존재하는 현상이 지각하는 걸 방해하는 고통의 흔적. 고통스러운 어둠과 인식의 어둠 둘 다 제거되었을 때 우리는 완전하게 깨달은 부처가 된다. 무명.

윤회의 삶 | 고통과 업의 영향으로 다시 태어나는 삶.

의지의 발생 | 모든 현상은 그 현상이 일어나는 각 요소에 의존해 있으며, 또 생각하는 마음, 꼬리표를 붙인 마음에 의존해 있다는 사실. 많은 현상—우리 몸, 책상 등등—역시 그것이 존재하는 원인과 상황에 의존한다. 연기.

해탈의 결심 | 모든 문제와 고통에서 놓여나 해방을 얻으려고 열망하는 마음 자세.

다르마 | 모든 것이 비어 있음을 알고, 이 지혜가 고통 없는 상태와 고통의 원인 없는 상태를 가져다준다는 것을 아는 우리의 지혜. 더 일반적인 의미로는, 다르마는 부처의 가르침과 교리를 가리킨다.

전수 | 바즈라야나 종파의 의식으로, 여기서 제자들은 석가모니 부처의 특별한 현신에 대해 명상할 권위를 부여 받는다. '입문식'이라고도 부른다.

비어 있음 | 독립적인 존재 또는 타고난 존재의 부재. 이것은 모든 사람과 현상

의 궁극적 본질 또는 궁극적 실체이다.

깨달음 | 부처의 경지. 모든 무지가 마음의 흐름에서 영원히 제거된 상태. 우리의 좋은 자질과 지혜가 최대한으로 개발된 상태. 깨달으면 해탈이 필요 없게 된다.

듣는 이(성문승) | 아라한이 되기를 열망하는 석가모니 부처의 추종자들. 그들을 듣는 이라고 부른 이유는, 석가모니 부처의 가르침을 그들이 들었고, 그것을 이해해서 깨달은 다음에 다른 사람들에게 가르쳤기 때문이다.

흔적 | 행동이 완료되었을 때 마음의 흐름 위에 남는 찌꺼기 에너지. 이것이 성숙해져 결실을 맺게 되면 우리 경험에 영향을 주게 된다.

타고난 존재, 독립된 존재 | 우리가 사람이나 현상에 투사하는 잘못된, 또는 존재하지 않는 자질. 이 존재는 원인과 상황, 부분, 또는 현상에 꼬리표를 붙이는 마음으로부터 독립되어 있다.

입문 | 테라바다 종파의 입문식, 또는 명상할 수 있는 권위를 부여 받는 의식.

업 | 의도적 행동. 우리의 행동은 우리 마음의 흐름 위에 흔적을 남긴다. 그것이 우리의 경험을 만들게 된다. 카르마.

해방, 해탈 | 윤회의 삶에서 벗어나는 일.

사랑 | 감각이 있는 존재들이 행복과 그 원인을 갖기 원하는 마음.

마하야나 | 불교 종파. 모든 존재는 깨달음을 얻을 수 있다고 주장한다. 자비심의 발전과 이타적인 의도를 강조한다. 대승.

만트라 | 부처에 의해 신성하게 만들어진 연속적인 음절. 깨달음에 이르는 완전한 길의 핵심을 표현하고 있다. 만트라는 마음을 집중하고 정화하기 위해 읊는다. 다라니. 주문.

명상 | 긍정적인 마음 상태와 올바른 통찰력에 자신을 익숙하게 하는 일.

명상적 고요함 | 유연하고 기쁨에 찬 마음으로 명상의 대상에 집중하는 능력.

지속적인 고요 상태. 선정.

마음 | 살아 있는 존재에 대한 경험적 · 인식적 부분. 비육체적인 것으로, 마음은 원자로 만들어지지 않았다. 우리의 오감으로 인지되지 않는다.

마음의 흐름 | 마음의 연속 상태.

수행자 | 비구와 비구니. 남자 승려와 여자 승려.

니르바나 | 고통과 그 원인의 멈춤.

긍정적 잠재력 | 긍정적인 행동의 흔적. 미래에 행복을 가져오게 될 것이다. '가치' 또는 '선업'으로 번역된다.

정토 | 깨끗한 땅(정토)에 태어나기 위해 마하야나 종파가 강조하는 방법. 정토는 부처나 보살이 세운 곳으로, 그곳에서는 모든 상황이 부처의 가르침의 수행과 깨달음에 이르는 데 도움이 된다.

깨달음 | 부처의 가르침에 대한 맑고 깊은 이해. 이것은 개념적 또는 비개념적 직접 체험이 될 수 있다. 비개념적 직접 깨달음은, 우리 마음에서 영원히 모호함을 제거하는 높은 수준의 구도의 길에서 얻어진다.

승가 | 직접적으로 또는 비개념적으로 비어 있음을 깨달은 사람. 더 일반적인 의미로는, 승가는 계를 받은 비구와 비구니의 사회를 이른다. 그것은 때때로 일반 불교도를 이르기 위해 쓰이기도 한다.

무아의 경지 | 존재의 공상에 빠지는 방식의 부재.

홀로 깨달은 이(독각승) | 석가모니 부처의 추종자로, 부처가 세상에 나타나지 않았을 동안에 아라한의 경지를 열망하여 수행 끝에 열반에 이른 사람.

특별한 통찰력 | 현상을 철저히 제거한 지혜. 명상적 고요함과 결합하면, 그것은 명상의 대상을 우리가 분석할 수 있게 해주고, 동시에 그것에 집중할 수 있게 해준다. 이것은 무지를 제거한다.

고통 | 모든 만족스럽지 못한 상황. 육체적 · 정신적 고통만을 이르지 않고, 모든 문제적 상황과 불만스러운 상황을 포함한다.

수트라 | 석가모니 부처의 가르침이 들어 있는 경전. 모든 불교 종파에 있다.

귀의 | 석가모니 부처, 그의 가르침(다르마), 승가의 지도에 우리 정신적 발달을 의지함.

탄트라 | 바즈라야나 수행을 기술한 경전. 이 용어는 바즈라야나 수행을 뜻하기도 한다.

테라바다 | 장로들의 종파. 동남아시아와 스리랑카에 널리 퍼진 불교의 종파.

세 가지 보물 | 불(석가모니 부처), 법(부처의 가르침, 진리, 다르마), 승(상가, 승가)을 가리킴. 삼보.

바즈라야나 | 티벳과 일본에서 널리 퍼진 마하야나 불교의 종파.

진실을 깨닫는 지혜, 비어 있음을 깨닫는 지혜 | 모든 사람과 현상이 존재하는 방식을 올바르게 이해하는 관점. 즉, 타고난 존재의 비어 있음을 깨닫는 마음.

세속적인 신과 세속적인 영혼 | 신의 영역에 태어난 존재, 또는 강력한 힘을 지닌 영혼으로 태어난 존재. 그들은 여전히 고통과 업의 힘에 눌려 윤회의 삶 속에 다시 태어나며, 그들의 힘은 제한적이고 일시적이다.

선종 | 중국과 일본에 널리 퍼진 마하야나 불교의 종파.